Sibylle Berg

Sex 2

Sibylle Berg

Sex 2

Roman

27.08.2009

Philipp Reclam jun. Stuttgart

RECLAM TASCHENBUCH NR. 21665

Reihengestaltung: büroecco!, Augsburg
Umschlaggestaltung: Eva Knoll, Stuttgart
unter Verwendung eines Fotos von
Jules Spinatsch, Zürich
Gesamtherstellung: Reclam, Ditzingen
Printed in Germany 2009
RECLAM ist eine eingetragene Marke
der Philipp Reclam jun. GmbH & Co., Stuttgart
ISBN 978-3-15-021665-1

www.reclam.de

Widmung

Mit den besten Empfehlungen an meine Intimpartner, die ich auch liebe: Mutter, Eva Moeller, Vinci Kohlbecher, René Ammann, Sissi Zoebeli, Andrea Ketterer, Peter Lau, Ingrid Sattes (Dr.), Wiglaf Droste (Dr.), Igor Bauersima, Rainer Moritz (Dr.), Andreas Möller (Hofrat), das Zeit-Magazin, die Schweiz, das Geld (Prof. Dr.).

(Ich, 33. Normal schlechte Kindheit, normal aussehend, normal alleine, normal übersättigt. Ein ganz normales Arschloch)

Der Tag ist gleich vorbei, und das ist gut denn Tage machen Sorgen in ihrer häßlichen Helligkeit, nur die Nacht gibt etwas Ruhe. Mir geht es seit geraumer Zeit schlechter, weil die Dinge, die mich von mir und davon abgelenkt haben, daß ich in einer großen Stadt wohne, nicht mehr taugen, seit geraumer Zeit. Kann ich mir nicht mehr einreden, die Stadt sei etwas anderes als ein Reagenzglas voll übelriechender Stoffe, die vor sich hin gären, faulen und kleine Explosionen erzeugen, nach denen ein Haufen Mist wird, den niemand bestellt hat. Niemand braucht die Stadt, sie taugt nur zum Krankmachen, Aidsmachen, Junkmachen, zum Neiden, zum Töten taugt die Stadt, denn was soll wachsen inmitten von Dreck. Was soll das werden, Millionen Menschen, dicht, sich riechend, sich schauend. Ein unnormaler Zustand kann nur Unmoral hervorbringen. Doch was Moral ist, weiß niemand und keine Ahnung, warum wir bleiben, sagen Menschen in einer großen Stadt. Wahrscheinlich wegen der Kultur, sagen sie. Kultur in der Stadt? Ist klar. Ist Kino. Cineasten sitzen da, halten die Köpfe schief, sehen Bilder von anderen Leben, reden über gut fotografierte Bilder künstlicher Leben, danach, beim trocke-

nen Roten. Haben Brillen auf und schwarze Sachen an, immer noch. Kultur ist etwas, das andere machen, ist etwas, das die Menschen in der Stadt von ihrer Unfähigkeit ablenkt, ihr Leben mit sich zu füllen. Ist Ablenkung vom Dreck. Ist, um sie in der Stadt zu halten, zu vernichten, in der Stadt, die Menschen. In einer großen Stadt kann man ins Theater gehen. Warum da einer hingeht, ist unklar. Theater taugt nicht für eine Welt, die sich gerade selber aus der Umlaufbahn schießt. Die Regisseure wissen das, wissen um ihre Kunst, die keiner mehr braucht und unter drei Stunden Erziehung zur Langsamkeit läuft darum nichts mehr. Ohne Pause. Alte Wörter, verkleidete Menschen, schlechte Betonung. Wegzappen unmöglich und wer hat Zeit, drei Stunden seines Leben zu verschenken, da man in dieser Zeit hervorragend Fernsehen sehen könnte. Und dabei rauchen. Ich war mal im Theater, hockte auf einem unbequemen Stühlchen, sah verkleideten Leuten zu und habe dann geraucht, ungefähr nach einer Stunde. Auf der Bühne sprang gerade eine hysterische Frau rum, und wenn ich hysterische Frauen sehe, muß ich sofort rauchen. Von links und rechts zischelten alte Herren. Schimpften nicht, zischelten, mit unterdrücktem Haß, auf jemanden, der die Kunst nicht respektiert, auf jemanden, der tut, was sie nie täten, wie Leute wütend werden, wenn einer bei Rot die Straße überquert, weil sie sich schließlich an die Ordnung halten, hüsteln wütend, wie sie hüsteln, bevor sie abends die Lesebrille und ihr Buch von Durs Grünbein (who the fuck is ...) weglegen. Ich ging dann aus dem Theater in einen Park. Denn in einer großen Stadt kann man Bücher lesen in Parks oder auch Pärken. Die sind voller verstörter Kinder und Hunde. Was was ist, ist unklar, sie haben alle einen laufen, fressen Sand, und die Bücher, die man noch lesen kann, sind alle schon vor geraumer Zeit geschrieben und alt, wie Theater. Die Bücher der Zeit handeln von Techno oder davon, wie Leute herumlaufen. Hin und her 10
(ich laufe so rum, schreiben vornehmlich junge Männer) und nichts wissen und vor allem nichts wollen. Dann gibt es noch Literatur. Literatur ist Literatur, weil man das nicht lesen kann, und über die Technoszene muß ich wirklich nichts erfahren. Es reicht mir, die häßlichen jungen Men-

schen anschauen zu müssen, mit ihren bleichen Gesichtern, mit ihren schlechtsitzenden Trikotagen, mit uniformen Durchlöcherungen, mit miesen Frisuren und ihrem »Ich will Fun und Action«-Scheiß. In der großen Stadt kannst du eigentlich nichts machen, als durch den Dreck zu waten, die Hoffnungslosen anzusehen und dir einzureden, daß alles nur eine Frage der Zeit ist und du demnächst aufs Land ziehst. Deine Füße in mehreren Bächen badest, Yoga machst, gesunden Sex mit ökologischen Bauern hast und so weiter. Bis es soweit ist, lebe ich in der Stadt als einer von allen. An dem Ort, der den Ausschuß eines Landes versammelt, unter Verschluß, daß er sich nicht auswärts vermehrt. Ungünstig, daß Leute sich trotz der schlechten Luft auch in der Stadt fortpflanzen, aus langer Weile oder weil sie keine Bücher über Techno lesen wollen, und daß es immer mehr werden, die Städte wuchern durch Wohnraumschaffung für die debilen Kinder, um sich greifen, nach Land schnappen und bald die ganze Welt nur noch aus einer großen Stadt bestehen wird. Wenn sie sich nicht gerade vermehren, leben die Menschen in einer großen Stadt alleine. Das ist Gesetz. Die Stadt zwingt die Menschen, depressiv und einsam zu sein. Wär blöd, wenn sie es nicht täten, ist ein gutes Gefühl, zu sehen, worum es wirklich geht. Sich anöden. Einsam, kontaktunfähig und verstört – hey man, das ist Großstadt und so wird sie gemacht. Ich bin ein Nachfahre der Inzestgeneration, die, wenn sie noch einen Hauch Verstand hat, etwas Unnützes tut. Ich schreibe Geschichten. Das ist unnütz. Weil es für keinen wichtig ist. Für mich auch nicht. Weil ich morgens beim Bäcker stehen darf und die Menschen ansehen, die mit Falten um den Mund, mit Angst, mit schlechter Haut, miserablem Atem in U-Bahnschächte taumeln, weil ich ihnen hin und wieder ein Bein stelle, sie stürzen und ihr Tag definitiv versaut ist. Und ich kann wieder nach Hause, während die Menschen mit Schorf am Bein in Großraumbüros müssen, kann nach Hause, und dort weiß ich

in aller Regel auch nicht weiter. Ich verdiene viel Geld, damit kann ich Kultur genießen. Kultur in einer Großstadt ist Drogen und Fressen. An Wochenenden Freunde in Paris oder London besuchen und da Drogen nehmen und fres-

sen. Es sieht überall gleich aus, schmeckt gleich und klingt nur anders.
Die Leute sind krank, in Städten, krank, und es ist scheißegal, wohin man zu fliehen versucht. Ich habe alles gesehen. Alles gehabt. Was noch kommen sollte, kann ich mir nicht vorstellen. Wenn ich keine Lust zum Arbeiten habe, liege ich auf meinem Bett und warte, daß die Zeit rumgeht. Mit Fernsehen geht sie schneller rum. Fernsehen ist die Kultur der Großstadt. Es ist absoluter Mist, der nicht tut, als wäre er etwas anderes. Ich bin nicht krank, nicht mehr oder weniger. Einfach jemand, der zu viel Geld verdient, sich zu sehr langweilt, zu viele Bekannte hat und zu viel alleine ist, der zu schlau ist, Fragen zu stellen, auf die es keine Antworten gibt. Ich wohne in einer Stadt, die zu groß ist, als daß man sie durchlaufen kann, da verliert man schnell die Orientierung. Verliert sich in sich und wer will da schon hin. Sonst geht es mir gut. Ich wohne in einer Scheißstadt und kann alles auf sie schieben. Mich davon ablenken, daß ich genauso bin wie sie. Verdorben, kaputt, krank, mit einer Fassade, die noch nicht einmal geschminkt tut. Der Tag vergeht mit meinem Fuß, den ich einem Sachbearbeiter gestellt habe, einigen Telephonaten, die besser nie geführt worden wären, dem Rauchen von 67 Zigaretten, Fernsehen und Zu-Bett-Gehen, gegen 22 Uhr.

Die Nacht davor,
22.30 Uhr.
Ich

Ich liege in meinem Bett, es ist groß und golden und das einzige wirkliche Möbelstück, das ich besitze. Ich scheue die Anschaffung von Mobiliar, weil es zu einer anderen Generation gehört, sich Möbel, vielleicht gar auf Ratenzahlung, zuzulegen, riecht zu sehr nach: Das ist jetzt dein Le- ‹12
ben. Ich möchte lieber offen für Überraschungen sein, die nicht eintreten werden. Morgen nach Amerika zu ziehen wäre kein Problem, aber was soll ich bitte in Amerika. Dort läge ich genauso in meinem goldenen Bett wie hier. Wenn ich nicht arbeite, langweile ich mich, und ich glaube, so

geht es den meisten, sie trauen sich nur nicht hinzusehen, hängen lieber mit anderen Langweilern zusammen und nutzen ihre Zeit aktiv. Ich liege in meinem Bett, bin nervös und weiß nicht warum. Es gibt keinen Grund, es läuft alles gut. Ich sehe gut aus, die Menschen schauen mir hinterher, was braucht man mehr. Ich habe keine Probleme, Geschlechtspartner zu finden, lieben kann ich wie die meisten nicht. Vielleicht konnte es noch nie jemand. Liebe, das fehlgedeutetste Wort der Geschichte, meint nichts anderes als hormonelle Verwirrung. Ich habe ein paar Freunde und mir angewöhnt zu sagen: Ich habe nicht viele Freunde, weil es so eine Tiefe hat, das zu behaupten. Ich habe nicht viele Freunde, weil ich zu faul bin und oft lieber auf meinem Bett liege, als mit Freunden etwas zu machen. Mit Freunden was machen heißt doch meistens, an irgendwelchen Tischen zu hocken und über Dinge zu reden, die sich nicht ändern lassen. Ich war schon in den meisten Orten auf der Welt, und es macht mich nicht mehr nervös, irgendwohin zu fliegen, weil ich weiß, daß man mit Kreditkarten überall gut behandelt wird, in ordentlichen Hotels wohnt und sauberes Essen zu sich nimmt. Ich bin nicht neugierig auf irgend etwas, weil ich glaube, daß ich weiß, daß es sich bei allem, was ich noch nicht kenne, nur um Dinge handeln kann, die sich Menschen ausgedacht haben und deren Möglichkeiten sind begrenzt. Früher konnte ich noch staunen, über Bücher, Filme, Junkies, Transvestiten. Aber irgendwann hat man alles gesehen, erkannt, daß sich hinter groß tönenden Dingen nur Menschen verbergen und kleine Geschichten. Manchmal, so wie in dieser Nacht, in der ich Mühe habe einzuschlafen, kotzt mich alles sehr an, und ich weiß gar nicht, wie ich die nächsten Jahre herumbekommen soll. Wenn ich morgen stürbe, fände ich das nicht besonders schlimm, hätte nicht das Gefühl, irgend etwas zu verpassen. Und jetzt schlafe ich dann endlich ein.

Der Anfang

5.30 Uhr.

Ich

Manchmal ist es, daß eines aufschreckt, aus dem Schlaf und nicht weiß warum.
Vom Dunkel, eben noch, kann ich nichts sagen. Über die Vorfälle, vielleicht außerhalb, kann ich nichts sagen. Weiß ich nichts, bin gerade erwacht. Der Zustand ist fremd. Ein Zwischenzustand, verklebter Zustand, Herzrasen, Zittern, Schweißzustand. Scheiße auch. Da hat mich wohl was in die Fresse getreten, unwohl gemacht, im Schlaf, und der ist weg und ich wach, und es ist halb sechs. Rauchen um diese Zeit ist eine pelzige Angelegenheit. Sonst. Fällt mir nichts ein, was ich halb sechs dringend erledigen könnte, nichts, was ich nur irgendwie erledigen könnte. Die Dinge, die ich tags erledige, taugen nicht, werden banal zu unpassenden Zeiten. Fragte ich mich im Hellen, bei allen Verrichtungen, wär das auch morgens um halb sechs wichtig, bliebe wohl nichts. Telephonieren entfällt. Halb sechs sollte der höfliche Mensch nur wichtige Mitteilungen machen: Mein Haus brennt, dein Haus brennt, ich habe ein Bein verloren, mein Bein brennt. Solche Dinge sind um halb sechs akzeptabel, nicht akzeptabel das, was der meiste Mensch im Hellen redet. Drum ist schlafen gut und kaum Fehler möglich. Ich würde sehr gerne weiterschlafen, am besten immer, aber das geht jetzt nicht, denn Gedanken sind da, zu viele davon, drängeln im kleinen Hirn. Gedanken ganz früh sind sehr klar, sauber, befreit von allen Lügen. Was da wohl bleibt … ist die Wahrheit. Es ist nichts. Es ist halb sechs, und es scheint, als ob ich besser hören würde. Nachtgeräusche, Geräusche von Tieren in Bleirohren, von scharrenden Altweiberfüßen, Geräusche nach Schuppenflechten tönend. Seit einem halben Jahr geht es mir bedenklich. Vor
einem halben Jahr habe ich eine Droge genommen, die 14
mein Bewußtsein in einer unguten Art erweitert hat, auf Allformat geweitet hat. Ich war das verfluchte All. Ohne Ende und habe die Erde gesehen. Und die Menschen. Und mich. Im All. Ist klar, daß es mir seither nicht gut geht. Vielleicht werden Drogen jetzt den Zerealien beigemischt. Das

waren noch gute Zeiten, als Zerealien einfach Corn-flakes hießen, was ich meine ist, soweit ich daran glaube, daß seit einiger Zeit dem Grundwasser Östrogene beigemischt werden, damit alle Männer schwul rauskommen, werden wohl allbewußtseinserweiternde Drogen in die Corn-flakes gemengt. Das würde einiges erklären. Die Stimmung draußen. Der Menschen, die nicht mehr wissen, worum es geht. Denken um halb sechs ist schlecht. Mir auch. Heyerdahls Papyrusboot in der Toilettenspülung, zieht wer, um Zerealien wegzuspülen. Die Augen auf, sehen ein ungepflegtes Halbhell. Das Auge guckt zur Wand, die schlingert, das verstörte Auge guckt die Wand an, und dann passiert der Scheiß. Im verdammten Halbhell sehe ich klar, sehe in die Wohnung meiner Nachbarin. Ein Schrank, Stützstrümpfe auf einem Stuhl, das Bett, Eiche, mit der Nachbarin darin. Ich mach die Augen zu und wieder auf, ich hebe das Zittern an, das Licht an. Da liege ich im Bett an einem ganz normalen mistigen Morgen um halb sechs und gucke durch die Wand. Sitze in meinem Bett, gucke die Nachbarin an, durch die Wand, die Alte in ihrem Bett liegend. Sie hat sich ein Kopfkissen zwischen die überweichen Schenkel geschoben, aus ihrem Mund läuft etwas. Ich sehe sie, sehe, was sie träumt, was sie denkt, und das ist wirklich nicht gut. Ich aus dem Bett, trete in mein Nachtgeschirr, nasser Fuß macht nicht munter, macht die Wand nicht zu, stolpere gegen einen Stuhl, schaue von der Wand weg, aus dem Fenster raus. ______________________________

____

____

____

______ Alle verdammten Wände reißen auf, als würde einer einen Vorhang öffnen. Und ich sehe sie. Die Wohnungen, die Wohnungen dahinter, dahinter. Die Menschen. Augen zu, wieder auf, hinlegen, laufen, auf Toilette gehen, ein Übergeben versuchen, schlagen, Kopf gegen Wand, Augenreiben, Genitalien reiben, schütteln, mit Öl gurgeln. Bleibt. Durchsichtig, alles. Was ein mieser Anfang, für einen neuen Tag. Ich sitze im Bett, morgens, es wird nicht heller, nicht besser, schaue durch die Wand auf die Nachbarin.

5.31 Uhr.

(Johanna, 50. Alleinlebend, Sparrücklagen, katholisch, strenge Erziehung, keine Freunde, keine Hobbys. Abonniert die christliche Frau oder das christliche Tier oder was. Onaniert nie)

Die Schwester steht auf, als hätte jemand einen Eimer Zerealien über sie geleert. Steht sie auf, ohne etwas Sanftes zwischen sich und dem Schlaf und dem Stehen. Geht in ihr Badezimmer.

Überprüft den Sitz ihres Gesichtes im Spiegel. Das verläuft an den Rändern, der Mund findet nur unwesentlich statt, und die Augen versinken in den Wangen, die bis an den Rand reichen. Die Schwester ist fast fünfzig und weiß, was gut und böse ist. In der Mitte gibt es nichts zum Drübernachdenken. Sie ist gut. Das weiß die Schwester. Sie ist ein ordentlicher Mensch. In ihrer Wohnung könnten Leute vom Boden essen, wenn da welche kämen. Die nicht kommen, weil die Schwester keinen hat, zum Einladen in ihre saubere Wohnung. »Wissen Sie, ich bin keiner, der schnell freundlich tut«, sagt die Schwester, wenn sie jemand fragt, was kaum geschieht, »aber wenn ich mal Freundschaften schließe, dann fürs Leben.« Das war noch nicht eingetreten. Einen Fall, wo jemand die Aussage der Schwester hätte überprüfen können, gab es nicht. Die Schwester hat einen großen Busen, den sie, wie ihre ganze Erscheinung, stramm vorwärts drückt. Der Busen, die Schwester, alles sauber, alles Autorität eines rechtschaffenen Menschen. Die Schwester denkt nicht viel. Sie hätte von der Kapazität her durchaus die Möglichkeit, aber es gibt in ihrem Leben kaum Raum zum Denken, denn das Leben kostet viel Zeit. Halb sechs des Morgens steht die Schwester auf. Sie gestattet sich kein Frösteln. Ihr Schlafzimmer ist sehr kalt. Das ist gesund. Die Schwester geht in ihr Badezimmer und reinigt sehr lange die Spuren der Körperlichkeit weg, die ein 16
Schlaf mit sich bringt. Sie bereitet ein leichtes Frühstück zu, das sie an einem Tisch sitzend aufißt. Sie liest nicht dabei, hört nichts dabei, außer den Kaulauten ihres Mundes, den Schlucklauten ihrer Kehle. Das Ticken der Uhr, die die Schwester scharf im Blick behält, damit die Uhr nicht weg-

läuft. Die Schwester reinigt den Tisch mit einem kleinen Handstaubsauger, spült ihren Teller und zieht sich die Kleider an, die sie am Abend auf einen Bügel gehängt hatte. In Folge kontrolliert die Schwester alle elektronischen Einrichtungen und hebt an, ins Krankenhaus zu gehen. Sie arbeitet seit vielen Jahren auf der Säuglingsstation. Sie liebt Kinder nicht. Sie haßt Kinder nicht. Die Säuglinge sind mangelhafte Produkte, die im Zuständigkeitsbereich der Schwester liegen. Wirklich unangenehm ist der Schwester nur der Anblick von Frauen mit geblähten Bäuchen. Zu deutlich ist der vorangegangene Geschlechtsverkehr erkennbar. Die Schwester hat keinen Geschlechtsverkehr. Sie mag unkontrollierbare Sachen nicht. Sie mag körperliche Sachen nicht. Der Aufwand der Reinigung steht in keinem Verhältnis zu dem Ereignis. In ihrer Jugend wurde die Schwester manchmal von Gefühlen aufgesucht. Die ihr den Schlaf verwehrten. Gegen dergestalt Gefühl half das feste Pressen der Decke. Oder eine gründliche Wäsche des Körpers. Die Schwester zahlt ihre Steuern, sie befürwortet den Wehrdienst, sie hält Ordnung. Die Schwester verläßt das Haus. Geht mit korrekt bemessenem Schritt zum Dienst. Löst die Nachtschwester ab. Ist allein auf der Station. Ein Gefühl, und das ist selten. Gefühle sind schmutzig, unkontrollierbar. Das Gefühl, allein auf der Station zu sein, ist gestattet. Ist gut. Ist Herrschaft. Ist, was Gott gemeint haben muß. Ein Säugling ist erwacht. Er schreit. Die Schwester hebt den Säugling aus seinem Bett. Sie versucht den Säugling zu füttern. Sie versucht den Säugling zu beruhigen. Sie windelt den Säugling. Der Säugling schreit. Die Schwester legt den Säugling zurück in sein Bett. Immer wieder gibt es Säuglinge, die die Ordnung stören. Die Ordnung sollte nie gestört sein. Die Schwester drückt ein für Fälle der Störung bereitliegendes Kissen auf das Gesicht des Säuglings, bis ein ordnungsgemäßes Schweigen eintritt. Die Schwester geht ins Schwesternzimmer. Wäre sie ein anderer Mensch, würde sie sich ein Lächeln gestatten. Ein Lächeln der Zufriedenheit mit einer Welt, die in Ordnung ist.

6.15 Uhr.
Ich

Mein Blick hakt sich von der Schwester los, ohne mein Zutun, als wären die Augen eine von fremder Hand geführte Kamera und würden nun auf eine neue Einstellung schwenken. Das ist doch krank. Und Kranke gehören in Krankenhäuser. Nicht auf die Säuglingsstation, wenn möglich. Vielleicht ist was mit der Linse nicht in Ordnung, ein Kurzschluß im Kopf, Wahnvorstellungen, Großstadtirrsinn. Gegen die Großstadt gibt es Tabletten wie Prozac. Ein Mittel, das dem Menschen die Tiefen nimmt und ihm auf die Frage, warum er lebt, antwortet: Hey, weil es echt Spaß macht, weil das Leben eine Party ist und du der Überraschungsgast. Ich war früher manchmal kurz davor, mir Prozac zu besorgen, ungefähr einmal im Monat war ich kurz davor.
Es geht wieder los, die Augen flackern, suchen, und ich muß den Kopf rumreißen, damit sie sich nicht in einen dicken Herrn bohren, mit Spermaflecken auf dem Leibchen. Ich will nicht mehr wissen und woher das Sperma kommt, schon gar nicht. Die Sache ist klar, die Russenmafia hat mir Halluzinogene, Halluzinide oder Spermizide gespritzt. Scheiße. Ich soll nicht soviel fluchen. Wer Schimpfworte verwendet, bekommt keinen Nobelpreis. Kommt auf die Säuglingsstation, mit einem Sack Zerealien an den Beinen. Schimpfworte sind gar nicht modern. Jetzt werde ich mir lecker Kaffee kochen, rauchen, aufwachen. Die Augen. Bohren sich durch die Wand, ich sehe durch die Nachbarwohnung in die nächste Wohnung, ein Paar, schwitzend im Bett, und in ihrem Inneren, nichts Gutes, gar nicht, der Wasserkessel geht zu Boden, ich auch und drehe den Kopf schnell, sehr schnell, damit die Augen nirgends halten können. Alle Wände verschwimmen, lösen sich auf.
Wenn das die Strafe ist, dann weiß ich nicht für was. Wenn das ein Traum ist, dann möchte ich aufwachen.
Die Augen zu bedecken ändert nichts. Ich sehe durch alles. Das hört sich jetzt an, als hätte ich verdammt einen an der Waffel, und wenn ich mich denken höre, denke ich, das will

ich nicht wissen, das ist die Geschichte eines Durchgeknallten, und gleich erzählt er mir was von Ufos und kosmischen Strahlen. Ich nehme 10 Aspirin, versuche nicht nachzudenken, jeder Trip endet. Irgendwann. Stehe kurz still, sehe aus dem Fenster auf das Haus gegenüber, sofort durch die Wände, die sich öffnen, transparent werden mit ausgefranstem Rand, die Menschen in ihren Wohnungen, die Häuser, die verdammte Straße, einsichtig. Wenn ich nur eine Sekunde zu lange verweile, bohrt sich der Blick in die Menschen und ihr Leben ist wie ein Fotoalbum, wie ein Film, ein Bild. Ich muß hier raus. Ich will raus, laßt mich raus. Ist ja gut, sagen die Wärter, der Doktor kommt gleich. Ich packe eine Tasche, Unterwäsche, einen Stapel der Geschichten, die ich geschrieben habe (vielleicht muß ich mich irgendwo bewerben, erklären, daß ich nicht wahnsinnig bin – quatsch nicht, du bist einfach eitel). Packe die Tasche, wie vor einer Explosion, was packen Sie vor einer Explosion in ihre Tasche? Einen V1-Motor, der hat mir schon oft das Leben gerettet. Die Treppen, den Blick runter, durch das Treppenmaterial geschaut. Da sind Würmer drin, muß ich der Hausverwaltung mitteilen, auf die Straße. Die Stadt schläft, bis auf einige Proleten, die an ihre Drehbänke gehen, noch. Einer kommt mir entgegen, ein muffiger Mann, der seine Frau prügelt, weil er geprügelt worden ist, der dumm ist, säuft, sein Gehirn großflächig zersetzt, schnell weg den Blick, der Blick streift Häuser. Ich sehe sie in ihren Betten liegen. Am besten zu Boden schauen, die Kanalisation an, die Gedärme an. Randvoll mit Ausscheidungen. Mein Arm weist einige Verletzungen auf, die ich mir zugefügt habe, um zu überprüfen, ob ich noch da bin. Die Augen, die Verräter, am Boden, nur nicht hochschauen, zum Krankenhaus. Der Tag fängt widerwillig an. Keine klare Sache. Keine Sonne, die anhebt draufloszuscheinen, mit Lust. Die Nacht will nicht gehen, deckt das Grauen so gut. Der Tag nicht kommen, die Sonne nicht scheinen, die Bevölkerung nicht aus dem Bett. Alles eine
19 Sucht nach dem ewigen Schlaf. Widerwillig geborene Menschen, die eine Zeit herumbringen müssen, zwischen den großen Ruhen. Ich sehe den Himmel an, bemüht, keine durchsichtige Wand zu streifen, keinen Menschen zu se-

hen, sehe ich in den Himmel. Die Sonne ist da, verschwommen, müde, erledigt, angewidert. Fast ist mir, als würde sie sich übergeben. Übergibt sich auch, reißt aus der Verankerung, und entfernt sich ins All. Wird immer kleiner. Dunkel, und die Sonne ist nicht mehr da. Da vorne ist das Krankenhaus. Es liegt im gottverdammten Finsteren. Nur im Inneren ist es hell.

6.20 Uhr.

(Peter, 27. Vermögensvermehrer. Leben war bislang von großer Belanglosigkeit. Das Fetzigste war der Unfall, den er vor einiger Zeit hatte. Sehr viele Gedärme um ein Lenkrad. Gehörten ihm)

Alle um Peters Bett. Seine Freundin, seine Eltern, sein Bruder. Stehen, schweigen. Betroffen. Vor so viel Unexistenz. Alle nicht katastrophenerprobt. Wie kaum einer. Keine Erfahrung mit Krisen. Macht dummes Schweigen. Die Freundin, in rotgehaltener Dauerwelle, setzt sich auf den Rand des Bettes, beginnt zu reden, peinlich, ihre Worte in der Stille, wie beim Akt reden (stopf mich voll mit deinem großen Baumstamm, du lüsterner Stier), so peinlich. Peters Augen zu, keine Bewegung. Laß sie reden, laß sie stehen, es wird ihnen fad werden, sie werden schnell ihrer Pflicht nachgegangen sein und dann weg. Und dann wieder Ruhe. Peter denkt nicht richtig. Es ist, was übrigbleibt, wenn man die Gedanken auf den Kern reduziert, wie einen guten Satz. Befreit von allem Unnützen. Peter liegt im Koma. Das Wort würde ihm nicht einfallen. Ihm fallen keine Worte mehr ein. Nur Zustände. Der Zustand, in dem Peter sich befindet, ist Friedlichkeit. Von dem Unfall weiß er nichts mehr, von seinem Leben vor dem Unfall weiß er nur noch den Kern. Der Kern ist Anstrengung, Bewegung, unnütz. Als Peter nach dem Unfall zu dem Kern von sich kam, war die Sache klar: nicht bewegen, nicht bemühen. Es wäre möglich, zum alten Zustand zurückzukehren. Es bedürfte der Entscheidung. Die will er nicht. Peter hört nicht, was seine Freundin zu ihm sagt. Er spürt es. Sie will ihn holen, über Stacheldrähte ziehen, den alten Zustand

<20

wieder. Peter will da nicht hin. Das Gefühl zu der Freundin, der Frau, die da auf seinem Bett sitzt, ist ein fremdes. Sie soll weg. Alle sollen weg. Die Anwesenheit macht, daß sich Störungen abzeichnen. Daß da was eindringt, wie ein kalter Wind in eine geheizte Stube. Peter spürt, daß eine fremde Person anwesend wird. Spürt, daß sie über seinen Zustand befinden kann, so daß Peter Angst wird. Er spürt, daß sie von seinem Tod sprechen. Der Tod ist ein Zimmer weiter, Peter hatte ab und zu mal in dieses Zimmer geschaut, es hatte ihm angst gemacht, was in dem Todeszimmer passierte. Peter will da nicht rein. Spürt eine große Gefahr. Und er entscheidet sich. In diesem Moment. Zurückzugehen. Fängt den Weg an. In etwas, das hell ist und weh tut. Etwas Klares. Geht zurück, heller, wie tausend Neonröhren vor ungeschützten Augen. Über trostlose Plätze. Die Erinnerungen sind. Klarer werden. Ein unnützes Leben werden. Mit einer Frau. Seiner Freundin. Ohne reden, ohne Nähe, mit einem Beruf. Beruf. Beruf, früh aufstehen, Angst haben. Vor Versagen, vor Beruf verlieren, heimkommen. Die Freundin da. Forderndes Gesicht, kalter Körper, Angst haben, vor der Frau. Angst. Vor Schmerzen, vor Einsichten in Sinnlosigkeiten. Immer heller, unten noch der Schatten des Todeszimmers, kalt, treibt ihn an. Muß er weg davon. Ist furchtbarer als alles in dem Licht. Aber ist nicht mehr weit. Fast geschafft. Eine Hand schon im Raum. Kann schon fassen. Schreien, wollen, geht nicht. Als die Geräte abgeschaltet werden.

6.27 Uhr.

(Bert, 46. Oberarzt. Verheiratet. Kein Sex. Sammelt Insekten. Interessiert sich für Kriegsverbrecher. Waschzwang)

Niedergeschlagen am Tisch, der Tisch seines Großvaters, seines Vaters, braun, Heil. Kopf in Hand. Allmächtige Hand.
21 Hat versagt. Ein junges Leben. Bert weint oder so ähnlich. Den Kopf in der Hand. In der es liegt, Leben zu schaffen, zu beenden. Zu kontrollieren. Auf, auf die Hand gewaschen, böse Hand. Wird geschrubbt mit einem Bimsstein,

gebimst, die Knochen sollten freiliegen, sind gut zu kontrollieren, Knochen, mit Perlweiß zu reinigen. War Chirurg geworden wegen der Kontrolle, hatte früher schon seine Tiere seziert. Als sie noch lebten, wollte sie definieren, das Leben aus ihnen strömen fühlen, durch seine Hand. Die Hand lebt unabhängig, sie muß sich waschen, beherrscht die Welt. Organe Lebenden entnehmen. Kein Kunststück, kann heute jeder, macht jeder. Falsche Gliedmaßen amputieren ist auch nicht neu. Seine Hand. Zwingt ein gesundes Bein zum Verfaulen. Spiegel. Berts Gesicht. Knochen. Ein asketischer Mann. Haßt alle mit Fett, Fett ist außer Kontrolle geratenes Fleisch. Fleisch, das über Knochen fließt, ein Eigenleben hat, wie seine Hand, ist gefährlich. Ist zu bekämpfen. Der eben hatte Übergewicht. Nicht viel. Langt aber. Für ein Völlerschwein. Weg, weg, die Hand hat entschieden. Wünscht sich, in Menschen dringen zu können, ohne Narkose, ohne Kittel, auf der Straße, ihnen das Herz zu entreißen, wenn es Menschen außer Kontrolle sind, wie unnütze Maschinen ins Torkeln geraten. Bert, am Tisch. Denkt an das Gefühl, die Hand, die Därme hält, sie perforiert, wenn es angezeigt ist. Um aufzuräumen. Sauberzumachen. Leben löschen, die nichts bringen, nichts nützen, nur sind, wie Verstopfungen. Da lach ich aber. Der junge Mann, im künstlichen Koma, ist nicht mehr. Lacht nicht mehr. Bert schon. Schön, sein Beruf, der Platz gibt für die Arbeit seiner Hand. Die ihm befiehlt. Die Hand ist. Immer. Bert vergräbt den Kopf in den Armen. Die Hand zuckt.

6.31 Uhr.
Ich

Vielleicht werde ich mich an den Tag erinnern, an dem mich mein Verstand verließ. Ein dunkler Tag, die Luft feucht und es ist, als würde sie von der Haut aufgenommen werden, um meinen Körper auf ihre Temperatur zu bringen. In sehr großer Entfernung ist eine trübe Sonne zu sehen, die immer kleiner wird.
Ein ganz normaler Morgen, ein etwas dunkler vielleicht, in einer Großstadt, die langsam erwacht, sich räuspert, sich

die Augen wischt, noch friedlich scheint. Die ersten Autos auf den Straßen. Die Menschen stehen auf, riechen nach der Nacht, bereiten sich auf einen Tag vor und wissen nicht warum. Der Tag, an dem mich mein Verstand verließ, ist einer wie immer. Wie immer für alle, nur ich sitze daneben und gehöre nicht mehr dazu, darf nicht mehr mitmachen bei dem Spiel, dessen Regeln so einfach sind und Sicherheit geben. Nicht fragen, alles tun wie an allen Tagen, nicht nachdenken. Koch einfach deinen Kaffee, iß deine Brötchen, zieh dich an, geh arbeiten, mach deinen Job, geh nach Hause, zieh dich um, triff dich mit Bekannten in einem Restaurant, dann rasch zu Bett, und ich muß zuschauen. Die Bank, auf der ich sitze, wurde von Dr. Bert Zumbier gestiftet, ich denke, das hat ihn auch nicht weitergebracht, und was mache ich hier, denn in das Krankenhaus werde ich nicht gehen, was mache ich morgens auf einer Bank. Mir fällt es schwer, gerade zu denken, ich habe Mühe, mich an meine Wohnung zu erinnern. An mein Leben zu erinnern, es verschwimmt, gerät durcheinander. Freunde, hatte ich welche. Da sind Gesichter, von denen ich nicht mehr weiß, auf welchen Körpern sie sich befanden, wo die Körper wohnten. Bilder, von fremden Ländern, Menschen, und nicht mehr einzuordnen. Die Frau, die eben ihren Freund verloren hat, kommt aus dem Krankenhaus. Sie weint im Laufen, weint laut, dreht sich um, schaut, ob wer sie anschaut, sieht nur mich, hört auf zu weinen, wie das Lächeln eines Kellners verschwindet die Trauer von ihrem Gesicht. Sie richtet sich und geht.
Ich sitze auf Zumbiers Scheißbank und folge ihr. Mit den Augen. Schleiche mit ihr durch die Stadt, die gerade Kaffee getrunken hat.

6.45 Uhr.

(Peggy, 25. Erzieherin. Hobbys: Musik von Phil Collins, Reiki, Esoterik, Asien, Männer sind Schweine, Peter war auch eins)

Peggy geht nach Hause. In die leere Wohnung. Peter ist tot. Peggy sagt ein paar Mal tot, tot, tot und wartet, daß sich ein unendlich totes Gefühl einstellen möge. Und wenn das nicht, so eine unfaßbare Trauer, daß sie zusammenbräche, sich wünde und die Lippen oder Verwandtes blutig bisse. Doch da kommt nichts, und Peggy läßt sich auf den Küchenboden sinken. Krümmt sich und versucht, über außen nach innen zu gelangen. Ungefähr zehn Minuten liegt sie so, die fülligen Beine in bunten Leggings erlauben nur bedingt eine embryonale Haltung. Peggy sagt laut: uahhh, uahhh, wartet, daß ein Weinen draus wird. Wird nicht. Nichts draus. Nach einer Weile ist es ihr zu dumm, sie erhebt sich, macht einen Kaffee. Sitzt in der Küche, trinkt den und überlegt, ob sie sich die Wohnung auch alleine leisten kann. Kann sie und was sich nun ändert. Merkt, daß sich für sie nicht wirklich viel ändert, und wenn, dann nicht übel. Was bedeutet ein anderer Mensch. Er bedeutet, Essen zu teilen, Langeweile, Gerüche, eine fremde Familie ertragen zu müssen, Küsse mit feuchtem Zungenschlag kosten zu müssen, müssen. Muß nicht mehr. Peggy beginnt die Sachen ihres Freundes in einen Koffer zu stopfen. Ein paar Hemden kann sie selber tragen. Der Rest gibt guten Platz, für sie. So ist das mit der Liebe. Denkt Peggy. Es sind wirklich nur kleine Geschichten. Die irgendwann anfangen und besser schneller zu Ende sind. Denn wenn sie zu Ende sind, bleibt nichts außer Sachen, die stören, und Berührungen, die stören, weil der Mensch nicht dazu geschaffen ist, berührt zu werden. Nicht geschaffen ist, andauernd zu reden, weil es soviel wirklich nicht zu sagen gibt. Ein Foto steht da noch, Peggy sieht das an. Vor zwei Jahren war das. Sie waren verliebt. Sie dachten, nun sind wir immer verliebt. Doch was danach kam, war wie alles, was nach großer Erregung kommt. Peggy schminkt sich die Spuren der Traurigkeit nach, denn sie wird jetzt zu ihrem Therapeuten gehen. Gut, daß es ihn gibt. Wirklich dumm ist nur, daß mir niemand mehr Geschichten vorliest, bei Gewitter, und daß ich diesen verdammt schweren Koffer wegtragen muß.

7.30 Uhr.

(Malte, 37. Therapeut. Lebt alleine. Onaniert unregelmäßig zu Bildern von Hamilton, das sind die mit 14jährigen Ballettmädchen drauf. Rotweintrinker. Müde)

Ist recht, alte Kuh, denkt der Therapeut. Die Frau im Sessel gegenüber hat die behaarten Arme um ihre unbegradigten Schenkel gezogen. Die stecken in engen Hosen mit wirrem, farbigem Muster. Die Haare der Frau sind rot gefärbt, fleckig, wo das Henna die Schlacht gegen die Dackelfarbe verloren, und fallen in dauergewellten Schnüren auf ihre fettige Stirn. Die Frau wiegt sich hin und her auf dem Sessel, und der Therapeut denkt, ich hasse diesen Job. Die Frau schluchzt, ihre Stimme täuscht Unbedarftheit vor, ganz hoch und grad zum Reinschlagen: »... hat mein Vater mich nicht beachtet und mir nie gesagt, daß ich sein kleines Mädchen bin ...«
Kleines Mädchen – denkt der Therapeut und ihm wird übel. Das ist so eine, die sagt im Restaurant, ich muß mal für kleine Mädchen. Das ist eine, die emanzipiert tut und alle Männer Scheiße findet, weil sie sie nicht beachten, wie ihr verfickter Vater sie nicht beachtet hat. Der Therapeut denkt sich, wie warm und gut es sich anfühlen möchte, ihr zu sagen: »Wissen Sie, wenn Sie als Kind ebenso widerlich waren wie jetzt, verstehe ich Ihren Vater sehr gut. Hätte er doch dauernd kotzen müssen, vor Ekel, so etwas heranwachsen zu sehen, hätte er Sie beachtet.« Die Frau fährt sich durch ihr häßliches Haar. »Mit Peter ging es mir genauso, jetzt ist er tot und nie«, schluchzt sie weiter, »nie hat er in unserer Beziehung ...« Beziehung, denkt der Therapeut, ich halte das nicht mehr aus. Und er stellt sich vor, wie die Vettel morgens, zu einer Zeit, wo keines ein anderes ansprechen sollte, in einem dreckigen Kimono vor ihrem Peter stand. Du, wir müssen über unsere Beziehung reden.

Der Therapeut schüttelt sich. Armer Peter, denkt er, gut, daß du weg bist.
Die Frau redet weiter, sie redet von Peters emotionaler Unfähigkeit. Der Therapeut schaut auf ein Chakrenbild an seiner Wand. Warum eigentlich, denkt er sich, muß ich hier sitzen, mir das Gewäsch einer häßlichen Sau anhören, die ihr beschissenes kleines Leben nicht im Griff hat. Die nicht kapiert, daß ihre Probleme mit Männern nichts mit ihrem Vater zu tun haben, sondern mit ihren fetten Beinen in Leggings mit arschigen Mustern, mit ihrem ungeschminkten, glänzenden Gesicht und mit ihren mistigen Haaren. Der Therapeut wird von großer Müdigkeit heimgesucht. Seit 15 Jahren hört er sich die Leben gewordenen Dummheiten alternativer Frauen und dünner, häßlicher Männer an. Er stellt sich vor, wie wohl der Welt wäre, wenn er all jene, die im Laufe der Zeit auf diesem Stuhl gesessen und sich ihrer Jämmerlichkeit hingegeben haben, wenn er die mit Hilfe dieses Sessels aus dem Fenster geschleudert hätte. Daß sie unten aufschlügen, drei Stockwerke weiter. Sich nach Entfernen der Körper eine feste Kruste gebildet hätte, aus Birkenstocksandalen, Leggings, T-Shirts mit dämlichen »blasen bumsen ficken«-Parolen und viel viel Henna. Und endlich befreit von diesem selbstgerechten Pack, das sich soviel darauf einbildet, gut zu sein, an sich zu arbeiten. Bau aus Scheiße ein Schloß. Es wird immer ein Schloß aus Scheiße sein. Scheißschweine. Die Frau fummelt mit ihren wurstigen Fingern in der Kleenex-Box des Therapeuten herum. Der Therapeut beginnt zu schwitzen. »Ich will mich doch nur liebhaben lernen«, sagt die Frau. Der Therapeut springt auf und haut ihr mehrfach in die Fresse, reißt an ihren roten Haaren, wirft einige nutzlose Büschel auf seinen Sisalboden, zerfetzt ihr »Alle Macht den Frauen«-T-Shirt, stopft ihr die Ärmel der Trikotage in die fettigen Ohren, schlägt seine Faust auf ihre glänzende von Mitessern befallene Nase, tritt ihr mit seinem Gesundheitsschuh in die Bauchmitte, »du Sau, du Obersau«, sagt er. Dann verläßt der Therapeut mit leichten Schritten seine Praxis. Läuft in ein ihm bekanntes Grünstück. Tanzt und singt.

7.52 Uhr.

Ich

An einen Baum gelehnt, im Gras sitze ich, sehe den Therapeuten herumspringen, er fällt nicht weiter auf, im Park in einer Großstadt. Bäume, die aussehen wie aus Plastik, Rasen voller Hundekot und die Wege im Morgennebel, auf denen man Frauenleichen erwartet. Die Naherholungsgebiete einer großen Stadt, in denen die Menschen sich drängen, Parfüm riechen und sagen, riechst du die Natur. Natur in einer großen Stadt gibt es nicht, die Tiere sind mechanische Sachen, auf künstliche Bäume geklebt. Zwischen denen stehen ein paar Frauen mit undefinierten Formen, mit »Ich bin rund, na und«-Buttons und machen Tai Chi. Stehen auf einem Bein, heben die Hände zu einer Sonne, die es nicht mehr gibt und sind eins mit sich. Eins mit der Scheiße. Schilder versagen den Hunden einiges, doch Hunde können kein Deutsch. Sie tollen zwischen den Frauen herum, versuchen Bisse in die Fleischwaden und lassen Kot. Alle sind zufrieden.

Ein zufriedener Hundehalter geradeaus. Läßt sein räudiges Gerät, das von Flöhen zerfressene, weiden, äsen und die Welt vollscheißen. – Sind sie zufrieden. Natürlich, mein Hund hat einen gesunden Stuhlgang, was will ich mehr. – Ein Schuß, ein Schrei und Stille. Nicht mehr wollen macht Zufriedenheit. Ach wissen Sie, ich bin ganz zufrieden. Ich habe Krebs, aber ich lebe, ich bin blöd, aber ich lebe, ich bin nur ein Mensch und weiß darum. Ich habe zu essen, ein Dach über dem Kopf und eine gute Arbeit. Was will ich mehr. Ja, was will der Mensch mehr? Vielleicht seine gottverdammten Schwingen breiten, Großes schaffen, ein wildes verrücktes Leben suchen, sich streiten, kämpfen um mehr, als ein Mensch zu sein, fliegen zu Gipfeln und seinen blöden Köter dort grasen lassen. Schau sie dir an, die Zufriedenen, sitzen in Gärten, so groß wie die Toiletten derer, die etwas gewagt haben, sitzen vor Lauben, grillieren Hunde. Glotzen aus Fettschichten, aus Schweinsaugen, zufrieden. Solange der Garten steht. Und bereit, alles zu vernichten, was das kleine Hirn stört, bedroht, wird abgeknallt, die Flinte gereinigt, in Ölpapier gewickelt. Übersicht

birgt keine Gefahren. Regeln sind Geländer, an denen sich der Zufriedene hangelt. Nichts Neues. Das macht zufrieden, das ist die unendliche Bescheidung des kleinen Geistes. Wer denkt, kann nicht zufrieden sein. Mit nichts. Nicht mit der Liebe, die eine Illusion ist, mit der Arbeit nicht, die ist widernatürlich (muß ja, sagt der Zufriedene), dient nur dem Geldverdienen, um Hunde zu kaufen. Mit der Stadt nicht, dem Sammelbecken der Zufriedenen, in Schachteln hocken sie, mit gleichen Lampen, Schrankwänden, Vorlegern, Gardinen mit Goldkanten (die Kanten rausreißen, zum Händler bringen, angeschissen, ist kein echtes Gold, na, zufrieden). Die Erde kollabiert, Eisberge schmelzen, Raumfahrer kacken das All voll, Atomreaktoren krachen, Flüsse sind tot, Menschen haben Neurodermitis, die Inflation rast, Obdachlose verstopfen die Straßen, Flugzeuge fahren überall hin, überall sieht es gleich aus, Flugzeuge fallen vom Himmel, auf Schulen. Aber wir sind zufrieden. Eingerichtet im Mittelmaß. In einem feigen Leben, das nur auf das Ende wartet. Kann nichts passieren, wir haben eine Sterbeversicherung. Zufriedenheit in jeder Sekunde, mit allem was eines tut eins sein. Sagt Buddha, und sind gar alle Zufriedenen Buddhisten, weise, entspannt im Hier und Jetzt und ich ein cholerisches Arschloch? Ruhig bleiben, Schaum vom Mund wischen, Buddhisten sind vom einfachen Menschen so weit entfernt wie ich davon, mir einen Hund zu halten. Mehrere Jahrhunderte Evolution überspringen gültet nicht. Das ist ein anderes Kapitel. Mehrere Jahrhunderte haben wir nicht mehr. Zu Frieden. Laß mich in Frieden. Frieden. Gibt es nicht. Unmöglich in einer Zeit, die krank ist, am Ende ist. Ist nicht mehr als blöde Dumpfheit. Sitzen sie rum, tumb und versperren die Aussicht. Blockieren mit ihren zufriedenen Leibern die Zufahrt für das Glück. Mucken nicht, rühren sich nicht, halten die Klappe, die Politiker werden es schon machen, die anderen werden es schon machen. Hocken, feige, hoffen,
daß niemand sie im Todesschlaf stören möge. Trugschluß. Nichts bleibt, wie es ist, es wird schlimmer. Und die Zufriedenen werden mit erstaunten Hundeaugen glotzen, wenn das Unheil anklopft. Ich wollte doch nur zufrieden sein, sagen sie, wenn ich mit einer Maschinenpistole vor

ihrer Tür stehe, mit Handgranaten, Flammenwerfern und Panzerfäusten um mich ballere, die Welt reinige, vom selbstgerechten Pack. Und die ist dann leer. Kann was Neues entstehen. Ameisen, Leoparden und dann wieder Menschen. Die neugierig sind, hungrig nach Leben, forschen und suchen. Nach dem Glück. Denn wer das sucht, findet es nie, kann nie zufrieden sein. Fast als würde mein Kopf bewegt, als würden meine Augen jemandem, der nicht ich ist, gehorchen, muß ich den Blick vom Himmel abwenden, muß ihn auf einen Glatzkopf richten, der bewußt atmend an mir vorüberläuft.

8.03 Uhr.

(Maxim, 36. Autor. Hauptproblem: alles. Onaniert zu Tierpornos. Häufig wechselnder GV mit Groupies, Literaturstudentinnen, Buchhändlerinnen. Tripper)

Der Schriftsteller läuft zwischen Bäumen hin und her, und seine weißen Finger, die unnützen, die nicht zum Arbeiten geschaffenen, hat er hinter seinem von der Wucht des Wortes gebeugten Rücken verkantet. Der Schriftsteller ist häßlich, wie fast alle Schriftsteller, und wie die meisten von ihnen hat er beizeiten erkannt, daß er zu klein ist, um von anderen Männern ernst genommen, daß er zu schütteres Haar hat, um von Frauen geliebt zu werden. Deshalb hat er sich rasch in seinen brillanten Verstand, einen sicheren Ort, zurückgezogen und das Schriftstellern begonnen. Heuer kann er mit Recht behaupten, kein schöner, doch ein fürchterlich sensibler Mann zu sein. So sensibel, so wach der Geist, und überall Geschichten, für einen, der so sensibel ist. Überall liegen die und der Schriftsteller stolpert. Die Natur, fühlt er, und wenn einer zum Fühlen geboren, dann er, taugt an diesem Tag nicht zur Inspiration. Er wendet seine Schritte dem Menschen zu. Kommt an einem Buchladen vorüber. Sein intelligenter Blick fällt auf einen Buchtitel: Ein Welpe kommt ins Haus. Heißt das Buch, und der Maxim beginnt leise zu kichern. Stellt sich vor, wie ein vier Meter großer Welpe in ein Haus kommt. Die Insassen fliehen, doch der Riesenwelpe jagt unerbittlich den Men-

schen und vertilgt ihn im Anschluß. Immer hat der Schrift-
steller so ungewöhnliche Assoziationen. Nie ist ihm lang-
weilig mit sich. »Mir ist nie langweilig«, sagt der Schrift-
steller oft ungefragt. Er ist noch jung, für jemanden, der
meint etwas sagen zu müssen, und alt für jemanden, der
noch nie etwas gemacht hat in seinem Leben, außer Papier
zu vernichten, mit Wörtern zuzuschmieren, die keiner
mag, keiner mögen kann, weil sie weh tun, in der Reihung,
und nur gelobt werden, von Menschen, die sind wie der
Schriftsteller – unnütz. »Ja, der Kafka«, denkt sich Maxim
gerade, weil alle Schriftsteller immer an Kafka denken, und
der Schriftsteller ist sich sicher, während er überlegen an
normalen Menschen vorübergeht, daß er dereinst genauso
berühmt werden wird, wenn nicht noch mehr, denn der
Kafka war ja gar nicht wirklich gut, obwohl der Schriftstel-
ler außer dem Ding mit dem Käfer noch nichts von Kafka
gelesen hat, weiß er das einfach. Der Schriftsteller ist sich
in jeder Sekunde seines Daseins seiner Genialität bewußt.
Sorgsam hebt er jeden Papierfetzen auf, jeden Kassenbon,
um ihn dereinst dem Schriftstellerarchiv zukommen zu las-
sen. Es fällt ihm aus diesem Grunde auch nicht leicht, sich
von seinem morgendlichen Stuhl zu trennen, und er hat
schon oft darüber sinniert, in welcher Form der wohl zu
konservieren sei. An einer Hauswand ist ein Hakenkreuz
gemalt. Bebend hält der Schriftsteller inne. Da ist sie wie-
der, diese große Wut, auf die Faschisten in diesem Lande,
alles Faschisten, und der Schriftsteller weiß, daß er nicht
aufhören wird zu schreiben, ehe nicht das letzte Haken-
kreuz mit weißer Farbe übertüncht sein wird, solange nicht
weiße Tauben gleich Feuerwerkskörpern am Himmel ber-
sten. Hurtig drängt es den Schriftsteller nach Hause. Er
muß dichten, dichten, gegen den Haß in diesem Land.
Muß seine Worte Waffen werden lassen. Dunkel ist es,
Maxim eilt durch ein befreundetes Parkstück. Versonnen,
bis seinen Füßen der Weg von einem zwei Meter hohen 30
Unhold versperrt wird. »Guten Morgen«, sagt der Un-
hold. »Gestatten Sie, daß ich mich vorstelle«, sagt der
Unhold, läßt das aber aus Gründen und fährt fort: »Ich bin
gerade hier, um so ein bißchen aufzuräumen, die Erde
stinkt bis in den Himmel, Sie verstehen schon.« »Nein, ich

verstehe nicht«, sagt der Maxim mit überschnappender Stimme, »und lassen Sie mich vorbei, ich muß dichten, muß an meinem fast klösterlich kargen Textkörper feilen.« »Sehen Sie, genau das möchte ich verhindern. Sie haben bereits zwanzig wertvolle Bäume vernichtet, durch ihren schreiberischen Dünnschiß, damit muß Schluß sein.« »Was ich tue, ist wichtig für die Menschheit«, plärrt der Schriftsteller. »Unfug«, sagt der Unhold. »Aber …«, sagt der Schriftsteller. »Nix aber«, sagt der Unhold, »ich werde Sie jetzt erst mal richtig in den Hintern ficken, und danach werde ich Sie in einen Käfer verwandeln, Sie verstehen, in einen Käfer.« Maxim, mit heruntergezerrtem Beinkleid, ruft nach seinem Lektor.

8.15 Uhr

(Rainer, 39. Lektor. Beziehungsunfähig. Scheißwort. Süchtig nach Wörtern. Ansonsten Fußball, Weinchen, ich trink noch ein Weinchen. Nett. Der Lektor ist sehr nett)

Rainer … Ein schwacher Ruf. War aber wohl nur das Summen des erwachenden Verkehrs. Der Lektor kauert im Park. Auf dem Weg zur Arbeit war er gewesen, als er den kleinen Vogel fand. Fast draufgetreten wäre. Komm her, lockt der Lektor das Tier. Aus dem Nest gefallen, bevor es das Zeug dazu hat, sitzt das und sieht traurig. Der Lektor kniet vor dem Vogel, hält ihm die Hand hin, der kleine Vogel, nimmt die nicht, hat Angst. Seine Federn sind noch ganz frisch, noch weich, seine Augen auch, die Knöchlein. Nichts will der Lektor im Moment lieber als den kleinen Vogel berühren, ihn in seine Hand nehmen, bergen, schützen, ihn unter sein Hemd schieben, lauschen, wie sein kleines Herz sich beruhigt. Und er endlich jemanden hätte, für sich, der ihm zuhörte. Der Lektor will nicht mehr allein sein, will nicht mehr dasein. Ohne den kleinen Vogel. Doch der weicht zurück, versucht ein paar Schläge, ist schnell. Entfernt liegt der Lektor im Schmutz. Und Tränen rinnen ihm die Wangen herunter. Er will nicht mehr. In seinen Verlag gehen, die Stapel Manuskripte vor sich, austauschbar, eitel, schlecht. Die Menschen dahinter, voller Hoffnungen. Nur, sich zu feiern, sich hervorzuheben, mit dünnen Worten, dünnen Gedanken. Die er haßt. Maxim. Früher glaubte er, die Literatur zu lieben, sei genug, jeden Tag Worte um sich, die beste Gesellschaft. Und Bücher zu Hause, Sicherheit für einen, der vor allem Angst hat, und das zu Recht. Was los ist, mit der Welt, weiß er nicht, versteht sie nicht mehr. Liest Bücher, in denen Menschen noch klare Gedanken hatten. Noch Gefühle. Liebe, Haß, Trauer, ein Ringen um irgendwas. Nichts zählt heute mehr, überleben selbst ist egal. Und das sieht er, aus jeder schlecht geschriebenen Zeile, die ihn anspringen, die Zeilen, die Worte in schlechter Abfolge, bis in den Schlaf. Willst du, hatte sich der Lektor früher einmal gefragt, willst du ein Leben mit Büchern, mit Worten und Freude daran bis zum Ende, oder willst du lieben, eine Frau. Aber eines ginge nur. Und ohne lange zu überlegen entschied sich der Lektor für die Worte. Eine Liebe hat er nie gefunden, weiß nicht, wie das geht. Es geht über Worte, und denen kann er nicht mehr vertrauen. Die Worte haben ihn verlassen. Seit einiger Zeit merkt der Lektor, daß er alles Geschriebene zu hassen beginnt. Mit Ekel Seiten wendet, sich die Hände waschen muß nach der Berührung eines Buches.

Der kleine Vogel ist müde. Er legt sein Köpfchen schief und läßt des Lektors Hand zu. Der Lektor ist erregt, sein Herz schlägt schnell, vielleicht im gleichen Takt wie das des Tieres. Er sieht sich den Vogel nach Hause tragen, ihm ein kleines Bett machen und einen Namen geben ... Handke? Sieht, wie er den Vogel füttert, mit einer Flasche, wie der zum Dank später auf seiner Schulter sitzt, den Schnabel an des Lektors Wange geschmiegt. Und nicht mehr allein, mit dem Vogel. So alleine kann nur ein Mann sein, der gedacht hat, ein Beruf würde genügen, die Kunst würde genügen für ein volles Leben. Doch das reicht nie. Fehlt immer was, und das Fehlende gibt es nirgends. Der kleine Vogel sitzt
in der Handfläche des Lektors, der weint nun, wo er das kleine Vieh zittern fühlt. Und denkt auf einmal wieder an die Bücher. Die Autoren, blutleere, häßliche Wesen, ohne Leben, ohne einen schönen Gedanken, ohne etwas, das bleibt, für länger, in dieser Zeit. Und sich, der seine Seele

diesem Schmutz verkauft hat, verdammt nun zu leben ohne etwas, außer dem kleinen Vogel. Und schließt die Hand im Zorn. Kräftig. Wirft den Rest in ein Gebüsch.

8.21 Uhr.

Ich

Erstaunlich, daß es in der Stadt noch einen echten Vogel hatte. Außer der Ratte meidet das gebildete Tier die Stadt. Ich habe mal gelesen, daß auf jeden Menschen in der Stadt 100 Ratten kommen. Wo die sich wohl aufhalten, und was ist ein Vogel anderes als eine Ratte. Sähen die Menschen auch mit blödem Grinsen ins Geäst, wenn da Ratten sprön-gen, flögen, sich tummelten, würden gefüttert mit Krumen und Knochen.

Ich, im Park, laufe in viele Kothaufen, weil ich sie nur kurz wahrnehme, dann durch sie sehe, meine Schuhe sind voller Hundekot, der kriecht über die Ränder. Manche Sachen weiß der Mensch, ich weiß, daß ich die Schuhe voll Scheiße habe, weil ich sie rieche. Und ich weiß, daß ich mit diesem Dreck eine Prüfung bestehen muß. Wofür auch immer. Wenn ich den Mist überlebe, ohne mir die Schlagadern rauszubeißen, werde ich vielleicht wissen, wofür. Eine harte Prüfung (Gott) für einen, der alleine ist, den Verstand verliert und mehr von den Menschen sieht, als er je wissen wollte. Und ablenken geht nicht. Ich muß hinsehen. Sehe ich die Bäume an, dann findet der Blick den Weg durch sie, zu den Menschen. Eben habe ich versucht die Augen zu schließen, zu schlafen, sonst immer eine gute Möglichkeit der Flucht, hat sie versagt. Ich mußte die Augen öffnen, weil mir schlecht wurde, weil die Erde ins Torkeln kam, mit geschlossenen Augen. In meiner Tasche ist eine Mappe mit den Geschichten, die ich schrieb, als ich dachte, die Welt sei zwar Scheiße, aber irgendwie in Ordnung und nur ich würde den Dreck suchen, weil ich die Harmonie nicht ertrüge. Geschichten, die ich vorhin eingepackt habe, als ich dachte, ich müßte ins Krankenhaus, damit sie nicht gestohlen würden. Was für eine eitle Idee, doch jetzt habe ich die Geschichten bei mir.

In die Nacht, in den Schlaf, in den Traum hinein, quatscht mich eines an: »Eyh, hömal«, quatscht es, und ich bin ungehalten. Blödes Gequatsche mit unsauberer Aussprache mag ich beim Schlafen gar nicht. Und erwache dann, weil es nicht nur quatscht, sondern stinkt und eine Kuhle auf meinem Bett.

Der Blick geht nicht durch das Papier. Er hält fein still. Große Freude. Lesen geht. Geht also immer. Hilft. Es hat schon so viele gerettet. Mich auch, früher, wenn ich glaubte, die Welt sei zu groß für mich, haben Bücher mir geholfen, an gute Orte zu gehen. Was lernen wir daraus.

1. GgdW (Geschichten gegen den Wahnsinn)

In die Nacht, in den Schlaf, in den Traum hinein, quatscht mich eines an: »Eyh, hömal«, quatscht es, und ich bin ungehalten. Blödes Gequatsche mit unsauberer Aussprache mag ich beim Schlafen gar nicht. Und erwache dann, weil es nicht nur quatscht, sondern stinkt und eine Kuhle auf meinem Bett. Da fläzt ein drei Meter großer Unhold, Blumenkohlohren, Hände wie Klobrillen mit Loch in der Mitte, wie halt Unholde so ausschauen. Ich natürlich ungehalten, weil nachts Klobrillenhände angucken ist nicht schön, und will grad losschimpfen, als der Unhold sagt: »Schimpf mal nicht, ich habe heute Geburtstag und will irgendeinem Arsch eine Freude machen. Wünsch dir was.«
»Wünschen geht klar« und »kann ich ein bißchen nachdenken«, frag ich, und er sagt: »Hm.«
Sich nachts aus dem Schlaf raus was wünschen kann wirklich leicht danebengehen, da ist man in so einer weichen Stimmung, und zack hat man sich den Weltfrieden gewünscht oder Warmherzigkeit oder eine Zwillingsschwangerschaft. Leicht fällt man beim nächtlichen Wünschen auch ins andere Extrem, aus Angst zu soft zu wünschen, und dann steht man da, mit einem Bataillon Kampfhubschrauber. Angst, dachte ich gerade, Angst? Alle haben Angst vor irgendwas. Männer davor, impotent zu werden, Frauen vor impotenten Männern, alle vor, nicht wichtig zu sein, sich aus Versehen die Augenlider mit Sekundenkleber zuzuschmieren, nicht mehr aufzubekommen, zu sterben, sich auf einem Kanzlerbankett einzunässen, nicht geliebt zu werden oder auf ein Kanzlerbankett zu müssen. »Ich hab's«, sage ich. »Unhold, ich will keine Angst mehr haben. Vor nichts.« »O.K.«, sagt das Stinkevieh, drückt die

Kippe in der Mitte seiner Hand aus (denkt mal nach, ob hier nicht ein logischer Fehler steckt) und geht. Am Morgen bin ich gespannt. Schaue ich den Himmel, die Bäume vor meinem Fenster. Sehen anders aus. Sind nur mehr Bäume und Himmel, nicht mehr ein leiser Warner, der sagt: Guck's dir an, freu dich, morgen könntest du erblinden, oder der Baum kippt um und dir in die Fresse. Ich frühstücke fünf Brötchen mit Schlagobers, weil es mir egal ist, ob ich dick werde, platze, auf dem Teppich berste. Hoho, freu ich mich, keine Angst mehr vor typischen Platzflecken auf dem Teppich. Als nächstes kündige ich mal all den Mist auf, den ich unterzeichnet habe, den alle Menschen mal unterzeichnen, weil sie glauben, es seien Kontrakte mit dem Teufel und sie würden durch das unsterblich: Unfall- und Todversicherung, Bausparvertrag und Bankkonto. Brauch ich nicht mehr. Ich merke, ich brauche gar nichts mehr. Ein guter Tag, ein schönes Leben. Lebe jetzt von der Hand in den Mund, und wenn ich die verliere, steck ich da was anderes rein. Apropos Geschlechtsverkehr... (da kommt jetzt aber extra nichts von wegen apropos). Ich klebe mir sodann ein Augenlid mit Sekundenkleber zu und beginne ein wenig zu dichten. Furchtfrei schreiben liest sich so. *»Ihr Hintern war mir plötzlich geruchsnah«* und so: *»Den Spalt, den ihre Lippen schufen, empfand ich als freundliches Zeichen.«* Keine Hemmungen mehr, Dreck zu schreiben, keine Sorge, nicht schreiben zu können, ausgelacht zu werden. Gar nicht. Der Unhold muß schon bei Ulrike Kolb und Bodo Kirchhoff gewesen sein. Ich schreib noch ein bißchen wie Tina Grube, dann macht auch das keine Freude mehr. Weil: Schreiben tut man nur aus Angst. Niemand zu sein, unbedeutend, kein Geld zu verdienen, zu verenden als unwichtiger Wicht. Ich geh ein bißchen raus, zermalme lustlos einen Teckel, der teckelgleich herumgrast, und dann wieder rein, denn draußen rumlaufen ist für Feiglinge, die tun das, um nichts zu verpassen, nicht zu vereinsamen, nicht zu riechen. Freunde rufen an, aber ich antworte ihnen nicht. Rede nicht. Schweige. Angstfrei sein heißt, niemanden zu brauchen. Das ist die Freiheit, die ich meine. Früher hätte ich daraus einen Schlager gemacht: Geigen usw. ... die Freiheit, die ich meine. Mache nichts mehr. Nach einer Weile ruft keiner mehr an. Ich bewege mich nicht, fresse unentwegt Schlagobersbrötchen, verlasse die Wohnung nicht, klebe mir auch das zweite Augenlid zu. Weiß, daß der Tod naht. Keine Angst. Kurz vor Schluß schaut der Unhold noch mal rein. Liebt mich oder so was und sagt: »Bodo wartet draußen.« Quatsch, stimmt nicht. Er sagt also ... Text zu. Ende. Schreiber tot.

8.27 Uhr.

Ich

Mit den Geschichten bin ich aus dem Park gegangen, wenn ich sie mir gut einteile, sie nur lese, wenn die Kacke am Dampfen ist, sollte sie reichen bis zum Schluß, genügen, damit ich nicht abdrehe. Natürlich könnte ich mir ein Buch kaufen. Könnte ich eben nicht, weil mein Geld in der Wohnung ist und ich nicht mehr weiß, wo sich die aufhält. Die Straße, in der ich mich befinde, kommt mir bekannt vor. Ich glaube, eine Freundin wohnt hier irgendwo. Eine nette Gegend, geputzte Altbauten, teuere Wohnungen mit teueren Müttern drin. Eine Gegend, in die man zieht, wenn man sich vermehrt. Unser Kind soll in einer guten Gegend aufwachsen. Frauen mit Twin Sets und Perlenketten, die sich von PR-Managern schwängern ließen und nun auf den Tod warten. Eine Gruppe Pubertierender schleicht aus den restaurierten Türen. Ihre Mütter haben ihnen gerade Frühstück bereitet. Ausgewogene Sachen, haben sie aufgegessen, die Mütter räumen die Reste weg, die Kinder fahren Abitur machen. Für eine gute Zukunft, die ihnen scheißegal ist. Mit Fahrrädern oder wie auch immer diese Sachen heute heißen, die aus Titan sind oder Platin, mit Reifen wie die von Traktoren, hocken auf ihren fetten Bikes und sehen Scheiße aus.
Es geht um nichts mehr. Nur noch, wer zu sein. Styling ist alles. Unsinniges Bemühen. Alle tätowiert, gepierct, mit bunten Haaren, häßlichen Klamotten, ein Heer von Arschgeigen, jeder sieht aus wie jeder. Alle geklont, auf den Kopierer gepackt, alle nur noch Spaß im Kopf, und rennen, um ihn zu fangen. Der Spaß läuft vor ihnen her, läßt sich nicht einholen. Aus Design entsteht keine Freude. Vielleicht aus Mountain-Bike fahren, Inline-Skatefahren, Snowboard fahren, oder auch nicht. Blöde gab es immer. Seit es Menschen gibt. Blöde, die mehr wollen, als blöd zu sein, sind neu. Jeder meint, ihm stünde ein tolles Leben zu, so eines, wie er es im Fernsehen sieht, wo Vollidioten berühmt werden, weil andere Vollidioten es zulassen. Und so schauen die Idioten Idioten an, denken zu Recht, das kann ich auch. Wo Modells reden, ist es nicht mehr geheuer. Der unselige

Wunsch, wer zu sein, versaut die letzten Tage des Jahrtausends. Nachdem alle Ziele verfolgt wurden, ohne Erfolg, der Weltfriede, der innere Frieden, die Karriere, steht die Welt in Flammen. Die Welt am Arsch, kleinere und größere Explosionen geben ihr den Rest. Und der Mensch, will berühmt sein, kann sich nichts mehr durchstechen, um aufzufallen, wilder Sex, böser Sex, alles fad, machen alle. Beginnen das Amputieren, Zieramputationen, Enthauptungen, Fotzenzunähen, alles schlapper Dreck. Lauter Einzelkinder, denen es wirklich schlecht bekommt, nicht teilen zu müssen, das bringt sie auf seltsame Ideen. Daß ihnen die Welt zustünde, ist eine davon, und daß keiner mehr etwas herstellen mag, was zum Gebrauch dient, eine andere.
In ihren Häusern sitzen Familienteile. Alle um die Dreißig, alle dabei, Kinder zu machen, zu haben. Wissen Sie, ich weiß gar nicht, wie ich ohne Kinder gelebt habe, vorher, sagen sie, nesteln an ihren verfickten Perlenketten, die Arschlöcher. Ich wüßte die Antwort. Kann sie aber nicht sagen, denn eine Frau rennt an mir vorbei. Und ich muß hinterher.

8.33 Uhr.

(Gerda, 40. Geringfügige Probleme nach Verbrennungsunfall. Alleine. Natürlich)

Nicht mehr allein. Nicht mehr allein. Nicht mehr allein. Bei jedem Schritt ein Satz. Das Kind an sich gedrückt. Ganz schnell und jeder Schritt ein Satz und nicht mehr allein. So einfach. Das Kind aus dem Wagen und an sich drücken. War nicht so schlimm, das Kind aus dem Wagen zu nehmen, denkt sich Gerda. Können ja ein neues machen. Sie nicht. Kann nichts machen. Gibt keinen, der ihr ein Kind machen wollte, nach dem Unfall. Erschrickt sie manchmal selbst, wenn sie ihr Gesicht sieht. Passiert ja nicht oft, weil
 sie keine Spiegel hat, in ihrer Wohnung. Doch manchmal, draußen, sieht sie sich, beim Vorübergehen, an irgendwas, in irgendwas. Und versteht. Die Menschen, die sie anstarren. Die Kinder, die das Schreien beginnen. Immer wenn

sie rausgeht, versucht sie so kalt zu sein, daß es sich anfühlt, als wäre sie ein verdammter Eisblock, der da auf der Straße rumläuft. Das Gesicht. Halb verbrannt. Die Lippen weg, die Augen bloß, die fremde Haut, Haut von Leichen. Nein, keiner würde ihr ein Kind machen. Oder bei ihr sein. Und Gerda ist so allein. Daß es weh tut, auf der Haut, wenn sie die aus Versehen anfaßt. So still ist es, jeden Tag, jede Nacht, so leer, noch so viele Jahre. Und immer klarer, daß sie allein bleiben würde. Wohl noch einmal so lang, wie sie jetzt schon auf der Welt war. Gerda saß manchmal da, in ihrer Küche, und dachte darüber nach, wie sie sich umbringen könnte. Dann merkte sie immer, nach allen durchdachten Tötungsarten, daß sie zu feige und zugleich angeekelt von ihrer Feigheit war. Oder der idiotischen Idee, nicht sterben zu wollen, weil sie hoffte, daß noch ein Wunder geschähe. Du bist das Wunder, auf das ich gewartet habe, denkt Gerda, und schaut das Kind an. Ein hübsches, kleines Kind. Ein Kind, mit großen Augen und glatter Haut. Zu Hause legt Gerda das Kind auf ihr Bett. Sich um das Kind. Es schreit gar nicht. Sieht nur Gerda an. Gerda, die sich an das Kind preßt. An einen Menschen preßt, ihn riecht und anfaßt, so lange keinen mehr angefaßt hat. Sie war mal eine Zeit bei einem Therapeuten gewesen. Einem Körpertherapeuten. Sie war da, um sich einmal in der Woche anfassen zu lassen. Nur einmal hatte sie die Augen geöffnet, während der Therapeut irgendwelche Chakrenpunkte gedrückt hatte. Sonst hatte sie die immer zu, damit sie die Berührungen aufsaugen konnte, sich die merken konnte, mußten ja für eine Woche reichen. Einmal also hatte sie die Augen aufgemacht. Der Therapeut hatte sie angesehen, und Gerda hatte sein Gesicht geschaut. Verzogen, verspannt und angewidert. Sie war dann nicht mehr zu dem Therapeuten gegangen. Jetzt würde alles anders werden. Und dann schläft Gerda ein, nicht richtig tief. Nur so, daß die Gedanken klarer werden, die Bilder, die Gedanken
sind, besser zu sehen. Und sie sich sieht, mit ihrem Kind, das älter wird. Sein Lachen hört, und wie das Kind aus der Schule kommt. Wie sie mit ihm redet. Nicht mehr alleine ist. Nie mehr. Sieht sich mit ihrem Kind auf einer Wiese sitzen und wie sie sich Geschichten vorlesen. Gerda lächelt,

und ist glücklich. Ein Glück ist das, daß ihr ganz aufgeregt wird. Sieht sie in ihren Gedanken, in ihren Halbschlafgedanken, wie das Kind vor ihr steht, ein schönes, glattes Kind mit großen Augen und sie ansieht, anfängt zu schreien vor Ekel, wie die anderen. Gerda wacht auf und Angst hat sie, solche Angst, und sieht auf das Kind, das schläft und ist ganz schön und wird weglaufen, sobald es kann, weil es so schön ist und sie so häßlich, ein Monster und dann wieder allein. Gerda steht auf. Geht in die Küche. Kommt geraume Zeit später zurück, mit einem Topf in der Hand. Und gleich wird das Kind ihres sein. Für immer.

8.56 Uhr.

(Kirsten, 25. Arbeitslos, Sozialhilfeempfängerin, Trinkerin. Mutter, Trinkerin, Vater, gibts nicht. Onaniert nie. Hat mitunter Geschlechtsverkehr. Betrunken. Und ein Kind. Gehabt)

Das Kind war, als Kirsten den Laden verließ, in den Wagen sah, so wie auf eine Uhr, weg und Kirsten nur kurz erschrocken, eben auch so, als hätte sie auf die Uhr geschaut und die wäre weg gewesen. War das Kind weg. Kirsten hatte nicht vor, danach zu suchen. Bestimmt war es besser so. Für das Kind, denn für sie war eh nichts besser oder schlechter. Kirsten läßt den Kinderwagen stehen, ohne sich umzudrehen, geht sie weiter, macht im Laufen die Flasche auf. War das Kind weg. Vielleicht wäre sie auch bald weg, denkt Kirsten. Links und rechts in sauberen Häusern saubere Familien. Schwankt Kirsten, die Treppen hoch. Die Wohnung im dritten Stock, Sperrholz an der Tür, im Flur Zeitungsstapel, umgefallen, leere Flaschen, Konservendosen, nur noch ein schmaler Gang frei. In der Küche Essensreste, die Gardine halbabgerissen, Pappkartons, Schimmel in der Spüle, auf der Pizza, auf dem Tisch, ein Katzenklo, vollgeschissen, die Katze auch weg. Und über allem ein Geruch von Verwesung und Alkohol. Kirstens Mutter liegt im Wohnzimmer, das zugleich Schlafzimmer ist. Ist besoffen, hat sich übergeben, macht jetzt ein Nickerchen. Auf der Matratze, die fleckig ist, drumherum Essensreste, leere Flaschen, verschimmelte Flaschen. Am Boden volle Windeln. Kirsten setzt sich auf den Boden, auf einen kleinen Fleck, der noch frei ist. Und denkt an das Kind. Wie es gewachsen wäre, hier. Und sie getrunken hätte. Wie ihre Mutter. Und das Entsetzen des Kindes, so wie ihres. Das erste Mal, als Kirsten 12 war und ihre Mutter besoffen, wütend hinter Kirsten her. Kirsten in ihrem Zimmer. Die Mutter davor, die versuchte, die Tür einzutreten und, als das nicht ging, mit einer Axt einzuschlagen. Das war der Tag, an dem Kirsten krank wurde. Das sollte ihrem Kind nicht passieren. Passiert ihm nun auch nicht. Das Kind, das einer der Freunde ihrer Mutter ihr gemacht hatte. Warum trinke ich, fragt sich Kirsten, am Boden. Warum haue ich nicht ab hier. Geh weg. Und das ist so anstrengend, der Gedanke, daß Kirsten etwas zu trinken braucht, und trinkt, bis der Gedanke sich aufgelöst hat. Sie schwer ist, und das Kind weg. Das es jetzt besser haben wird. Ganz bestimmt. Besser als hier ist es überall. Kirsten legt sich auf ihr Bett, das riecht. Dumpf und rollt sich zusammen. Mitten im Dreck, im Gestank, umfaßt Teile von sich und wünscht sich, das Kind wäre da. Nur für ein paar Minuten, könnte sie es halten. Und dann schläft Kirsten ein.

9.04 Uhr.

(Eva, 30. Mutter. Wollte nie etwas anderes sein. Als Mutter, jetzt hat sie den Scheiß)

Da torkelt die Asoziale in den Hausflur. Daß so etwas hier wohnen darf. Daß so etwas überhaupt leben darf, daß es sich vermehrt. Eva schüttelt sich. Die Perlenkette ruht zwischen ihren Brüsten, auf Kaschmir. Schüttelt sich auch. Eva räumt das Frühstücksgeschirr weg. Die Kinder sind im Garten, und Eva sieht die Kinder an, die überrund und ohne Sorgen rumspringen und den normalen Kinderscheiß machen. Kinder sind ja so ehrlich. Ihr Zustand ist der des absoluten Wahnsinns, der Vorurteile gegen Neger, solange sie keine Negerkinder sind, und gegen Behinderte, solange alle Füßchen vorhanden. So sind Kinder. Ganz von Natur aus, so kindlich, die Kinder. Später erst werden sie zu Lügnern, überdecken den angeborenen Schwachsinn mit Worten. Die Kinder hüpfen also im Garten herum und quälen eine Negerkatze, und Eva schaut sie an. Sie sucht nach einem Gefühl für ihre Kinder, ihr Fleisch und Blut, die gerade die Katze erwürgen, und findet keines. Acht Zimmer Erdgeschoß mit Garten, kosten in der Stadt 5000 Mark. Ihr Mann ist gerade unterwegs, arbeiten, Geld verdienen für die Wohnung, und Eva vermißt ihn nicht. Sie legt sich auf ihr italienisches Designerehebett, sieht ihr Leben vor sich. Die Kinder wachsen, werden immer unerträglicher, wie das gerade Kinder bringen, die ohne Sorgen wachsen, sie sieht ihren Mann, der immer mehr Geld verdienen wird und immer weniger Haare auf dem Kopf. Schon jetzt, nach vier Jahren, weiß Eva eigentlich nicht, was sie mit ihrem Mann soll. Für eine Freundschaft reicht ihre Liebe nicht, und Männer sind langweilig, nicht länger als zwei Jahre zu ertragen, bis die ganzen Paarungsspiele durch sind, die Aufregung sich legt. Vier Jahre, da ist nicht mehr viel, womit ein Mann überraschen könnte. Ab und zu haben Eva und ihr Mann eine eheliche Umarmung, wohnt er ihr bei, immer so, daß sie eigentlich lieber lesen würde. Ab und zu reden sie, über seinen Beruf, über die Kinder, über Bekannte, über Kultur. Das ist Leben, sagt eine Stimme in Eva. Ein Scheiß, denkt Eva und sieht die Jahre vor sich. Sie könnte jetzt eine Tasche packen und gehen, die Kinder dalassen, alles dalassen, in eine andere Stadt gehen, ihren Beruf machen, an den sie sich kaum noch erinnert, so unwichtig war der. Sie könnte sich Freundinnen suchen, mit denen ausgehen und über Männer reden. Und bei diesen Gedanken an ein neues Leben, werden ihr grad die Knie ganz schwer vor Müdigkeit. Welches Leben auch immer sie wählt, es wäre nur Ablenkung, von was, weiß sie nicht, und so kann sie auch grad hierbleiben, die Kinder wachsen sehen, zu Arschlöchern heranwachsen sehen, stumpf werden, und daraufhin nichts mehr vermissen. Eva weiß nicht, wann sie zum letzten Mal etwas gefühlt hat. Außer den

Schmerzen bei der Geburt, die kurze hormonelle Aufregung, bei der Geburt. Hatte sie nach den Geburten nichts gefühlt, keine Mutterliebe oder solchen Dreck. Lange nichts mehr gefühlt. Damals, am Anfang mit ihrem Mann, hatte sie geglaubt, Liebe zu fühlen, heute nicht mehr. Gar nicht. Ein fremder Mann, den sie nicht mal grüßen würde, auf der Straße. Schatz, hast du Mineralwasser mitgebracht? Das Schlimmste war der Moment, als Eva das erste Mal mit ihrem Mann einkaufen ging, um zusammen zu kochen. Das definitive Ende jeder Liebe, wenn man sie aus dem Bett in den Supermarkt trägt, über Fleisch redet und Nudeln, statt über die Kindheit oder Ideen. Das Ende. Tausende von Lieben sterben täglich in Supermärkten, werden eingekocht an heimischen Herden. Und keiner weint. Wir kochen gerne zusammen. Früher dachte Eva, das Leben sei. Was? Das war nie geworden. Verkocht. Und Eva setzt ein Lächeln in ihr Gesicht, ruft die Kinder rein. Sie schiebt die Widerstrebenden ins Badezimmer. Läßt kochendes Wasser in die Wanne, verbrühwarmes Wasser, Krebstötwasser, packt die Kinder in die Wanne, deren Haut sich rötet, rot wird, krebsrot, und beginnt, sie mit einer harten Bürste zu reinigen. Allen Schmutz wegzureinigen.

9.18 Uhr.
Ich

Eine kleine Verschiebung in der Wahrnehmung, eine Gehirnfunktionsstörung, Millimeter genügen und schon stehst du daneben. Wenn du beginnst, über Dinge nachzudenken, die vorher selbstverständlich waren, kannst du dir sicher sein, daß du auf die falsche Seite geraten bist. Wenn du auf einmal Autos siehst und dich fragst, wieso der Typ hinter dem Steuer, der bis zum Anschlag voller Haß ist, der seine Frau prügelt, dessen Hirn nicht mehr existiert, weil er es weggesoffen hat, wieso der ein Auto fahren darf, wenn du nicht mehr weißt, wo deine Wohnung steht und was du vorher in der Wohnung gemacht hast, wenn du Angst hast, auf deine Uhr zu schauen, weil du auf den Knochen blicken könntest, der sich unter der Uhr aufhält, ich sage dir, dann stimmt irgend etwas nicht mehr. Und mein Kopf fängt an weh zu tun, andere Sachen auch, und warum gehe ich nicht zum Bahnhof, steige in einen Zug und verlasse die Stadt, fahre weg. Weit weg, aufs Land, in ein Dorf,

mit Bäumen, Milchkannen, ohne Menschen. Weil es ist, wie hypnotisiert sein, weil es ist, als ob ich etwas begreifen sollte, weil, ich habe keine Ahnung, weil ich ein Arschloch bin, das sich auch Verkehrsunfälle ansieht und im Fernsehen Flugzeugabstürze, um ein bißchen Grauen zu spüren. Weil ich endlich wieder etwas spüre. Und mich interessiert, wie dieser Alptraum aufhört, darum.
Ich bin mir sicher, daß meine Freundin in dem Haus da drüben wohnt. Ich werde eine Geschichte lesen, ruhig atmen und so weiter, dann einfach über die Straße gehen, Obacht vor den Autos, Obacht vor Flugzeugen, Obacht vor den Menschen, alles Waffen, die rumlaufen. Klingeln. Meine Freundin wird öffnen, mir etwas zu trinken geben, mich nach Hause bringen, sie wird sagen, ich sehe das auch alles, seit heute morgen, hast du nicht die Nachrichten gehört, es ist etwas schiefgegangen, mit der Nasa, mit dem Weltraum, wir sollen Ruhe bewahren, das Haus nicht verlassen und Kompressen auflegen. Wird sie sagen, und wir werden was trinken und lachen über das, was wir sehen, und dann wird auch das Gefühl aufhören, ich sei der einzige Mensch in dieser Stadt.

2. GgdW

Stell dir vor, die Vorhänge seien beiseite gezogen, vorm Auge weg, die Duschvorhänge, die Türen transparent, sähest du in alle Zimmer, alle Badezimmer deiner Stadt, morgens, sähest sie da stehen, zerknittert, unfroh, dem Tod noch mal von der Schippe runter, aber keiner will das so wirklich, wollen eigentlich weiterschlafen, in Ruhe. Kommen in den Tag. Den ganzen Scheiß von vorne. Untot, unlebend, wanken durch inneren Nebel, ins Licht, helles Licht. Das erste, was sie sehen, morgens, von der Welt, in die sie nicht wollen. Ist das Badezimmer und das hat wirklich viel zu ertragen, die arme Sau.

Das Bad von Barbara, 35, und Torsten, 36

Sie vorm Spiegel. Er auf der Toilette. Dünsten Schlaf aus, Schweißgeruch. Unfrohe Gerüche. Ungutes Schweigen. Nichts Verbindendes. Und kein heiliger Ort mehr. Als sie in die Wohnung gezogen waren, war es der Platz für Intimitäten, jede neue, ein Grund zum Feiern. Was können wir über Grenzen gehen, uns ineinander lösen wie Mixgetränke, prost. Liebe in der Badewanne und wenn sie vor dem Spiegel stand, er sie umfaßte, von hinten und so weiter, wie sie weinte, als er das erste Mal vor ihr auf Toilette saß. So nah, so anders, ihre Liebe und jetzt tot. Nur noch ein Mann auf der Toilette, eine Frau vor dem Waschbecken, die die Sonne nicht mehr sehen, vor dem Fenster. Wo sie doch früher immer dachte, wenn ihr Leben richtig losginge, wäre es so. Morgens in einem Badezimmer, die Sonne, der Geruch von Frische und einen Mann für sich ganz alleine. Die Frau sieht zu dem Mann, der sitzt, sieht gradeaus, und mit einer Stimme, die fremd ist, sagt sie: »Weißt du noch, damals, als wir auf der Toilette…« Der Mann blickt nicht auf. Gar nicht. In einem Korb liegt schmutzige Wäsche, und der Mann schweigt, und die Frau sieht sich im Spiegel an. Die Taschen unter ihren Augen, fragt sich, wie lange eine Steppenfamilie von dem getränkt werden könnte. Guckt sie ihn an, sich an, und bekommt kaum Luft, vor Ekel. Vor diesem Morgen, dem nächsten, den nächsten und alle gleich. Und denkt sich. Ich sollte etwas ganz anderes tun. Vielleicht einfach nicht ins Bad gehen. Nicht mehr in dieses Leben. Einen Koffer packen, vor dem Schlafen, und früh zügig das Haus verlassen. Und putzt sich die Zähne, und weiß, daß sie am nächsten Morgen zu müde sein wird, um mit einem gottverfluchten Koffer in die Kälte rauszugehen.

Das Bad von Rita, 17

Rita wankt ins Bad, Klamotten am Boden, eine verdammte angefressene Pizza, und die Katze guckt blöd. Ist tot. Ist egal. Hauptsache Spaß haben. Was sonst. Rita ist 17. Sie hat gesehen, was nötig ist. Kann alles machen. Aber wozu etwas machen, wenn alles möglich ist. Gib acht, was du dir wünschst, es könnte in Erfüllung gehen. Der Spruch fällt Rita ein, während sie die Katze mit dem Fuß anstößt. Bretthart das Teil. Was sollte sie sich wünschen. Auf der Welt ist eines, um Spaß zu haben. Mehr ist nicht. Alles andere ist Beschiß. Aber, Himmel, wenn der Spaß nicht funktioniert, was dann? Spaß hat Rita eigentlich kaum noch. Beim Weggehen, zu Partys gehen, jedes Wochenende. Kotzt sie an, kein Spaß mehr, aber fällt ihr nicht ein, was es sonst sein könnte. Sieht sich, in einem halbtoten Spiegel, sieht mies aus, fühlt sich mies, was ist, wenn es keinen Spaß mehr macht. Das Tanzen, das Pillen schlukken, wenn einem einfach nur schlecht wird, vor Langeweile. Rita stellt sich unter die Dusche, ein schwarzer Rand in der Badewanne, sieht, wie das Wasser ihren Körper verläßt, sich in den Abfluß dreht, und denkt, wie gut es wäre, sich in Wasser zu verwandeln, in den Abfluß zu wirbeln, in die Kanalisation, ins Meer später. Als Teil davon in die Sonne zu schwimmen, aufzusteigen in den Himmel und als Regenbogen zu leuchten, allen, die nicht mehr wissen, als sie.

Das Bad von Joachim, 34

Die Tür fest verschlossen, zweimal, liegt Joachim in der Badewanne und so hoch der Schaum, daß ihn niemand mehr sehen kann. Mich gibts nicht mehr, denkt Joachim, taucht den Kopf unter Wasser, und nun ist auch ruhig. Hört er die Kinder nicht mehr schreien, das Leben nicht mehr. Das ihn anscheißt. Das Leben eines eindeutig erwachsenen Mannes, der er nicht ist. An nichts mehr glaubt, daß es die Sehnsucht beruhigt. Karriere nicht und Erfolg, machen keine Gefühle, bleibt Sehnsucht. Eine Familie nicht, sich vermehren, weitergeben, Kinder zu ernähren, zu bekleiden, zu ertragen bringt es nicht. Und die Liebe auch nicht, die hört auf, wird Gewohnheit und macht nichts, nicht die Sehnsucht weg. Was kann es dann sein, fragt sich Joachim, unter Wasser, was nur. Fällt ihm nichts ein, im Schaum, in der Wanne. Außer vielleicht endlich Ruhe haben. Nur einfach Ruhe, sich nichts mehr fragen, keine Kinder, die denken, er müsse Antworten wissen, keine Frau, die gar nichts mehr wissen will. Und ab die Rübe, unter Wasser. Und taucht nicht mehr auf, der Joachim.

Das Bad von Kurt, 77

Schläft kaum noch. Vielleicht weil der ewige Schlaf so kurz bevorsteht. Aber wach, weiß er auch nicht, was tun. Steht im Badezimmer, auf alten Beinen, riecht seinen alten Geruch, fragt sich, wozu waschen, wozu anziehen, vor mir doch ein Tag, der nichts bringt, außer dem Warten, auf die Nacht. Sieht sein Gesicht, eine einzige Falte, eine Grube, nichts Vertrautes mehr. Falten bleiben immer fremd, das Alter, immer fremd, findet nur außen statt. Und sie ist nicht da, die Müdigkeit, die das Ende hofft. Warum waschen, denkt sich Kurt, hebt die alte Hand, mit der Faust dran, zerschlägt den Spiegel, den Verräter, zerschlägt das Becken, hebt an, die Toilette zu zertrümmern, fällt um dabei, liegt, mit einem Lächeln, in den Minuten, den Stunden am Boden, sein Leben an ihm vorüber. An einen Tag denkt er, an dem die Sonne schien, er im Bad, sich nicht waschen wollte, nur den Rasierschaum seines Vaters riechen, und nichts wollte, als groß zu sein. Und wie er später in seiner ersten Wohnung stand, in einer winzigen Duschzelle, die er voller Plakate gehängt hatte, und wußte, daß bald das Leben losgehen würde, und glücklich war. Wie er einmal in seinem Bad stand, hinter der Tür seine

Frau, er das Wasser laufen ließ, damit sie sein Weinen nicht hören konnte, weil er doch alles hatte und nichts fühlte. So viele Jahre, so kurz das Leben. Die Hälfte davon zugebracht in Badezimmern, in Badewannen, nur um sich sauber zu halten, für ein Leben, das dreckig genauso sinnlos gewesen wäre.

Das sehen die Badezimmer. Die armen Schweine. Unfrohe Gesichter, schmutzige Leiber, unwürdige Leben, unglückliche Leben, versaute Leben. Und können nicht mehr. Wollen nicht mehr. Besprechen sich, eines Morgens, flüstern durch Rohre, klopfen mit Deckeln, sind sich einig. Alle Badezimmer, die so viel sehen müssen, mehr, als für ein sensibles Bad gut wäre, in der ganzen Stadt, im Land. Millionen. Und im Verlaufe des neuen Tages, heben sie an, mit einem Aufschrei. Saugen ihre Peiniger in Toiletten, ertränken sie in Waschbecken, erwürgen sie mit Klospülungsschnüren, erschlagen sie mit Toilettendeckeln. Eine kurze Aktion, dann ist Ruhe. Die Bäder spülen kurz nach. Und eine friedliche Sauberkeit im ganzen Land.

9.25 Uhr.
Ich

Nun geh mal rein, zu deiner Freundin. Aber ich habe Angst. Wovor denn? Daß ich keine Freunde habe, daß ich Sachen sehe, und vielleicht gibt es keine Freunde, nur Interessengemeinschaften. Den Wohlstand heil überstehen, die Abende wegüberstehen. Die Stunden weg, mit gutriechendem Gerede. Mit wohlschmeckenden Speisen. Sitzen an Tischen, Kunstprodukte einer künstlichen Ära. Fressen, scheißen, Mist reden. Aber auf hohem Niveau. Worte, die nichts mehr bedeuten, außer gut tönen, gut aussehen, muß es schon. Wenn die Neugier stirbt, machen es die Menschen auch nicht mehr lange. Keiner ist mehr neugierig, es gibt ja schon alles. Die Evolution am Ende. Und seht mal, was nach dem langen Kampf herausgekommen ist: Affen, die gut riechen. Beate kenne ich, wie ich alle meine Freunde kenne. Von langen Abenden in teueren Restaurants, wo wir saßen, uns die Menschen ansahen und uns dachten, dazu gehören wir nicht. Keiner will heute irgendwo dazugehören, alle wollen anders sein. »Ich bin zwar Journalist, aber ich habe da nicht viele Freunde. Das wäre unerträglich. Meine Freunde habe ich alle noch von früher, ein Handwerker ist dabei und eine Physiotherapeutin. Ich finde es wichtig, auch ganz andere Menschen zu kennen.« Keiner will Menschen kennen, die dasselbe machen. Weil sie wissen, daß das, was sie machen, Scheiße ist, weil sie wissen, daß Leute, die Scheiße machen, Scheiße sind, sich selber verachten, wollen sie ihre Spiegelbilder nicht sehen. Ich habe keine Freunde, die Ärzte, Werber, Maler, Schreiber, Musiker oder was weiß ich sind. Weil alle Scheiße sind. Es lebe der Handwerker. Mit dem möchte jeder gerne befreundet sein. Hat so was Bodenständiges. Schaut mal, das ist Karl der Klempner. Oh, ein Klempner, wie cool. Karl wird sich hüten, mit dir befreundet zu sein, du Schnösel. Freunde heute sind Kumpels auf der Titanic, und ich stehe vor Beates Tür, mit Kopfschmerzen und bin der einsamste Mensch der Welt.

9.31 Uhr.

(Beate, 40. Graphikerin. Sammelt Kunst. Hat ein Theaterabonnement. Onaniert selten zu Richard-Gere-Fotos. Trägt Trikotagen nie zweimal, wegen der Bakterien)

Beate zu Hause. Ihre Wohnung sieht aus wie ein begehbares Bild. Ein Bild von einem Maler, der besser nicht malen sollte. Hallen ihre Schritte, leer in ihrem Kunstwerk, sauber, kühl, sehr modern. Die langen Beine leger auf den Rand des alten Lederstuhles, eine Zigarette, besonders schmal. Das Leben ist in Ordnung, klar und übersichtlich. Beate blättert in Modezeitschriften. Sie kennt nur schöne Menschen, schöne Photographen und Künstler. Sie macht schöne Kampagnen für schöne Produkte. Für eine schöne Welt. Nichts Schmutziges. Sie erinnert sich an die Mappe eines Photographen. Sehr gute Arbeiten, sehr schön. Dann kam der Photograph in die Agentur. Sein Gesicht war entstellt von häßlichen Narben. Beate erbrach noch Tage später. Nie hat sie dem Mann Arbeit gegeben. Beate ist ein sehr sensibler Mensch. Feinsinnig. Sie ißt Fertiggerichte. Feinsinnige Menschen sollten schlank sein und nur feine

Dinge essen. Dann bereitet Beate einen Teller mit Brei, ein paar Vitamintabletten, Wasser, steigt in den Keller. Schließt auf, eine gepolsterte Tür. Das Kind sieht sie an, sagt aber nichts. Denn das Kind ist blöd. Liegt auf einem Bett, im Keller. Spielsachen am Boden, die chemische Toilette riecht. Beate stellt das Tablett ab, vermeidet das Kind anzusehen, anzufassen sowieso. Beate steht noch einen Moment im Keller. Eine Lampe mit Enten drauf verbreitet Licht. Fahles Licht. Das Kind ist mager und ungepflegt. Einmal im Monat muß Beate das Kind reinigen. Eine sehr unangenehme Sache. Das Kind wurde vor zwei Wochen gereinigt. Sein scharfer Schweißgeruch steht im Raum. Beate geht schnell weg, aus dem Keller, zurück in ihre schöne Wohnung. Denkt nicht weiter nach. Das Kind ist eben da. Muß Essen hingebracht werden und das Klo geleert. Als Beate das Kind bekam, wollte sie es nicht. Sie wollte kein Kind. Hatte in der Schwangerschaft Alpträume, wie es sei, wenn da wer wäre. Immer. Alpträume, und es wegzumachen war nicht möglich. War zu spät. Sie bekam das Kind. Es dauerte mehrere Tage, als wüßte das Kind, daß es lieber sterben sollte, als wüßte Beates Körper, daß das Kind besser sterben sollte. Und hoffte, als das Kind dann auf ihr lag, daß sich Muttergefühle einstellen würden. Würden nicht. Das Kind schrie unentwegt, das Kind hatte einen Defekt, das Kind war blöd. Beate konnte nicht mehr schlafen, nicht mehr arbeiten, und ein Dreck war das. Irgendwann brachte Beate das Kind in den Keller. Weil sie schlafen wollte. Eine Nacht. Aber der Schlaf war so gut, so tief und am Tag nach dem Schlaf begann Beate, ihre Wohnung wieder herzurichten, die Windeln in den Keller zu bringen, das unschöne Kinderbett, den Topf, all diese häßlichen Gegenstände, in den Keller zu bringen, zu dem Kind, das häßlich war und blöd. Die Tür gepolstert, die Tür des Kellers, und die Ruhe eine große. Nur ein paar Tage schlafen, sagte sich Beate. Das Kind war seit zehn Jahren im Keller. Hatte nach ein paar Wochen das Schreien aufgehört. Lebte im Keller, aß, schiß, und Beate vergaß das Kind. Es war wie eine Pflanze, die man in Pflege bekam und gießen mußte. Der Kompromiß war möglich. Beate war froh über den möglichen Kompromiß. Am Tag macht sie schöne Bil-

48

der, schöne Kampagnen, geht heim, in ihre schöne Wohnung, und nur einmal in der Woche muß sie die Toilette leeren, nur einmal im Monat das Kind waschen, nur zweimal täglich Essen tragen. Einmal hatte das Kind das Essen an die Wände geschmiert, an seinen Körper geschmiert. Doch als es merkte, daß das Essen an der Wand blieb, an seinem Körper, ließ es das. Das Kind macht keine Geräusche.
Selten, aber manchmal, hat Beate einen Mann zu Besuch. Sie mag Männer nicht besonders. Sie sehen nicht gut aus, ihr Glied ist häßlich, aber manchmal ist da einer, der hört das Kind nicht, ahnt nichts von dem Kind, und Beate hatte am Anfang noch daran gedacht, wenn so ein Mann da war. Inzwischen nicht mehr.

9.44 Uhr.

(Das Kind, 10. Onaniert nie. Hat keine besonderen Hobbys. Noch nicht mal Essen an die Wand schmieren)

Das Kind hat keinen Namen. Weiß auch nicht, daß es so etwas gibt wie Namen. Wie Bäume, wie Menschen, wie Bücher, wie Meer, wie Sonne, wie Lachen, wie Toilettenpapier. Das Kind kennt nur gelbes Licht. Das ist warm, das Licht. Da geht es hin. Es gibt das gelbe Licht und das schwarze. Wann ist egal. Im gelben Licht läuft das Kind rum und redet in einer Sprache mit dem Inhaber des Lichts, mit dem Licht, das gut ist, dem Kind Geschichten erzählt, ohne Worte, auch das Laufen findet nicht mit Füßen statt, sondern das Kind schwimmt in dem Licht, schwebt in dem Licht, wird von ihm gehalten und getragen und bekommt Geschichten erzählt. Wenn das schwarze Licht kommt, ist es dem Kind unwohl. Kalt. Angst, eine große. Wovor, weiß das Kind nicht, weiß wenig Sachen von der Welt und von einem Tod gar nicht. Kennt nur das Licht. Am liebsten das gelbe, in dem es getragen wird. Manchmal kommt eine Störung. Das Kind kann nicht sagen, was das ist. Es bringt Nahrung, manchmal wischt es an dem Kind. Die störende Sache paßt zu dem schwarzen Licht. Dem Kind ist nicht langweilig. Es weiß nicht um Langeweile, nicht um

Haß und Liebe, kennt nur die Gefühle kalt oder warm. Im Bauch. Die Störung, die jeden Tag kommt, die sieht das Kind nicht, nimmt nur wahr. Etwas, das sehr kalt ist. Froh, wenn es wieder weg ist. Das Kind faßt sich manchmal an. Hat verschiedene Möglichkeiten des Anfassens herausgefunden. An manchen Stellen gelb, an anderen schwarz. Das Kind liegt auf einer Liege. Ein kleines, dünnes, ein von allem beschissenes Kind liegt auf der Liege, schwimmt in gelbem Licht und lächelt. Das Kind, das kleine häßliche, stinkende Kind ist glücklich. Die Störung ist speziell kurz, kommt, stellt die Nahrung ab und geht. Das Kind steht von der Liege auf. Warum, weiß es nicht, irgendwas macht das Kind laufen, hinter der Störung herlaufen, durch die Tür, die offengeblieben ist.

9.52 Uhr.
Ich

Beate: »Hey, was machst du denn um die Zeit hier. Ich meine, schön, schön, dich zu sehen.«
(Ist die wahnsinnig, um die Zeit, ich will jetzt nicht spielen. Ist sie besoffen oder was. Es ist noch nicht mal hell, hau ab!)

Ich: »Darf ich reinkommen?«

Beate: »Entschuldige, natürlich. Du siehst ja furchtbar aus, ich meine«
(Oh, manno, die soll weg, Ich muß zur Arbeit, Ich muß mich noch schminken, Mist! Die ist unter Drogen.)

Ich: »Wie geht es deinem Kind?«

Beate: »Was für ein Kind?«
(________________Scheiße, Scheiße __________woher, ich muß 50
lügen, ich muß, woher)

In ihrer Panik schlägt Beate die Tür zu, als könne sie alle Probleme davorstellen, verschließen, ihr schlechtes Gewissen gleich mit.

Lange stehe ich vor der Tür, habe den Blick am Boden und als ich loslaufe, die Beine in Bewegung setze, ist mir, als sei ich in der Hölle und wüßte nicht, wo der Ausgang ist, wüßte nicht, daß es da keinen hat. Ist mir, als wäre ich in einem Alptraum, der nicht aufhört, ist mir, als sei ich vom Zuschauerraum in einen Horrorfilm gestiegen und käme nicht raus. Ist mir, zum ersten Mal klar, heute, daß es kein Spaß ist, keine Einbildung, sondern ein Trip, der mit dem Tod endet. Mit dem Wahnsinn endet, oder wie soll es enden, zu wissen, was Freunde denken, ihre Geheimnisse zu sehen, durch jeden zu schauen, seine Gedanken, bevor sie ausgesprochen und keine Geheimnisse mehr. Ich laufe immer schneller, fange an zu rennen. Das geht nicht lange gut, 60 Zigaretten am Tag sind zuwenig, und ich stolpere, falle hin, bleibe kurz liegen. Die Passanten laufen an mir vorbei, gucken in den Himmel. Und ich liege da unten, etwas Weiches streift meine Hand, ein Fuß. Ein Mann zieht ein Kind hinter sich her.

10.00 Uhr.

(Heinz, 34. Arbeiter. Keine speziellen Hobbys)

Heinz hat ein kleines Mädchen gefangen. Es ist ein dünnes Mädchen, das stinkt. Ist aber egal. Das Mädchen liegt ordentlich gebündelt in einer Ecke. Im Mund hat es eine lang getragene Unterhose. Schlimm ist die dem Mädchen. Der kratzige, von Dreck starre Stoff, der dumpf riecht wie verfault, im Mund des kleinen Mädchens, dicht unter der Nase. Und kotzen müssen, fast, bei jedem Atmer. Nicht kotzen können, wegen der Unterhose. Heinz sitzt dem Mädchen gegenüber. Schaut es an. Will es lange anschauen, weiß ja, daß der Rest schnell vorübergeht. Die Wohnung in einem roten Ziegelsteinhaus. Ein Zimmer mit einer Küchenzeile. Ein Tisch, zwei Stühle. Auf dem Tisch eine Wachstuchdecke, eine Wurst und altes Brot. Der Wasserhahn tropft nicht. Vor dem Fenster eine gelbgerauchte Gardine. Heinz ist ein kleiner Mann. Unter seinen Fingernägeln ist es dunkel. Im Mund eher gelb. Heinz ist kurz hinter dreißig. Ihm kommt es länger vor. Seit er denken kann oder so etwas ähnliches, war da nichts außer Stunden, die nicht vergehen mochten. Ausgeliefert, der Heinz, seinem kleinen Hirn. Unfähig, anders zu empfinden als: Langeweile und Aufregung. Aufregung, sind kleine Mädchen. Aufregung ist Sex. Müßten nicht kleine Mädchen sein, aber was anderes kriegt Heinz nicht. Kann er keinen Sex haben, außer mit den Mädchen. Sich nur fühlen, bei den Mädchen. Den Schwanz einen Hammer Gottes sein lassen. Und Aufregung. Eine gute Größe innerlich, erlangen. Bis dann die Mädchen hart werden und kalt und steif, unbrauchbar, die Blöden. Danach kann er sich vorstellen, wie er Gott war, bis das Gefühl verblaßt, die Gedanken ausfransen und sein Körper schrumpft, auf normale Höhe. Die ist nicht hoch. Sein Leben ist so leer, so fad, und wollen nicht vergehen, die Stunden. Sitzt er in seiner Wohnung, guckt die Wand an, die Tapete an der Wand an. Zum Fenster raus. Auf eine breite Straße. Kein Baum da, nichts für den Blick. Und die Stunden vergehen nicht, kein Gefühl da. Für nichts. Nur die Langeweile, und mit den Stunden und Tagen wird sie zu etwas, was Heinz nervös macht. Und keiner redet mit Heinz, keiner mag Heinz, und er möchte so gerne einen Menschen für sich. Und die Langeweile. Was macht man mit Leben. Lesen geht nicht, Fernsehen macht Kopfweh, und es bleibt nur, auf die Straße zu sehen, und das Nervöse steigt zum Hals, macht einen Knoten, macht seine Beine Treppen runterlaufen. Und suchen. So hat er das Mädchen gefunden. Das liegt in der Ecke, und der Heinz sieht es an. Setzt sich an den Tisch und ißt Wurst, sein Blick nicht weg, von dem Mädchen. Zieht er das Messer ganz langsam durch den Mund und zwinkert. Das Mädchen ist jedoch weit entfernt. Das ärgert den Heinz, denn er hat gerne eine Reaktion. Er wischt sich den Mund mit der Hand, das Messer mit der Hand und steht auf. Stellt sich ans Fenster, um die große Erregtheit zu fühlen. Und als die kommt, ist ihm wie anderen ein Verliebtsein. So schön und stark ist er voller Freude, das Mädchen auszuwickeln, wie ein Geschenk, das er nie erhalten hatte. Und sein Schwanz zuckt tüchtig, freut sich, der Heinz. Es klingelt an der Tür. Heinz erschrickt. Nur kurz. Und öffnet, das Messer hinter dem Rücken verborgen. Seine Nachbarin steht davor. Will mit ihm fernsehen, oder reden, oder irgendwas. Heinz lehnt ab, er hat zu tun. Schließt die Tür. Und geht auf das Mädchen zu.

10.00 Uhr.

(Birgit, 50. Sekretärin. Alleinlebend. Zu spät, noch einen zu finden, zu spät, um noch einmal von vorne anzufangen, hat heute ihren freien Tag. Wie schön)

Die Tür schließt sich vor Birgit. Im Treppenhaus ist es still, in Birgit ist es still, so, daß es summt im Ohr. Und sie wollte doch nur eine Stimme hören. Nur eine Stimme, die nicht aus dem Fernseher kommt. Stimmen werden nicht geliefert. Alles sauber, in der Wohnung. Sie selbst überpflegt. Ein Bad genommen, Masken genommen, Vitamintabletten genommen, für was? Und jetzt nichts mehr zu tun. Birgit sieht aus dem Fenster. Die Straße leer, die Menschen in ihren Wohnungen. Überall blaues Licht in den Räumen. Sitzen die Menschen, essen Fertiggerichte und sehen fern. Keiner geht auf die Straße und schreit, reißt sich die Pulsadern auf, schneidet sich die Kehle durch danach, davor geht nicht, können nicht schreien sonst, vor Einsamkeit. Keiner. Birgit auch nicht. Läuft hin und her, in der Wohnung. Blaues Licht, vom Fernseher. Setzt sich hin, sieht den Fernseher an. Fremde Menschen. Handlung unbekannt. Unbekanntes Anliegen. Steht auf, geht zum Fenster. Keiner läuft da rum, steht da rum, kein Mensch, alle abgeholt, von Außerirdischen. Wenn schreien so einfach wäre. Birgit schreit. Ganz leise. Hallt blöd in der Wohnung, gegen den Fernseher an. Ein dicker Mann im Fernseher, will etwas verkaufen. Ein Pulver. Damit er dünner wird. Mit Bandwurmeiern. Gegen die Einsamkeit. Mit einem Bandwurm kann man reden, ihn dressieren, wenn er zum Mund herausschaut, daß er sich mit ein wenig Übung so biegt, daß man ihn küssen kann, dabei den Mund schließen, zack, ab
53 ist der Bandwurmkopf und wieder allein. Birgit schreit ein bißchen lauter. Hört keiner. Allen egal. Alle einsam. Hin und her in der Wohnung. Birgit weiß nicht, was sie will. Etwas, das anders ist als das Leben. Außerirdische. Die sie

holen. Haben sich welche umgebracht, weil ihr Chef ihnen erzählt hat, daß im Schweif eines Kometen ein Ufo flöge und sie nur sterben müßten, um in das Ufo zu kommen, in eine bessere Welt. Eine bessere Welt ist jede. Birgit hätte sich auch umgebracht an deren Stelle. Vielleicht hat es geklappt. Sitzen die jetzt in einem klasse Ufo und fliegen irgendwohin, wo keiner einsam ist. Vielleicht in eine Welt, wo es einen Mutterüberschuß gibt. Wenn Birgit das Wort Mutter sagt, mehrmals hintereinander, laut, muß sie immer weinen. Mutter, Mutter, Mutter, Mutter. Die Beschwörungsformel. Die immer funktioniert. Löcher in den Leib reißt, unterhalb des Halses. Mutter gibt es irgendwann nicht mehr. Für niemanden. Birgit rollt sich auf dem Boden zusammen. Sonst ist es nie so schlimm. Sonst funktioniert es fernzusehen. Danach ist der Kopf weich, schlafen oder ohnmächtig sein, kein Problem. Heute nicht. Birgit steht am Fenster. Die Straße ist leer. Der Fernseher läuft. Birgit erträgt das nicht mehr. Den Fernseher nicht, die Wohnung nicht und läuft raus. In eine Kneipe. Was machen sie mit ihrer Tagesfreizeit. In Kneipen am Tag, selbst wenn der heute aussieht, wie eine Nacht, sitzen die Einsamen, Holz mit Schweiß und Alkohol durchzogen. Sitzen, starren, schlechte Musik. Birgit setzt sich auf einen Hocker und schaut einen Mann an. Egal, wie der aussieht. Es ist ein Mensch, der atmet. Nicht in die Wohnung zurück. Nicht den Fernseher sehen müssen, trinken müssen, schlafen wie tot und wieder von vorne. Der Mann beachtet Birgit nicht. – Birgit ist 50 und fühlt sich wie immer. Sieht auch so aus. Der Mann ist älter, hat keine Haare. Ein neues Lied, Birgit geht zu dem Mann und bittet ihn, mit ihr zu tanzen. Der Mann tanzt nicht mit ihr, und andere gibt es nicht. Nur Frauen. Birgit sitzt auf dem Hocker und trinkt, der Mann trinkt auch. Birgit wird verschwommen, der Mann hat eine Glatze und einen Bauch, und als er ihr sagte, daß er nicht tanzen wolle, hat Birgit seinen Atem gerochen. Später steht der Mann auf, sagt zu Birgit, sie solle mitkommen. Birgit geht mit dem Mann. Schweigend neben ihm auf der leeren Straße in ein kleines Hotel. Der Mann zieht sich aus und Birgit sieht ihm zu. Der Mann ist nackt, sein Glied kaum wahrnehmbar. Er versucht, in Birgit zu dringen, die immer noch dasteht, angezogen. Das geht nicht, darum geht sie, wieder auf die Straße. Leere Straße. Steht auf der Straße vor ihrem Haus. Blaues Licht in den Wohnungen.

10.43 Uhr.

(Das Kind, 10. Das Ende)

Er kommt auf das Kind zu. Der Fernseher läuft ohne Ton. Färbt das Zimmer. Blau mit Flackern, kalt mit Verzerrungen, lange Schatten an der Wand, der Mann wirft einen langen Schatten, geht über die Wand hinaus, an der Decke weiter. Nähert sich. Langsam. Das Kind sieht ihn an. Hoffentlich nimmt er den Geruch von ihr, aus dem Mund. Der Mann, ist egal. Sein Geruch ist nicht gut und kommt näher. Beugt sich über das Kind. Der erste Schnitt, unten, die Spalte verlängern, über den Bauch, spürt das Kind kaum, der Geruch, ist schlimmer, spürt, daß es warm wird, weiß nicht, daß es sein eigenes Blut ist, das es wärmt, das es warm hält, wie eine Umarmung, die es noch nie erlebt hat. Umarmung. Das ist nicht schlecht, das Kind lächelt.

3. GgdW

Warum passiert eigentlich nichts. Jeder Tag ist wie jeder Tag, voll mit Finsternis und Zweifeln und Leckschlangen und ich. Warte. Daß etwas passiert, größer, als ich es mir vorstellen kann, das alles ändert, daß es nur so knallt. Warte auf eine Überraschung. Auf ein Erdbeben, die Verleihung des Nobelpreises, meine Güte, auf irgendwas. Warte ich, immer so ein Wartegefühl im Bauch und nichts passiert. Und jeder Tag beginnt doch damit, daß der Briefträger sagt: »Ist nix für Sie bei.«
Ganz guter und auch tiefer Anfang das, ich könnte jetzt schreiben, wie ich den Briefträger in meine Wohnung zerre, ihn aus der Decke schlage, mit Pattex abfülle, aber ich langweile mich schon beim Denken an die ganze Pattex-Kacke, und wenn ihr wild drauf seid, schreibt diese Geschichte selber, schickt sie mir und ich verbrenne sie dann. Nichts interessiert mich gerade. Wegen Liebe. Vor einer Woche kam sie, an einem Abend kam sie, als ich nichts wollte, außer in einem Café sitzen

und ein Tonic trinken. Eine Blaskapelle spielte leise Lieder und ich draußen, guckte rum, in die Bäume, die ihre füllengleichen Zweige nach mir zu recken schienen, und unter denen sah ich dann den Jungen. Mit einer Haut aus fremdartigen, bräunlichen Stoffen gemacht, mit weichem Haar und Augen wie gemalte Bambi- oder Bambenaugen, schräg und groß und die kleinen Arme, die man im Stück hätte essen können, frei. Den ganzen Jungen im Stück essen, dachte ich, als er zu mir kam. Und mein Herz weh tat, weil er doch so schön aussah. Wir redeten in Englisch aneinander vorbei. Die Nacht war golden. Innen wie außen und alles fing an aufzuhören. Vorher galt nicht mehr, nur noch der Junge und ich, gingen nach Hause und die weiche Haut, seine Augen glänzten wie von Tränen, gar nicht schlafen, bis die Nacht weg war. In meinem Arm ein warmer Mensch, wie ein Welpe zum berühren, ihm die Haut runteressen, weil reden nicht nötig war. Nie nötig ist. Muß ja auch nichts wissen von ihm, denn Mißverständnisse gibt es nur durch Worte – dachte ich am Tag nach der Nacht und dachte an ihn jede Minute. Träumte. Von einem Leben, schweigend, in einem fremden Land, mit ihm am Strand rumlümmeln, anfassen und baden, Kokosnüsse essen, liebhaben, zusammengerollt die Sonne angucken, bis die Augen knacken, die Zähne im Meer putzen, vergiß die Zähne, nichts mehr putzen, wofür. Und so wäre das, ein Leben mit einem Menschen, immer da, für mich ganz alleine und nichts mehr wollen bis wir stürben. Alles nicht mehr wichtig. Das Leben vor dem. Wozu schreiben und sich schlecht fühlen, wegen Worten, die die Welt nicht braucht, etwas wollen, was doch keine Gefühle macht, außer eitlen. Ich schreibe nichts mehr. Seit einer Woche, schlafe ich kaum und esse kaum, kämme mir die Haare nicht, sehe ihn überall, mich nicht. Und er kommt. Jeden Tag. Und Nacht. Sind wir zusammen. Reden nicht, weil sein Englisch schlecht ist und meines kaum wahrnehmbar, und er sitzt da, sieht mich an und liebt mich. So sehr. Jemand, der mich liebt und nicht mehr allein. Ehrgeiz ist für die Einsamen und schreiben für die Kranken. Ich bin nicht mehr krank. Gleich kommt er wieder. Kommt, steht in meiner Wohnung. Und sieht mich an. Sieht schön aus. Und? Faßt mich an, immer wieder. Anfassen und anfassen. Gehts noch. Ist nur noch ein Mensch, der mich anfaßt. Die Haut bleibt kalt, und die Gedanken sind in etwas ganz Leerem. Ich sehe ihn an und wann wischt er sich endlich die gottverdammten Bambiaugen trocken, die Arme, immer nackt und kann er nicht etwas anziehen, was andere Menschen auch anhaben. Immer diese Fellwesten. Vielleicht sind da Tiere drin. Ich versuche zu reden, doch reden geht nicht, wegen der Sprache, oder weil es nichts zu sagen gibt, und wir sitzen da und die Ruhe ist, wie Kreissägen tönen. Und dann steht er auf, nach langer Kälte und geht. Die Liebe macht die Tür zu, ein eisiger Hauch. Die Sonne nicht mehr golden, außen und innen sind wieder Gesetze, und Zeilen und die Luft ist einfach nur Luft. Ist sie halt Luft. Und der Rest Illusion, ein bißchen geträumt, und jetzt bin ich wieder munter, kann schön schreiben und warten. Daß es Abend wird. In einem Café, trinke ich Tonic. Schmeckt wie ein Getränk, das Frauen, die meinen zuviel zu wissen, trinken, weil es ist wie ihr Blut, ein bißchen bitter. Sitze und warte auf eine Überraschung, etwas, was mein ganzes Leben ändert. Die Bäume sind wieder da, und auch ein Briefträger kommt vorbei. Er flüstert: »Für Sie ist in diesem Leben nix bei.«

10.50 Uhr.

Ich

Neben mir ist Erbrochenes zu liegen gekommen. Mein Erbrochenes? Meine Hand ist schmutzig, riecht nach Erbrochenem. Ich hätte Obacht geben sollen, denn nun scheint der Magen leer und in meiner Hose ist nur wenig Geld. Der Tag kann noch lang werden, und wenn ich mich andauernd übergebe, kann ich nicht soviel kaufen, um die Magenlöcher zu stopfen. Oder ich übergebe mich irgendwann nicht mehr, weil der Mensch zum Abstumpfen neigt, zum Abdichten neigt, wenn er zuviel sieht, das ihm nicht paßt. Eine träge Zeit auf der Straße, die Menschen sind in Arbeitsstellen untergebracht. Zu Hause nur Mütter, Rentner, Touristen und Arbeitslose. Wer will von denen was erfahren. Keiner, den ich kenne, kennt einen Arbeitslosen. Wahrscheinlich gibt es die gar nicht. 4 Millionen und keiner kennt einen, das ist doch merkwürdig. Vielleicht befinden sich Arbeitslose in Arbeitslosengruppen und spielen den ganzen Tag Pingpong gegen die Minderwertigkeit. Vielleicht sollte ich die Stadt verlassen. (Hatten wir das nicht schon mal? Du hast kein Geld, du hast das Gefühl, du würdest etwas verpassen, also halt den Mund und sieh es dir an.) O.K., vielleicht sollte ich auch einfach nur in den Zoo gehen. Ich stehe auf, versuche die schlechtriechenden Hände zu reinigen, aber woran, in der Stadt gibt es kein Gras, das wurde unter Asphalt versteckt, damit es sich nicht ekelt. Woran reinigt man in der Stadt eine vollgekotzte Hand? Kein Dackel in der Nähe. Nur ein Hotel, gegenüber.

10.56 Uhr.

(Richard, 45. Reisender. Die guten Jahre direkt übergangen. Zum Nachholen ist es zu spät. Onaniert selten, meistens in Hotelzimmern. Hat eine Idee)

Richard hatte die Frau aus dem Hotel geschmissen. Eine alte Frau, die ihn nicht anmachte. Ein Hotelzimmer, irgendeines, weiß nicht mehr welches, welche Stadt. Weiß nicht mehr, warum er in dieser Stadt ist, vorm Fenster. Eine Großstadt wie alle, alle gleich. Als er vorhin mit dem Zug in die Stadt fuhr, aus dem Zugfenster sah, sah er sich in ein Taxi steigen, in ein Hotel fahren. Sah sich in ein gelbes Hotelzimmer gehen, seinen Anzug aufhängen, in das Hotelrestaurant gehen, ein Schnitzel essen und wußte doch für ein paar Sekunden nicht mehr, ob er noch im Zug sei, oder schon im Hotel, im Taxi. Solche Momente beunruhigen Richard sehr. Er hat dann das Gefühl, verrückt zu werden, Kurzschlüsse im Gehirn, Zeit, die in verkehrte Richtungen läuft, oder Menschen, die alle gleich aussehen, das Gleiche tun, vom Gleichen getrieben. Richard ist froh, im Moment. Weiß er, daß er in einem Hotelzimmer steht, morgen Buchhändlern Bücher verkauft. Falls es ein Morgen gibt. Falls sie nicht kommen. Richard sucht den Himmel ab. Wenn sie kommen, werden sie ihn mitnehmen. Soviel ist mal klar. Werden mit ihm losfliegen. Er muß nur den Moment des Übertritts abpassen. Der Himmel ist dunkel. Richards Frau ist vor einem Jahr gestorben. Vielleicht war es auch ein Monat, eine Woche her? Zeit läuft verkehrt. Vielleicht gestern. Starb sie, weil er wissen wollte, ob noch andere Gefühle in ihm sind, als die Angst verrückt zu werden. Hat er seine Frau bewußtlos geschlagen, Frauenkopf fiel herab in die Stricknadel, ein Auge lief auf das Strickwerk. Dann hat er sie in die Küche gebettet, auf den Tisch, die Fenster vorher geschlossen, sie zerteilt, erst mit dem Brotmesser das Weiche, dann entbeint, die Gelenke aus den Pfannen, beim zweiten Arm wachte die Frau auf. Das war unangenehm, aber ein Gefühl machte es nicht in ihr eines Auge zu schauen. Machte nicht einmal Mitleid. Richard war enttäuscht, hätte den Versuch dreingeben können, aber es war schon ein Arm entfernt, Teile des Fettgewebes am Bauch entnommen. Was sollte er mit einer halben Frau. Also machte er weiter, hob den Kopf mit dem Brotmesser ab, bis sich das verzahnte mit dem Halswirbel, ein billiges Messer, von schlechter Güte. Nach zwei Stunden war die Frau portioniert, er entsorgte sie in Säcke, vorgestern hatte er die Säcke nochmals geöffnet, die Teile geschaut, außer Brechreiz nichts. Er kann sich nicht mehr erinnern, was mit den Säcken passiert ist, gestern nacht glaubte er kurz, er hätte den Inhalt aufgegessen, bis ihm einfiel, daß er kein Fleisch mochte, auch nicht vertrug, wegen seines Cholesterinspiegels. Am Himmel ein helles Licht, das sich rasch nähert. Sie kommen. Richard stellt sich auf die Fensterbank. Sein Herz ganz schnell und laut. Er hat gewußt, daß sie kommen, und jetzt gilt es den rechten Moment des Übertrittes abpassen. Das Licht wird heller. Richard stößt sich ab, breitet die Arme wie ein Tier, dessen Namen er vergessen hat. Fliegt dem Licht entgegen.

11.01 Uhr

(Anna, 14. Ausgerissen. Kein Spaß an nichts. Keine Zukunft. Zukunft, nein danke)

Da war einer, sprang einer, flog einer, rief ganz glücklich dabei, und heute ist so ein Tag, da fliegen sie wieder. Ein Tag, der nicht anfängt, nicht aufhört und den Leuten etwas klarmacht. Die Konsequenz daraus. Ist fliegen. Ein helles Licht, dann wieder weg. Anna rückt die tote Katze zurecht, auf der ihr Kopf liegt. Die Katze ist noch nicht lange tot, noch hübsch warm. Schlafen geht trotzdem nicht, trotz der Katze, trotz der Müdigkeit. Aber die ist immer da. Geht nicht weg, und gerne würde Anna schlafen, bis sie tot wäre. Weil sie dummerweise lebt, steht sie auf. Läuft ohne Ziel, nur damit den Beinen Bewegung geschieht. Die

Straße ist voll Dreck. Voll Müll. Voll Kot. Plakate, halbzerfetzt, von Bands, die noch Träume hatten, nicht ahnten, daß wer hier plakatiert zum Scheitern verdammt ist. Jeder ist zum Scheitern verdammt. Ob einer Musik macht, dichtet oder Bilder malt. Ob er Computerprogramme erfindet oder Katzenfutter herstellt. Die Katzen sterben, was soll da Futter. Die Welt stirbt, was soll da irgend etwas. Es ist nicht mehr der letzte Tanz, der letzte Tanz ist vorbei und müde warten die Gäste der Veranstaltung auf den Reinigungsdienst, der sie hinausfegt, wegfegt, ihnen die Entscheidung abnimmt, das Fest zu verlassen, um nach draußen zu gehen, wo es auch nicht besser ist. Anna denkt seit einiger Zeit nicht mehr nach. Das hat sie wegen der Uneffektivität eingestellt, das Denken. Sie bewegt sich nur noch, ißt ab und an aus Mülltonnen oder aus Läden Gestohlenes. Essen ist ein lästiges Begehren des Körpers. Anna lief von zu Hause weg, weil es nirgends schlimmer sein konnte. Schlimmer war es nicht, auf der Straße, nur klarer. Vielleicht halte ich bis zum Jahr 2000 durch und kann noch schauen, wie die Welt stirbt. Sagt Anna zu sich. Zu sich reden ist nicht denken, das erlaubt sich Anna, das Zu-sich-Reden. Zu anderen nicht. Weil die nur hören, was sie selber laut denken und das Miteinander-Reden eine dumme, zeitraubende Angewohnheit ist aus Zeiten, wo es vielleicht noch zu reden gab. Gibt es nicht mehr, aber ich würde schon gerne wissen, wie die Welt stirbt, wiederholt Anna. Ob sie einfach nur einen großen Seufzer macht, der so laut ist, daß alle Menschen kollabieren, die Häuser zusammenfallen, die Lichter ausgehen, oder ob sie ins All fällt, mit einer großen Schnelligkeit, alles wegweht, was draufsteht, auf ein schwarzes Loch zusteuert, in das sie sich gibt, wie in ein Grab. Daß die Welt stirbt, da gibt es keine Frage für Anna. Sie ist seit einem Jahr auf der Straße und kann das Sterben klar sehen. Sie schaut nicht weg. Sieht hin, wie alles immer schneller wird, immer verzweifelter, Bewegung, nur um nicht zugeben zu müssen, daß es schon zu spät ist. Ab und zu sieht Anna Paare. Menschen die sich küssen und versuchen, Gefühle zu erzeugen, die den Mond betrachten und seufzen, sich einreden, es gäbe Liebe, es gäbe ein Leben durch Liebe, ein unendliches. Verzweifeltes Küssen, verzweifeltes Ficken, für Sekunden glauben, alles sei gut und die Welt schön. Ist sie nicht. Nirgends, da ist sich Anna sicher, obwohl sie noch nie weg war, aus der Stadt, weiß sie. Daß alle Städte gleich aussehen, die Welt gleich aussieht, überall, daß es sich nicht lohnen würde, woanders hinzugehen. Wer hat den Menschen die Idee gegeben, daß Leben lohnen müssen, Leben müssen rumgebracht werden, weil es Gott gibt. Weil Gott aus langer Weile mal Menschen erfunden hat, um zu schauen, wie schnell sich die Dinger vermehren, was sie machen mit den Bewegungen, die er ihnen gab, mit den kleinen Hirnen, weil es ihm langweilig war, hat Gott die Menschen gebaut, zu schauen, wie schnell so ein Planet am Arsch ist, mit denen drauf. In zwei Jahren ist es soweit, da ist sich Anna sicher. Wenn sie die Augen schließt, grad so, daß kaum noch Licht einfällt, kann sie sich gut vorstellen, wie die Häuser in sich zusammenfallen, dem Moder nachgebend, wie die Menschen skelettiert aussehen. Anna spürt die Kälte nicht, der Schmutz ist ihr egal, und der Ekel hält sich in Grenzen. Ein Häuserblock. Gelbe Häuser, passend zum Himmel. Ein Spielplatz. Sand ist weich. Sie läuft zu diesem Scheißsandkasten, legt sich in den Sand und möchte auf einmal doch gerne mit jemandem reden. Mit irgendwem.

11.08 Uhr.

Ich

Ich stehe neben dem Sandkasten und sehe auf das Mädchen. Und könnte mit ihm reden, wenn ich etwas zu sagen wüßte, was soll man sagen, wenn man sich selber nicht trösten kann, setze ich mich, neben das Mädchen, in den Sand, es sieht mich an, blinzelt und will auch nicht reden, auch nicht alleine sein, aber es ist schon zu weit entfernt in sich, als daß da noch einer hinkönnte. Ich packe eine Geschichte aus, geschrieben einmal, für ihre Generation. Die armen Verarschten. Lese sie vor, und währenddem schläft das Mädchen ein. Es lächelt ein wenig. Dafür sind Geschichten gut. Um lächeln zu machen.

4. GgdW

Ich: Grüß Gott. Fein, daß Sie Zeit hatten. Als höheres, das Universum beherrschendes Wesen haben Sie wahrscheinlich viel zu tun und so weiter.
ER: Ist O.K.

Ich: In meiner stillen Zwiesprache hatte ich schon angedeutet, daß ich ein paar Fragen zur Jugend habe, die im Zusammenhang mit einem Artikel stehen, den ich für eine wissenschaftliche Publikation schreibe.

Drauf geschissen. Ich habe mir auf ihre Anfrage hin ein paar Videos mit Jugendlichen reingezogen. Love Parade, Partys etc. Sehr kurzweilig. Junge Menschen, die sich als Außerirdische verkleiden. Köstlich. (lacht)

Was ist jetzt daran so lustig?

Das Äußere ist ein dufte Indiz für einen inneren Zustand, und der ist voll daneben. Es geht nicht mehr um Inhalte, um Robben retten, Weltfrieden, usw., das Wichtigste auf der Erde ist aufzufallen, anders zu sein, berühmt für ein paar Sekunden. Die Klamotten müssen immer verrückter werden, die Selbstverstümmlung immer schockierender. Haben Sie schon vom neuen Trend der Zieramputation gehört?

(Ich halte schweigend eine Hand mit drei Fingern ab hoch)

Fein. Wollen wir nicht ein bißchen über schwarze Löcher reden?

Nein.

Püh.

Mich würde mehr interessieren, warum Ihnen das Thema Jugend so viel Spaß macht.

Gibt es einen Grund, Sie Pappnase in meine Pläne einzuweihen? Aber vielleicht kommen Sie selber drauf. Warum glauben Sie, haben vergangene Generationen so großartige Dinge hervorgebracht. Die Achtundsechziger so prima Studienräte, die Siebziger die Sex Pistols und die Achtziger den Trump Tower?

Äh…

Weil sie in ihrer Jugend die Hoffnung hatten, die Welt zu verändern. Weil sie in Ruhe rumrebellieren konnten, Kraft durch einen gemeinsamen Sinn und so weiter.

Und die Jugend der Neunziger hat das nicht? Was ist da Ihr Plan, verstehe ich nicht.

Das liegt daran, daß Sie blöd sind. Die Generation da unten hat einen Sinn gefunden. Sie hat den Spaß entdeckt. Spaß-Sport, Spaß-Mode, Spaß-Musik, Spaß-Partys. Gar nicht so dumm, denn der Spaß kommt dem Existenzsinn des Menschen sehr nahe, auf der Suche nach anderen Inhalten kann er nur scheitern, sein Gehirn ist dafür nicht eingerichtet. Die Jugend hat also eigentlich einen Zusammenhalt: die Rebellion gegen den Stumpfsinn.

Und was ist jetzt Ihr Plan?

(Kichert, spuckt dabei etwas Ambrosius)
Ich habe dafür gesorgt, daß der Jugend jede Form von Rebellion sofort wieder genommen wird. Die Musik schockiert keinen mehr. Läuft ja auf eigens eingerichteten Fernsehsendern rund um die Uhr, der Spaß-Sport ist schon bald bei den nächsten Olympiaden dabei…

… und die Mode?

Das letzte Aufbäumen des jungen Individuums zerstöre ich schon im Ansatz. Was die Kids sich auch um den Leib hängen, wird ihnen sofort von Trend Scouts wieder abgejagt. Kaum haben sie eine originelle Idee, läuft sie schon über die Laufstege. Liegt in Läden, käuflich für die Masse, für jene, gegen die die Jugend rebelliert. Der Kommerz frißt seine Kinder. Die Mode überholt sich selber. Und immer, wenn Zeit sich überholt, explodiert etwas. In diesem Fall die Hoffnung.

Warum, warum?

(singt) Nimm der Jugend das Anderssein, das Schockieren, den Glauben an die Einmaligkeit, und sie wird sich selber erledigen. Wenn eine Jugend nicht mehr gepflegt auffallen kann, wenn es nichts mehr gibt, das die Eltern in den Wahn treibt, dann resigniert sie. Sieht keinen Sinn mehr in ihrer Existenz. Cool, oder?

WARUM?

Manno, wie doof Sie sind. Die Jugend kriegt Depressionen, will nicht mehr leben, sich nicht mehr vermehren. Der Mensch stirbt aus. Das ist mein Ziel, denn die Menschen ermüden mich, öden mich an, salopp gesagt. Ich werde sie an Kommerz zugrunde gehen lassen.

Haben Sie nicht an der Entstehung der Menschen irgendwie mitgewirkt?

Meine Güte, das war doch nur Spaß. Ich habe sie meiner Tochter mal zu Weihnachten geschenkt. Und Sie wissen, wie Kinder sind. Ein paar Mal damit gespielt und ab in die Ecke, da kullern sie unnütz rum.

Aber warum wollen Sie sie gerade jetzt ausrotten?

Nichts Persönliches. Bei meinen derzeitigen Experimenten lasse ich unbewohnte Gegenstände in Schwarzen Löchern verschwinden. Sind die Gegenstände bevölkert, macht es einen wirklich abstoßenden Lärm. Die leere Erde wäre ein wundervoller Gegenstand für ein Schwarz-Loch-Experiment.

Wie werden Sie sich fühlen, wenn Ihr Plan funktioniert?

Ich glaub, ganz gut. Ich werd so gucken, wie die Erde in das Loch fällt. Dabei werde ich eine rauchen.

11.14 Uhr.

(Rüdiger, 40. Elektriker, sammelt Comics (Werner, Batman). Eltern tot, auch besser so. Onaniert gerne (ich onanier gern!)) 64

Rüdiger sitzt in der Schaltzentrale. Sieht aus dem Fenster auf den Block. Seinen Block. Vier Neubauten um einen Hof gebaut, in dem Hof ein Sandkasten voller Spritzen und Scheiße. Die Fenster in den Neubauten erleuchtet. Dunkler Tag heute. Mit seinem Fernrohr kann Rüdiger bequem alle Wohnungen einsehen, nach Bedarf Ton zuschalten. In allen Wohnungen hat er Abhöranlagen installiert. Gar nicht aus Neugier, sondern weil es als Hausmeister sein Job ist zu wissen, was abgeht. Er schaltet zu den Hippies. Zwei Langhaarige. Wer Mann oder Frau ist unklar. RAF ist klar. Die beiden sitzen auf dem Bett.

Bist du gekommen?

Nein.

Du mußt loslassen.

Fick dich.

Klar, denkt Rüdiger, die reden in Codes. RAF-Schweine. Rüdiger schaltet um, eine Wohnung höher. Ein Säuferpaar verdrischt sich gegenseitig, in der Wohnung darüber ein Vater im Kinderzimmer bei seinem Sohn. Aua …
Rüdiger ist gerne informiert. Die Leben der Menschen in seinem Block sind spannender als Talk-Shows. Es sind erbärmliche Leben, die machen, daß Rüdiger sich überlegen fühlt. Er hat sie in der Hand, alle, hat die Schlüsselgewalt. Jeden Tag läuft er mit einem großen Schlüsselbund an der Hose durch den Block, hebt Papier auf, sammelt die Spritzen aus dem Sandkasten, kontrolliert die Post in den Briefkästen, entnimmt mitunter eine Sendung, die ihm interessant genug scheint. Ist der Boß, der Rüdiger, trinkt ein Bier, hört sich noch ein bißchen um, ist aber fad heute, die normale Ehescheiße, die Alleinlebenden vor dem Fernseher, manche onanieren. Langweilig. Onanieren. Rüdiger onaniert auch. Wenn er den Kindern zusieht, beim Spielen, die Paare belauscht, beim Sex. Wird er nicht mehr nötig haben. Denn gleich kommt seine
65 neue Frau. Von den Schlitzaugen erzählt man sich ja Wunderdinge. Kommt gleich. Die teuerste Anschaffung seines Lebens. Noch eine Runde über den Hof. Im Sandkasten liegt eine, in seinem Sandkasten hat keiner zu lie-

gen. Liegt ein Mädchen drin. Schläft wie bewußtlos. Selbst schuld. Rüdiger kniet sich vor das Mädchen, öffnet den Reißverschluß.

11.29 Uhr.
Ich

In der Toreinfahrt brennt eine Neonlampe, noch nicht mal Motten leben hier noch. Ich sitze am Boden, auf Asphalt. Das Mädchen im Sandkasten träumte von früher. Sie war mit ihrer Großmutter in den Ferien. Die Oma hatte ihr lauter neue Klamotten gekauft, und jeden Tag waren sie in ein Café gegangen, wo das Mädchen Ragoût fin essen durfte, da war sie süchtig danach, und es war für zwei Wochen, als würden sich all ihre Wünsche erfüllen. Berge gucken, in Cafés sitzen, mit Booten fahren, neue Klamotten und jeden Tag Ragoût fin. Das Gefühl, was das Mädchen damals gar nicht benennen konnte, war Glück gewesen. So einfach. So schwierig herzustellen. Der Hausmeister ist in seine Wohnung zurückgegangen, hat sich gewaschen, wartet auf seine neue Frau, trinkt Bier, das Mädchen ist in der Dunkelheit verschwunden. Was kann ich tun, an einem Tag, der nicht erwacht, vielleicht nie aufhört, in der Stadt, in der ich wohne, aber nicht mehr weiß, wo. Mit einem Anfall, der von Drogen kommt, oder Teil eines Planes ist, mit etwas, das größer ist als mein Verstand, was kann ich da machen. Ich fange ein bißchen an zu weinen, heule so rum, aber das ändert auch nichts. Weinen ist Flucht. Was kann ich machen, mit schlechtriechenden Achseln, mit noch zwanzig Zigaretten und Angst. Was ich verstehen kann, ist, daß alles umsonst ist, egal, und hoffentlich schnell zu Ende, das Leben, wie Streichhölzer, angezündet und die Flamme schnell vorbei.
Wieviele Menschen wohnen hier, in diesen Neubauten, die irgendwann mal neu waren, aus denen jetzt die Gedärme platzen, deren Haut rissig wird, die Flecken aufweisen. Graffiti, werden die immer noch gemacht, von Jungen mit Käppis auf, die Ghetto-Blaster mit sich rumschleppen und Skateboards, die denken, daß in NY das Leben cooler sei.

Und nun eine Zigarette für den Erfinder von Hochhäusern, von Wohnblocks, die keine Namen haben, nur Block 7d heißen und die gar nicht versuchen, so zu tun, als wollten sie es dem Menschen schön machen. Gut für meine Augen, die Wohnblöcke ohne Außenwände. Da sitzen sie in ihren Schachteln und warten ihr Leben ab. Vernünftig. Nicht mehr zu wollen. Ich will gerne duschen, weil ich rieche, will was essen. Statt hier in dieser verschissenen Toreinfahrt zu hocken. Ich schaue mich um und habe wirklich keine Ahnung, wo ich bin. Ich habe noch dreißig Mark. Langt noch nicht mal für eine Schönheitsoperation. Wie kommt sie da jetzt drauf? Eine Frau läuft an mir vorbei, ein abschätzender Blick zu mir runter. Keine Gefahr, nur eine Verwirrte, die stinkt. Die Haut der Frau ist so straff, daß sie gleich reißen wird. Schöner wird sie nicht, durch das. Warum sich Menschen schöner machen lassen, Schmerzen ertragen, viel Geld bezahlen. Für dieses kurze Leben, damit sie schöner brennen, wenn es vorbei ist? Ich werde noch ein bißchen warten, bis der Hunger unerträglich ist.

5. GgdW

Die Welt ist verrückt geworden. (Das klingt nach dem Ende eines guten Films: Die Welt ist verrückt geworden John. Ja, Beth, was 'ne verrückte Welt.) Was für eine verrückte Welt, John, in der Worte Waffen sind und aus Schwertern Flugscharren werden. Die Flugscharre ist ein ca. 3 cm großer Paarhufer, und die gefährlichste Waffe, die wo richtig Blut fließt und Augen matschen, Gehirn den Heizkörper runter, Eingeweide auf den Boden ...; ist das Wort: Erwachsen.
Werd endlich ... hebt der Feind an – – nein nein sag's nicht, bitte, wimmer – –. O.K., grimmt der Feind. Ich sag's nicht, dafür mache ich deine süße kleine Flugscharre tot. Was ein häßlicher Einstieg, das, ab in den Müll. Die Hand greift den Einstieg, doch das Herz sagt halt, wollen wir wirklich alles Häßliche ausmerzen? Nur das Schöne, Gesunde am Leben lassen? Jetzt muß ich mich mäßigen, sonst geht die Geschichte in eine falsche Richtung. Und für die bin ich nicht zuständig. Da gibt es andere, deren Beruf das Empören ist und die nicht ruhen, ehe der letzte Faschist zerborsten, die letzte Glatze behaart ist.

Ich wollte eigentlich über das Erwachsen-Sein nachdenken. Da denk ich also, Jahr für Jahr: Bald werde ich erwachsen sein, und dann wird mir alles klar. Auch alles gut. Denke weiter, das wäre so eine Sache, die irgendwann passiert. Und morgens stünde ich auf, fühlte, daß alles anders geworden wäre. Und daß dann das richtige Leben begänne. Das, auf das ich noch warte, während ich nicht erwachsen bin. Das Leben, das ich mir vorstelle, ist etwas sehr Großes. In jedem Moment des richtigen Lebens werde ich wissen, was ich tue und warum. Ich werde glücklich sein und keine Fragen mehr haben. Das Leben wird durch mich strömen (und das Leben durchströmte sie, steht im Drehbuch des Filmes vom Anfang), und ich werde Mensch sein, oder so. Aber ein Scheiß, ich werde älter und älter, kleine Kinder würden in Bussen aufstehen und mir Platz machen, wenn sie könnten, ich benutze Cremes, die die Folgen des Älterwerdens der Haut bekämpfen (Folgen wie z. B. Gürteltiere), und ich weiß immer noch nicht, was erwachsen sein ist, und wozu alles gut ist, weiß ich gleich gar nicht. Bis ich das weiß, tue ich so. Ich tue z. B., als wohnte ich. Laufe mit einem Pannesamt-Hausanzug durch meine Zimmerfluchten, stehe in den Fluchten und schaue mich im Spiegel an. Mache ein wichtiges Gesicht. Gehe mit dem in die Küchenzeile, rühre mit Mixgeräten herum, trage das Gemixte in die Eßzeile, stelle es auf Platzsets. Ich schüttele mein Bett auf und singe dabei und sehr oft wasche ich mit der Waschmaschine Sachen, denn beim Waschen fühle ich mich fast eins mit meiner Erwachsenenrolle. Verstehen Sie, was ich meine? Ich meine, verstehen Sie es wirklich? Das mit der Waschmaschine auch? Ich nicht. Ich verstehe auch nicht, wie man erwachsen fliegt. Also, in Flugzeugen sitzt, ohne darauf zu warten, daß eine Flugbegleiterin einem so einen Kinderverschickungsbeutel um den Hals hängt, oder was man in Hotelzimmern macht. In Hotelprospekten sitzen Erwachsene immer in buntgemusterten Sesseln und prosten sich zu. Das mache ich dann auch. Aber es stimmt nicht. Sie mögen jetzt denken: Ja, und? Das ist das, was man gemeinhin als Leben bezeichnet, du Pflaume. Und ich sage Ihnen: Nein. Das ist es nicht. Kann es nicht sein. Das richtige Leben kann doch nicht so etwas Banales sein, und gleich gar nicht von dem Gefühl begleitet, es sei nur die Probe vor der Aufführung. Das richtige, erwachsene Leben tut nicht so als ob und hat nicht Angst, daß einem jeden Moment einer draufkommt. Entlarvt. Aus dem Hotelzimmer geschmissen, die Waschmaschine weggenommen, ausgelacht, ausgeprügelt, weil alles nur geliehen ist, kopiert ist. Das richtige Leben ist wichtig, der korrekt lebende Erwachsene tut Große Sachen. Er bekommt den Grimmelshausen-Preis, er engagiert sich für Kinder, die so hungrig sind, daß sie in Bussen nicht aufstehen können, er kämpft gegen Nazis und hat keine Angst, zu sterben, ohne zu wissen, was Leben ist. Das ist Erwachsen-Sein. Und ich bin es nicht. Ich altere außen, und falls es innen etwas gibt außer Gedärm und Blut und Eiter und Stuhl …, also falls es da etwas gibt, so altert das nicht korrekt mit. Und jetzt bin ich traurig, fülle wieder ein Waschmaschinchen und bitte Sie, wenn Sie wissen, wie man richtig erwachsen wird, sagen Sie es mir. Ich würde Ihnen für Ihre Mühe umgehend eine Flugscharre, eine Waschmaschine oder einen Nazi schicken. Danke …,

11.35 Uhr.

Ich

An mir und meinem verheulten Gesicht geht eine wirklich moderne Familie vorbei. Hübsch, lässig und individuell. Hauptsache individuell, denn aus irgendwelchen Gründen geht es heute darum. Eine Masse, die sich von der Masse abheben will. Viel Spaß. Der Vater mit Stoppelschnitt, überweiten Hosen, Caterpillars, die Mutter gutaussehend und ungeschminkt, eine Powerfrau, das Kind mit Klumpenschuhen und Hosen, die auf der Hälfte des fastfoodfetten Arsches hängen. Sie schauen mich kurz an, wollen nicht belästigt werden, wollen glauben, daß das Leben eine geile Sache ist. Das Leben. Die Leben von Menschen, nicht mehr als Schnappschüsse, ich stehe auf, unwillig, weil im Stehen, wird es nicht besser, ein Ziel habe ich nicht und müde bin ich jetzt schon. Und Angst, die mich schwer atmen läßt, Beine, die nicht laufen wollen, weil sie nicht wissen, warum, wohin. Und niemand zum Hingehen, Trost finden. Ich habe niemanden. Ein paar Arbeitgeber, Arschlöcher, zu denen keiner verwirrt und übelriechend gehen sollte, Freunde wie Beate, ein paar, von denen ich nichts sehen möchte, und auf den Straßen der normale Großstadtscheiß. Baulärm, Verkehrslärm, Menschenlärm, Bananenschalen, Omas sterben, der Mist eben, der macht, daß du dir auch ohne Drogen wie ein Irrer vorkommst, dich fragst, warum laufe ich hier rum, zwischen tausend anderen, ich will doch individuell sein (s. o.).

Ein Taxi hält neben mir. Taxifahren ist vielleicht eine gute Idee, um unbelästigt zu bleiben. Die Geschwindigkeit eines durchschnittlichen Taxis verhindert die Einsicht in unerwünschte Personenkreise. Es sind nur Fetzen von Klarsichtigkeit, Toiletten, auf denen Leute hocken, Geschlechtsverkehr. Wohnungen, Büros, und unmöglich, im Vorüberfahren Leben zu sehen. Ich hänge im Polster, draußen fährt die Stadt vorbei, und ich überlege, wie teuer es wäre, bis zur Nacht Taxi zu fahren. In der Nacht sollte ich doch Ruhe haben. Ich beuge mich zu dem Fahrer, um ihn das zu fragen, mache den Mund auf und in diesem Moment sehe ich ihn. Eine gottverdammte Sau, der sich Pfropfen in den Hintern schiebt, sich Gewichte an die Klöten hängt, Kot anderer Männer ißt, Kot kleiner Knaben speziell gerne … Da steig ich besser aus, gehe in ein Café und bestelle mir was zu essen, das ausschaut, als wäre es schon mal wo drin gewesen. Unter uns, ich bin irgendwie scheiße drauf.

11.43 Uhr.

(Michael, 33. Unternehmensberater. Gutaussehend. Gutverdienend. Gute Kindheit. Guter Studienabschluß. Lieblingssatz: Ich habe keine Probleme. Onanieren hat er nicht nötig)

Es passiert in einem Café. Wo jeder schnell gehen kann. Wo andere in der Nähe sind, man sich zusammenreißen muß. Schadensbegrenzung ist das, oder Feigheit. Die Frau sitzt vor einer Tasse Tee. Teetrinker sind Memmen. Michael sieht die Frau an. Er haßt, wie sie die Tasse zum Mund führt, die Oberlippe hochzieht, wie ein Pferd, haßt, wie sie die Tasse absetzt, die kleinen Hände neben dem Gedeck ablegt. Liegen die Hände da, völlig unnütz, weiß und weich. Anklagend. Klagende Hände, Michael fragt sich, ob das geht. Ob Hände klagen können, und kurz auch, ob er fair ist, die Frau auseinanderzunehmen, in lauter Teile, die ohne Zusammenhang schlecht abschneiden müssen. Michael hat sich eingerichtet. In Dinge, die ihm guttun, und andere. Viele Dinge, die ihm guttun, sind einfach zu haben. Erfolg, gutes Aussehen, die richtigen Sachen. Wenn er aufsteht, morgens, in seinem hellen Schlafzimmer, auf weichem Flor ins Bad läuft, strahlende Messinghähne sieht, seinen guterhaltenen Körper pflegt, mit teuren Produkten, in schmeichelnde Stoffe steigt, sich seinem nach Leder riechenden Auto übergibt, in sein delikat eingerichtetes Büro fährt. Große Geschäfte macht, wie ein Spiel, das Spiel gewinnt. Wenn er abends in einer Bar nach seinem Job einen wertigen Cocktail schlürft, wenn er in den Urlaub nach Bora Bora fährt, wenn er spürt, daß blonde Frauen ihn begehren, er sein markantes Gesicht schaut, denkt er, daß es so einfach ist, sich gute Dinge zu tun. Noch vor zwei Jahren hat er die Frau geliebt. Jetzt nicht mehr. Es begann damit, daß es ihn wütend machte, sie beim Essen zu beobachten, beim Trinken. Ihren kleinen Mund. Ihre mahlenden Zähne. Daß er ihr in die Fresse hauen möchte. Sich überlegt, manchmal, nachts, wenn er ihr beim Schlafen zusieht, sieht, wie Spucke aus ihrem Mund läuft, sich ihre Wangen verschieben, die Augen in Falten legen, wie er sie töten würde. Erst ihre Haare abschneiden, dann sie binden, mit gutem Strick. Ihr mit einem Küchenmesser einige Adern öffnen, Bauch öffnen, Dinge reingeben. Das Radio. Anschalten. Die Hitparade dumpf aus ihren Innereien. Und Michael fragt sich, wo dieser Haß herkommt. Michael sieht die Frau an. Wenn er es ihr jetzt sagt, dann ist es wahr. Dann wird sie weinen, vielleicht, und dann würden sie reden, ganz sinnlose Worte, vielleicht laut werden. Dann würde sie wahrscheinlich gehen, ihre Sachen packen. Später, würden sie sich wie erwachsene Menschen grüßen, sähen sie sich. Und er würde warten, daß eine neue Frau käme, eine neue Liebe, die zu Ende gehen würde. Wie alle bis jetzt. Wie oft hat er schon in Cafés gesessen, eine Frau vor ihm. Die nun wieder. Die ihn auch ansehen würde, die Augen voller Unverständnis. Große Augen, wie von einem Kind. Ein Scheiß. Tu mir nicht weh, beschütz mich. Nix da. Eine wie die andere. Schlichen sich in sein Leben. Bedrängten ihn. Engten ihn ein. Will doch nur frei sein. Mann sein. Die Frau hat Wasser in den Augen. Sie tastet mit ihrer Hand nach seiner. Hätte er sie nur versteckt. Michael schließt die Augen, damit sie das Mitleid in ihnen nicht schauen kann. Hinter dem geschlossenen Auge sieht er, wie es am Anfang war. Reden, ficken, oh, welche Nähe, und wie es normal wurde. Ihre Anwesenheit in seiner Wohnung war so selbstverständlich, wie die Anwesenheit der Toilette. Am Anfang hatte er nichts lieber getan, als sie auf der Toilette zu beobachten. Sie abzuhalten, selig über die Grenzen, die sie ihm zu überschreiten half. Später störte ihn, daß sie die Tür nicht schloß. Und jetzt will er nur noch frei sein. Sie los sein. Daß sie sich doch in Luft auflösen möge. Als er die Augen wieder öffnet, ist die Frau weg. Auf der Tischplatte ist noch ein kleiner Abdruck ihrer verschwitzten Hand. Michael bestellt sich einen Tee.

11.47 Uhr.

(Sabine, 35. Photographin, hat Probleme, älter zu werden, wünscht sich ein Kind, von wem bloß, kein Glück mit Männern, gar nicht)

Als Michael die Augen schließt, dem Klang seiner Abschiedsworte, lauschend, steht sie auf. Weiß gar nicht, wie sie die Füße heben soll, wo die doch nicht mehr am Körper befestigt sind. Sitzt dann auf der Toilette, auf dem Deckel, beißt an den Häuten neben den Nägeln, wiegt sich hin und her. So wenig braucht es, und einer verliert sich, kommt alles durcheinander. Die Gefühle, machen Hormone, die bekämpfen die Organe, das Gehirn, nichts läuft mehr, fließt mehr, der Mensch nur noch ein Haufen ausgeflippter Materie. Er ist weg, kann Sabine noch denken, sieht alle, die gingen alle weg, kein Glück, keine Liebe, alleine sein, die Sachen aus seiner Wohnung nehmen, die Treppe runter, zu einer Freundin, in ein Hotel, und war doch für die Ewigkeit gedacht, wollte doch nie mehr darüber nachdenken, einfach abhaken, die Geschichte mit der Suche, mit dem Weggehen, abends, lustlos. Herumstehen, in Bars und Kneipen und Clubs, und nach einem ausschauen, der da nie wäre, und heimgehen, die Sehnsucht alles verklebt, sich sehn, im Spiegel, morgens, alleine mit dem schlechten Atem. Und sehen, daß es immer mehr Zeit benötigt, um ein Gesicht herzustellen, an den Falten vorbei, den Tränensäcken. Warum gehen sie, warum. Kann man nicht einfach zusammenbleiben, sich mögen und zufrieden sein, jemanden zu haben, zum Anfassen und eine Stimme hören. Alle mit ihrer Jagd nach der großen Liebe, die es nicht gibt. Gibt doch nur Menschen, die nicht alleine sein sollten. Warum erträgt keiner mehr das Normale. Warum suchen alle den Kick, etwas Spannendes ausgerechnet in der Liebe, der langweiligsten, geruhsamsten Sache der Welt. Die doch sein sollte, mit jemandem im Bett zu liegen, seinen Atem zu hören, sein Schlucken zu hören, Bücher zu lesen und ab und zu mit der Hand zu fühlen, daß da jemand ist. Sabine sitzt auf dem Toilettendeckel, kaut an der Haut neben den Nägeln und weiß nicht, wie sie es schaffen soll, jemals von diesem Klo wegzukommen. Und dann fällt ihr etwas ein. Ein guter Einfall, einer, der die Sache richtig rumreißen wird. Und dann kann sie aufstehen, von der Toilette runter, raus.

11.50 Uhr.

(Fred, 36. Künstler. Onaniert vor Kritiken. Schalträger. Hat sich eine Glatze geschnitten, es geht nur um Formen)

Ich werde vor der Toilette auf sie warten, denkt Fred. Auf die Frau, die neue Muse. Hat er sie gerade hinuntergehen sehen, schöne Frau, geschaffen, um ihn zu inspirieren. Fred steht vor der Toilette. Ein paar Meter weiter sitzt eine Toilettenfrau. Eine unappetitliche alte Vettel. Frauen ab 40 stinken, und das Fleisch gerät außer Kontrolle. Betrachtet Fred seine Hände, so stark und zugleich sensibel, Künstlerhände, mit denen er die Frau berühren würde, wenn sie zurückkäme, von der Toilette. Wie Lehm, wie Ton, wie etwas Unfertiges, würde er sie berühren, formen. Wie sie wohl heißen mag. Gala? Egal. Namen sind egal. Sein Name ist wichtig. Er ist der Erschaffer der Welt, kreiert sie, mit diesen seinen Händen. Potzblitz. Da regt sich doch ein Stuhl. Spürt der Künstler, zugleich ein Würgen. Will wohl die normale Welt seinen Schlund, seinen Arsch verlassen. Es ist doch immer so, wenn er zu lange unter Normalen war. Ihre dumpfen Gedanken in seine sensible Aura gelassen, ihre Gerüche seine feine Nase masturbierten, hurtig will er in eine Kabine eilen, allein die Klobedienstete hindert ihn, will Geld, die bäurische Sau. In dem Moment, da er die Vettel zurechtweisen will, spürt der Künstler einen Schwall Mageninhalt in sich aufsteigen. Er will die Klofrau beiseite schieben, die steht und schweigt, auf ein Schild weisend, daß erbrechen und Kot lassen Geld kostet, und dem Künstler gelingt es nicht, die dicke Frau zur Seite zu schieben. »Gnädigste«, hebt der Künstler an, »wür…« – ein Schwall Erdbeerkuchen entäußert sich auf die Beinkleider der dicken Alten, und der Künstler spürt zeitgleich ein vehementes Anklopfen des Kotes an seinem Darmverschluß, hebt an, mit der Vettel zu ringen, die nicht weichen will. Wie prosaisch, denkt es den Künstler, er drängt mit Wucht in die Toilette, entleert seinen Darm in seine Hose, rinnt die Beine hinab, läßt weiter Stuhl, verfehlt die Toilettenschüssel, gleitet aus, im Kote, schlägt mit der Birne auf den Toilettenrand, sinkt kniewärts, erbricht einen neuerlichen Schwall. Hebt in Folge das Ersticken an. Die Klofrau macht das weg.

11.55 Uhr.
Ich

Das Essen im Magen, was es da wohl macht. Wollen wir mal nachschauen? Ich rauche, trinke Kaffe, und merke, daß ich mich nicht mehr wundere. Daß ich meinen Zustand akzeptiert habe und wie schnell Dinge normal werden. Krebskrankheit, Krieg, Armut, Einsamkeit, alles wird normal, kann man sich an alles gewöhnen, und falls ich es noch nicht dachte: Ich wundere mich nicht mehr. Frage mich nichts, worauf ich keine Antwort habe. Sehe ich halt durch Dinge, in Menschen, na und. Wie lange würdet ihr euch wundern, wenn ihr durch Umstände unsichtbar wärt? Stellt euch das mal vor. Ihr lauft so rum, und merkt auf einmal, kein Schwein sieht euch. O.K., seid ihr soweit? Ich mache euch jetzt unsichtbar.

Kein Schwanz sieht euch.

Niemand.

Gar nicht.

Spätestens nach ein paar Stunden habt ihr euch daran gewöhnt. Solange ihr am Geldautomaten noch Kohle bekommt, kann nichts passieren. Nicht wirklich. Vielleicht ein leichtes Unbehagen. Mehr nicht. So blöd ist der Mensch, und ich. Sitze inmitten der Scheiße und wundere mich nicht mehr. Die Augen tun weh, der Kopf auch, der Zustand, wie gefesselt worden vor 24 Fernsehschirmen, unterschiedliche Programme, die Augen mit Sekundenkleber aufgehalten. Na und, irgendwann ist alles vorbei. Im Café nichts Neues. Der Mann sitzt noch alleine da, seine Ex wankt gerade aus dem Café. Ich gehe aufs Klo, da liegt der Künstler im Kot, da steige ich drüber, um in die Toilette zu gelangen, und wasche mich an nötigen Stellen mit Papierhandtüchern, die zu Papierröllchen unter meinen Achseln werden. Das erinnert mich an einen Freund, der immer Deo-Röllchen unter den Achseln trug, an die ich mich erinnere. An den Freund nicht mehr. Ein blöder Tag. Der Beginn eines blöden Lebens, mit etwas Pech.

6. GgdW

Eine Vernissage. Dufte, muß ich sehen. Wer stellt denn aus? Robert Hoyt. Kenn ich nicht. Kennst du nicht, den Hoyt? Peinlich, peinlich, kennst du den Hoyt nicht, du Pflaume. Hamburg, St. Pauli. Galerie, Taubenstraße 13. Zwanzig Uhr, die Vernissage beginnt. An den Wänden hängt Zeug. Tragetütengriffe in Reihe. Ein Nägelmobile. Tüten mit Götterspeise. Gehört die Bank auch dazu? Keine Ahnung. Gucken. Augenbrauen hoch und ab ans Buffet. Nix umsonst. Keine Schnittchen. Scheiß-Party. Robert Hoyt stellt also aus. Kaum Leute da zum Gucken, bis jetzt. Rauchen. Getränke trinken. Biographie ansehen. Der Robert kommt aus

Kanada. Und beschäftigt sich mit Daily Art. Ist recht. Und dann solche Zitate, die würgen machen, weil die Wörter tun, als bildeten sie Sätze, ergäben sie einen Sinn: Daily Art ist die systematische, aktualistische Methode, Gemütsfelder zu öffnen und zu einem Ort lyrischer Evokation zu erweitern.

Jesus. Liegen Gemütsfelder links neben Trauerarbeitsplätzen. Und tut Evokation weh, ist da Blut bei?

Alles Spinner, diese Fritzen. Was ist Kunst eigentlich? Wo fängt sie an, wo hört sie auf, und was bitte liegt dazwischen? Gemütsfelder gar? Der stille Dialog wird unterbrochen durch ein paar Pappnasen, die den Raum betreten. Ein Pärchen. Die Frau guckt sich die Henkel von den Plasteeinkaufstüten an. Findet sie echt minimal. Dufte, prima. Minimale Henkel. Langsam wird der Raum voll. Die Leute gucken sich an, die Kunst hängt an der Wand. Eine Frau hat sich als Straßenreiniger verkleidet, sie hat das Gefühl, daß die Sachen irgendwie zusammengeschustert wurden, innerhalb einer Woche. Sie muß es wissen, macht auch Kunst. Was machen Sie? Kunst. Das klingt direkt wie: Ich bin auch ein Arschloch. Was können die Menschen nicht sagen, ich male Bilder, ich haue Steine, müssen sie immer gleich Kunst machen? Müssen. Können nicht anders, die Künstler. Egal was sie anfassen, ob sie eine Serviette bekritzeln oder einen Stuhl lassen. Alles Kunst. Oh, eine Intellektuelle. Das sind die, die nicht lachen und die immer erst fragen, ob eines Abitur hat. Und bitte kein Make-up. Das weckt das Tier im Mann. Alles Tiere, diese Männer, ohne Abitur. Die intellektuelle Frau beginnt einen angeregten Diskurs mit ihrem Sozialpartner. Oder Lebensabschnittsgefährten, wie die Intellektuellen gerne verschmitzt sagen. Der Mann sagt: »Ein Mist ist das, ich will ins Bett.« Und die Frau, über die Brille weg, antwortet: »Du mußt die Sachen in bezug auf die Vergangenheit des Künstlers sehen.« Des Kühünstlers. Jeah. Was kann der Hoyt schon für eine Vergangenheit haben. 1965 geboren in Kanada, wo jeder weiß, daß es da keine Vergangenheit hat. Nur Bären. Voll ist der Raum mit einem repräsentativen Querschnitt durch die Jugend. Lauter halbierte Menschen stehen da also rum. Qualmen die Hütte voll und gucken sich an. Alle vereint durch wichtige Gesichter und Langeweile. Das ist es, was uns alle verbindet. Die große Langeweile. Kunst, ihr Nasen, ist, was teuer ist. Das Zeug an der Wand kostet 300 Mark. Das kann keine Kunst sein. »300 Mark für ein paar Glühbirnen«, pöbelt ein junger Mensch mit dem definitiven 90er Haarschnitt. Fastglatze. »Und wahrscheinlich sind die Scheißdinger kaputt.« Recht hat er. 300 Mark ist keine Kunst. Eine Million ist O.K., das ist ein

Anselm Kiefer. So was ist Kunst. Und wenn nicht Kiefer, dann entscheiden in aller Regel Menschen, die in Werbeagenturen arbeiten, was Kunst ist. Die kleinen Trendnasen, haben zuviel Kohle und sind bemüht, allen zu zeigen, daß sie mehr sind als doofe Verkäufer. In ihren Wohnungen hängt garantiert Kunst. Immer dieselbe. Penck ist Kunst, Mapplethorpe, Beuys. Ja, der gute alte Beuys. Hat Spitzhacken signiert und sie an blöde Werber verkauft. Klasse. Ein Kunstbetrachter betrachtet. Obacht! Die Gemütsfelder greifen an.

»Die Lutscher sind farblich interessant«, sagt der Mann und guckt sich Lollis an. Steht da wirklich ein erwachsener Mann, und guckt dämliche Lollis an. Was gibt Kunst einem Menschen. Ich meine, was gibt es einem, gottverfluchte Lollis anzugucken. Ein anderer Mann, oder so was Ähnliches, also so einer, der schwarze Stretch-Jeans anhat, ich sehe in mir, wie der tanzt. Zu Jazzzzz, so mit verkniffenen Beinen in seinen Stretchhosen, liest die Biographie des Künstlers. »Mist«, sagt er, »so ein Sackgesicht kriegt ein Stipendium und ich noch nicht mal eine Aufenthaltserlaubnis.« Der Raum ist jetzt überfüllt. Junge Menschen, die Elite unserer Gesellschaft. Beschäftigt in Agenturen, in Zeitschriftenredaktionen, PR-Läden und bei Plattenlabels. Stehen da und sind zu Tode gelangweilt. Die Philosophie der 90er schlägt unerbittlich zu. Alles ist möglich, nichts ist böse, wir wollen alle Spaß. Verdammt noch mal, warum stopft keiner dem Hoyt seine dämlichen Lollis in den Hintern, fackelt die Bude ab. Hätten sie früher gemacht, die jungen Menschen. Heute ist allen alles egal. Hauptsache Spaß. Ist der Künstler überhaupt da, der lausige Aufschneider, der kanadische Stümper? Hinter der Bar steht ein als Sack verkleideter Junge. Verkleiden ist Klasse. Ein paar homosexuelle Frauen haben sich als Monster verkleidet, ein paar Männer als Frauen und alle zusammen haben sich als junge, aufgeschlossene Menschen getarnt. Der Künstler, wo ist die Sacknase? Wie er wohl in Kanada gesessen hat, in seiner Blockhütte, und ein Mobile aus Nägeln gebaut. Und sich gedacht dabei, hohoho – das ist die Verbindung von Härte, symbolisiert durch Eisen, und Leichtigkeit, verkörpert durch zarte Fäden, und verdammt, da sei ein Elch drauf, hat er gedacht, das ist Kunst, was hier unter meinen Holzfällerhänden entsteht. Das muß die Welt sehen. Und wenn sie's nicht verstehen, auch gut, dann bin ich ein verkannter Künstler. Eine junge Dame nimmt gerade eine Lufthansa-Schlafbrille von einem Kunstobjekt weg. Die brauch ich, sagt sie. Keine Sirene geht los, keiner schert sich drum. Recht hat sie, wenn sie sich schon so ödes Zeug anschaut, soll sie danach wenigstens das vom Rauch tränende Auge gut betten. Eine harte Zeit, in der wir leben. Keiner sagt uns, was gut und böse ist und was wichtig ist und was Kunst nun eigentlich ist, schon gar nicht. Die Menschen gehen langsam weg, gelangweilt, müde. Keiner wird sich morgen noch an die Lollis erinnern. Eine Ausstellung wie Tausende. Nur daß es keinen Robert Hoyt gibt. Ein paar blöde Werber haben sich einen Spaß gemacht. Alles auf Video festgehalten, schenken sie ihrem Kunden zum Geburtstag. Wieder mal die Nase vorn. Und aufgefallen ist es niemandem. Wie auch.

12.00 Uhr

(Sabine, 35. Photographin, hat immer noch Probleme, älter zu werden, wünscht sich kein Kind mehr, wünscht sich nichts mehr)

Sabine stolpert aus dem Café, fällt hin, das Knie blutet, Sabine mit dem Knie am Rand der Straße, blickt auf den Verkehr und blickt in ihr Leben, das so weitergehn würde, mit Männern, die sie verlassen, mit Falten, mit schlechtem Geruch, mit nichts, was sie nicht schon kennt, nimmt das Messer, das sie im Café eben in ihre Tasche hat gleiten lassen. Ein normales, stumpfes Scheißcafémesser, nimmt es in beide Hände, hebt an.

12.01 Uhr

(Rosi, 33. Lehrerin, dichtet, verliebt sich oft. Unglücklich. Nicht besonders zufrieden, gibt auch keinen Grund)

Kurz abgelenkt durch einen Tumult vor dem Fenster, geht Rosis Blick an den Nebentisch. Ein gutaussehender Mann, blond, Popperhaarschnitt, teure Klamotten, After-shave bis in ihre Nase. So ein Mann, mit dem sie reden könnte, wär was. Wär besser. Alles wäre besser als Ivan. Dann sieht sie Ivan an. Der ihr gegenübersitzt, und sieht in seine Augen, die groß sind, seinen Körper, der zart ist und braun, seine langen Haare, wie ein Mädchen oder ein Prinz. Sieht er aus. Sie möchte ihn anfassen, ihn ausziehen, seinen Schwanz, sich von ihm berühren lassen. Immer wenn er da ist, geht es ihr so, möchte sie ihn anfassen und wenn sie ihn nicht sieht, ist sie erleichtert. Wieder zur Ruhe zu kommen, vermißt ihn nicht, was soll sie vermissen. Fleisch? Nicht mehr – Weil Ivan nicht versteht, was ihr wichtig ist, weil er ihr erzählt, daß sie leben soll, und genießen, und sie doch weiß, daß er sie nur einfach nicht versteht. Leben will er ihr zeigen, und wie es ist, wenn sie wer nur einfach liebt. Ohne Bedingungen und nicht für das, was sie macht, oder redet, oder spielt. Klingt wie etwas was alle sich wünschen. Ist es aber nicht. Macht Angst. Kann nicht gutgehen. Geht nicht. Einfach nur so rumleben macht ertrinken. Wenn sie sich nicht berühren, gibt es nur Mißverständnisse, weil sie sich nicht verstehen, weil er Hasch raucht, weil er dealt, weil er alles ein bißchen kann und nichts richtig, weil er lebt, wie sie vor 10 Jahren. Weil er ein gottverdammter Loser ist. Und ihr Leben nicht versteht. Das gut funktioniert. Er steht zu oft vor ihrer Tür, will mit ihr in die Sonne gehen, in Parks gehen, sie lieben. Aber das ist unmöglich, weil sie arbeiten muß. Das versteht er nicht. Nie werden sie sich verstehen. Und Rosi wird immer traurig, wenn sie ihn sieht, weil sie ahnt, daß sie keiner mehr so lieben wird, ohne zu wissen, was für schlaue Gedanken sie hat, wie erfolgreich sie bald sein wird, wird dann eben traurig, und wütend auf ihn. Weil sie ihn auch liebt und nicht lieben will, weil er sie stört, ihr Gerüst stört, alles stört und sie ihn doch liebt und so gerne einen anderen lieben würde. Blöder Ausländer, blöder Hänger, blöder Loser, dumme Sau, schreit sie ihn in ihrer Sprache an, und er in seiner zurück, und dann landen sie im Bett, und sie kann nicht von ihm lassen. Seit vier Monaten. Hat sie Angst, daß ihr alles wegrutscht, wenn sie sich ein Gefühl gönnt, das sie nicht kennt, ihr Boden wegrutscht, sich öffnet, sie verschlingt, weil sie manchmal ist wie blöd, wenn sie bei ihm ist und alles so unwichtig. Sie denkt, wenn ich mich verliere, wenn ich nachgebe, dann will ich nur noch mit ihm rumgammeln, in den Tag leben, ihn lecken, ihn

halten, und dann werde ich arbeitslos, obdachlos, verliere meine Freunde und mein Auto. Eine Panik ist das, aber von ihm lassen kann sie nicht, ist wie eine Krankheit, sein Körper, ganz jung, und straff, und seine Haare, die ihm ins Gesicht fallen, sich in den langen Wimpern verfangen. Eine schlimme Droge. Und reden geht nicht. Liebe ist das nicht.

12.07 Uhr.

(Ivan, 30. Dealt ein bißchen, Kiffer, LSD-Fan, Leary-Fan. Versteht die Welt nicht. Müßte zum Spaß dasein, ist sie aber nicht)

Ivan liebt die komische Frau. Weiß nicht warum. Sie ist nicht mehr jung, sie ist verkrampft, sie ist zerfressen von Ehrgeiz, sie hat Angst vor Gefühlen, sie liebt ihn nicht, nur seinen Körper. Aber er liebt sie. Fühlt, daß in ihr sehr viel ist, was er liebt. Dazu muß er nicht mit ihr reden, er liebt sie, uneingeschränkt, möchte immer bei ihr sein, sie ansehen, sitzen und sehen, wie sie schreibt, wie sie aufs Klo geht, wie sie ißt, wie sie aufwacht. Und er wird sie überzeugen. Daß seine Liebe größer ist als ihre Angst. Er geht neben der Frau, zu ihr. Er weiß, daß es der Frau peinlich ist, neben ihm zu gehen. Seine Ketten klimpern zu laut, seine Finger sind mit Ringen dicht, seine Haare sind lang und seine Klamotten bunt. Alles zuviel für sie. Er merkt, wie sie schon wieder zumacht, dicht macht, kalt macht. Und sie kann ihn nicht wegschicken. Sie gehen vom Café in ihre Wohnung. Und sie schweigen, die Frau schickt ihn weg in Gedanken, schafft es nicht, haßt sich dafür. Und bei ihr preßt er sich an sie, streichelt sie, und sie wird weicher durch das. Wenn sie auf dem Bett liegen. Ist es gut. Er liebt sie, so sehr. Und dann irgendwann später, schläft er ein, an sie gedrückt, geschmiegt, um sie, wie eine zweite Haut. Ihr Daumen in seinem Mund. Ivan wacht wieder auf, weil es kühl ist, an seinem nackten Körper, öffnet die Augen, sieht ihr Gesicht und lächelt. Dann spürt er etwas Kaltes am Hals. Kein Schmerz, nur eine Bewegung, ein Geräusch, das aus seiner offenen Kehle kommt.

12.43 Uhr.

Ich

Auf der Straße mit etwas im Magen, über das ich wirklich nicht nachdenken möchte, und werde von einem Rudel Menschen aufgenommen. Die Arschgeigen schieben mich mit sich, schieben sich und alle zusammen in einen U-Bahn-Schacht. Wenn mich was ankotzt, dann sind es U-Bahnen, Wägelchen, die Menschen wie in Därmen entlangfahren, wie Bakterien in Därmen oben rein, an irgendeinem Arschloch wieder raus, neue Menschen, kein Unterschied, die Wagen fahren, und heute hilft es nicht mal, mir eine Katastrophe vorzustellen. Ein Koffer in einer Bahn. Mit einer Bombe drin. Tamilische Exilrussen fordern die Autonomie von Kirgisien. Und außerdem die Freilassung von Kenar al Tasend Makeh, der im Himalaya einsitzt. Die Bombe geht hoch. Kinderköpfe in der Luft. Abgerissene Köpfe reden mithin: Mama, nicht so schnell. Hilft nicht. Heute, ich sehe die Menschen, mit müden Gesichtern, traurigen Gesichtern, von der Pause ins Büro, vom Büro nach Hause, wo es auch nicht besser ist, zur Schicht, egal, alle Ziele ohne Freude. Arbeit. Keiner geht da gerne hin. Alle gehen da hin, wegen der Wette, die sie abgeschlossen haben. Wir gehen alle zur Arbeit, stecken unsere Karten in Schlitze, lassen uns abstempeln, machen uns Mist fühlen, tun Dinge, die uns garantiert nicht interessieren, weil wir nicht wissen, was uns interessiert. Wer zuerst aussteigt, hat verloren. Die Menschen bemerken das Fehlen der Sonne nicht. Menschen, die morgens rausmüssen, zur Arbeit müssen, in die Kälte müssen. Wie kleine Kinder, die im Dunkel auf diverse Straßen gezerrt werden, weinen. Erwachsene weinen nicht. Müssen raus. Schleppen sich in überfüllte Züge, mit anderen Menschen, eng. Ich auf einer Bank, andauernd auf Bänken heute, wird mir klar, daß eine Stadt nur zum zügigen Durchqueren eingerichtet ist, sehe ich die Menschen in der U-Bahn, der Kopf schmerzt. Sehr
81 stark. Wollte ich nicht in den Zoo. Wo geht's zum Zoo. Ich brauche eine Pause.

7. GgdW

Vier Herren ohne Socken stehen dicht an sich, die Blicke aneinander vorbei, fahrig, die Hände verstauen Dinge. Peinlichkeit im engen Raum, wie ein schriller Ton, ein schlechtes Lied. Und die Gewißheit: Gleich mit vier fremden Menschen zu schlafen, sich vor ihnen teilweise zu entkleiden, ihre Geräusche zu hören, ihren Speichelfluß zu ahnen, die ist nicht gut.
Schlafen ist eine der Sachen, die höchsten Respekt verdienen und die ein jeder fein in seinem abgeschlossenen Schlafzimmer erledigen sollte. Es ist so persönlich wie sterben, kopulieren oder ausscheiden, und wer bei diesen Dingen andere zuschauen läßt, ist ein Schwein. Der Bahn kann niemand einen Vorwurf machen. »Vom Schlafen war hier nie die Rede«, würde Herr Deutsche Bahn (es gibt ja die verrücktesten Namen, Deutsche ist so einer, manche heißen auch Durs oder Thekla Carola) auf meinen entrüsteten Angriff erwidern. »Schaun Sie, junge Frau. Das Ding hier heißt weder Schlaf- noch Kopulationswagen. Es ist ein guter, alter Liegewagen, in dem Sie sich befinden, und wenn Sie in diesem Wagen außer liegen etwas anderes tun, dann ist das auf eigene Gewähr.«
Der Liegewagen steht in Hamburg, links und rechts sind vielleicht Rumhängewagen zum Rumhängen oder Tanz und Partywagen zum Tanzen und Party-Machen, widerlich, die ganzen kleinen Gören, die nicht mehr, wie es sich schickt, sagen können: Ich geh zum Tanzen. Nein, alleweil, wird heute Paatii gemacht, und da möchte man den Bälgern direkt Kopfnüsse geben, bis sie wieder ordentlich reden können. Vorne ist eine Lokomotive dran, damit das Ganze eine Ordnung hat und einen Namen verdient. Der Name des Zuges ist Sibylle Berg oder Götterdämmerung, was ungefähr aufs gleiche hinausläuft. Der Zug fährt nach Paris, falls er nicht von Zugpiraten zum Entgleisen gebracht wird, die neuerdings Tanz- und Partywagen ausräubern und den Kids auf die Ohren hauen, daß sie wieder ordentlich tanzen und ihr Paaatii-Machen aufgeben mögen.
Es ist Nacht und wer noch nie im Liegewagen fuhr, hat oft romantische Gedanken: Hoho, der Orient-Express, denkt er, und an Schaffner, die wie Jeff Goldblum aussehen, an silbernes Frühstücksgeschirr, das Frühstück selbst, nackig eingenommen auf dem Schoß von Jeff, dem Schaffner, denkt er auch, der dumme Tropf. Is nicht. Ist Quatsch. Liegewagen sind zum Liegen, nicht Schlafen. Und zum Nackig-Frühstücken gleich gar nicht. Wer möchte das? Ich nicht, nackig und frühstücken,

mit den Herren in meinem Abteil, mit denen ich vermutlich noch nicht mal zu Abend essen würde, weil das mach ich doch nicht mit jedem. Das Abteil so groß wie eine Duschkabine, an jeder Seite stapeln sich drei Pritschen die Wand hoch, und Platz zum Atmen ist da nicht. Die Herren kommen aus einem fernen Land und haben bedauerlicherweise ohne mich zu Abend gegessen und ziemlich heftig nachgewürzt. Da hätte ich ihnen aber was erzählt, wäre ich dabeigewesen. »Laßt das mal«, hätte ich gesagt, und sie hätten »nee« geantwortet und in eine Knoblauchzehe gebissen. Das Gewürz dringt nun, Stunden später, durch ihre Münder, ihre Haut, ihre Ohren ins Freie. Will auch frei sein, so ein Gewürz, das tut dem auch weh, so im Dunklen. Ein jeder versucht, sich aus dem Mantel zu begeben, sein Gepäck irgendwohin zu stopfen, meine Liege ist in der Mitte und oben einer, unten einer und eng. Mama, laß mich aus dem Sarg, ich lebe noch. Schnauze. Du bleibst, wo du bist. Ich versuche mir schamhaft ein paar Dinge auszuziehen, denn durch mehrere Körper auf wenig Raum ist es recht warm geworden. Sitzen geht auf der Liege nicht. »Nana, kleines Fräulein«, sagt der Herr Bahn, »das haben wir Ihnen auch nie versprochen, oder heißt das Ding, auf dem Sie gerade so lächerlich herumzappeln, etwa Sitze? Und übrigens, sagen Sie doch Deutsche zu mir.«

Eine kratzige Gefängnisdecke liegt da und ein weißer Lakensack, in den entweder ich oder die Decke gehört. Damit ich mich nicht blamiere, tue ich da gar nichts rein, sondern knülle das Laken zu einer weißen Wurst, die ich unauffällig in eine Ritze stopfe. Die Decke rutscht derweil hinab und hängt einem der Herren über das Gesicht. Der Mann pustet behend etwas Gewürz auf die Decke. Ein anderer entledigt sich seiner Anziehsachen. In einer weißen Unterhose hüpft er im Abteil herum. Dann geht alles sehr schnell, die Rolladen runter, die Männer in die Kisten, Licht aus. Die Herren machen Geräusche. Sie scheinen innerhalb einiger Sekunden eingeschlafen zu sein, das liegt wahrscheinlich an ihrer Religion. Die Luft ist schwer, wie auf einem orientalischen Basar, da war ich noch nie, aber dieses Bild wird ja immer wieder gern verwendet, muß also was dran sein. Es ist stockdunkel, und ich liege da, meine Hose auf Halbmast, die Decke ist schon wieder runtergerutscht, um ein bißchen Gewürzodem zu tanken. Noch zehn Stunden nach Paris. Um in ein Nickerchen zu verfallen, denke ich immer an die langweiligsten Dinge der Welt. An einen Spaziergang längs einer Erdöltrasse oder an ein Diner mit einem Politiker. Grad sitze ich also mit Gerhard Schröder bei McDonald's und würze meine Speisen. Wir reden über Politik, und ich werde so richtig müde. Aber um mich zu ärgern, taucht Herr Barschel am Tisch auf, Algen im Haar, und will mir gerade erzählen, was damals wirklich passierte. Da werd ich natürlich ganz munter und beiße gespannt in eine Knoblauchzehe. Das Licht geht an, rums, die Abteiltür auf, Barschel steht da und hat sich als Schaffner verkleidet. Er verlangt nach unseren Ausweisen. Ein Rascheln und Murren ist das, ich raschel auch, und der Schaffner hält mir mit einem Ts, ts eine weiße Wurst vor die Nase. Oh, sage ich, meine Lakenwurst, die habe ich gesucht, und lege mir das Ding lässig um den Hals, um mein Erröten zu verbergen. Der Schaffner nimmt die Pässe, vermutlich um sie zu kopieren und ins Ausland zu verkaufen, dann tritt wieder Ruhe ein. Noch neun Stunden bis Paris. Ich nicke ein. Unterdes löst sich meine Seele von meinem Körper. Fliegt durch einen Tunnel, ein helles Licht, und auf einmal ist es ganz warm, stop, das ist der falsche Film, rufe ich meiner Seele zu. Da trollt sie sich zurück und schlendert brav durch die Zuggänge. Wären alle Türen aus Glas, die Räume erleuchtet, sähe es aus wie in einem Insektenbau. Überhaupt, wäre es sehr anstrengend auf der Welt, gäbe es nur Glas. Stellt euch nur mal ein Hochhaus vor, einen Straßenzug mit Altbauten, meinethalben, und alle Wände aus Glas. Und jeder sieht jeden, und jedem wird auf einmal klar, wie viele Menschen es gibt, die alle irgendwie dasselbe tun, in ihren Wohnungen. Da würden wir ganz schön wahnsinnig werden, nicht wahr. Deshalb an dieser Stelle meinen Dank an Herrn Beton und Herrn Ziegel. Oder im Falle des Zuges an Herrn Tür. Vier schlafende Männer genügen, da muß ich nicht sehen, was in diesem Zug noch alles liegt und schnarcht und schmatzt. Vielleicht werden irgendwo gerade Kinder gezeugt oder geboren, Menschen ihres Lebens beraubt, aber das will ich alles wirklich nicht wissen. Endlich wird es hell. Noch eine halbe Stunde bis Paris. Nach schlechter Nachtruhe schlüpfen alle aus ihren Lakensäcken und sehen auch so aus. Verklebt, verschwitzt, und schlechtgelaunt. Ich fühle mich wie nach einer Party (peng, habe ich eine Ohrfeige von einem Zugpiraten sitzen). Ich werde jetzt neun Stunden übermüdet durch Paris wanken, werde viel Milchkaffee trinken, vier Schachteln Zigaretten rauchen, mir einen dufte Pelzmantel kaufen (aus den letzten beiden Exemplaren des Grottengnus). Und dann werde ich im Liegewagen zurückfahren, mir noch mal zehn Stunden um die Ohren hauen, zurück in die Stadt. Von der einen direkt in die andere. Das macht keinen Sinn. Deshalb mache ich das. Vielleicht kann ich jetzt ein wenig schlafen. »Ich hab jetzt schon dreimal gesagt, daß ein Liegewagen nicht zum Schlafen ist«, sagt Deutsche und haut mir eine runter.

12.46 Uhr.

(Manfred, 40. Postangestellter. Verheiratet ohne Zwischenfälle. Sehr pünktlich. Sehr zuverlässig. Nicht beliebt. Onaniert sehr selten. Dauert zu lange)

Es wird nicht hell, denkt sich Manfred. Er steht am Bahnsteig. Mit tausend anderen am Bahnsteig, alle mit müden Gesichtern, mit Unlust, mit versauten Leben in den Gesichtern, mit dem Nur-leben-für-einen-Monat-Urlaub in den Gesichtern, kommt es Manfred vor, wie in dem Traum, den er immer wieder träumt. Alle Menschen sind zu Maden geworden und fahren auf mehrgeschossigen Rolltreppen hoch und runter. Ohne Ziel. Ohne Sinn. Hin und her. Manfred könnte immer weinen, wenn er zur Schicht muß, und weiß gar nicht, warum. Ein Klumpen ist da, der erst weggeht, nachdem Manfred ein paar Stunden gearbeitet hat. Sich überzeugt hat, daß er etwas Wichtiges tut. Zu Beginn kommt es Manfred vor, als gäbe es keinen Ausweg. Später weiß er gar nicht mehr, woraus der Weg führen sollte. Aber zu Beginn, wenn er zwischen den anderen steht, weinen will, sieht er den Rest seines Lebens vor sich. Manfred kann nichts anderes, als auf der Post zu arbeiten, an der Sortiermaschine, vielleicht könnte er woanders arbeiten, in einem Lager, oder bei der Bahn, das wäre aber das gleiche. Wird er also arbeiten müssen, bis er Rente bekommt, sich nie mehr leisten können, als die kleine Wohnung, sich nie mehr leisten können, als sein kleines Auto, seine häßliche Frau. Und mit der Rente wird es nicht besser werden, wird nicht langen, um in Mallorca zu leben, Reisen zu machen. Früher wollte Manfred gerne Schauspieler werden. Weiß er heute nicht mehr wieso. Aber er wollte gerne in verschiedenen Städten leben, Rollen einstudieren, Applaus bekommen, Frauen haben. Nichts hat er, außer einen Job an der Sortiermaschine in einer großen Posthalle. Manfred könnte weinen. Er überlegt sich, wann er das letzte Mal glücklich war. Viel-
85 leicht am vorigen Wochenende, als er in einem Biergarten saß, alleine mit der Sonne, die jetzt weg war. Die Luft hatte Körpertemperatur, und ein junges Mädchen war vorbei gelaufen, hatte gelächelt. Vielleicht Manfred ange-

lächelt. Da war er für einen Moment glücklich gewesen. Manfred weiß, daß Glück nichts anderes ist, als ein Glas Bier, die Sonne, eine Wiese, vielleicht ein schönes Fußballspiel. Mehr will er gar nicht. Obgleich ihm scheint, als ob diese kurzen Sekunden den Rest nicht aufwiegen. Das Weinen-Wollen, Nicht-weinen-Dürfen, weil Manfred ein Mann ist, kein Kind mehr, so gerne eins sein möchte. Am liebsten würde Manfred in einem Wagen gefahren werden, von einer Mutter, an die Brust gedrückt, gesagt bekommen, alles sei nicht so schlimm. Da ist keiner, der das sagt, einem Mann sagt das niemand, einen Mann streichelt niemand, von einem Mann wird anderes erwartet. Manfred sieht die Menschen, die sich stoßen, und weint. Er sieht die Lichter des Zuges und geht einen Schritt nach vorne.

12.51 Uhr.

(Maik, 19. Schüler. Onaniert zwanghaft, am liebsten indem er sich mit den Beinen an ein Geländer hängt. Kopfüber sieht die Welt kurzfristig spannender aus)

Hoppla, denkt Maik, schon wieder einer. In letzter Zeit ist es ein Gehüpfe auf die Gleise, man könnte darauf wetten, daß bald einmal mehrere zur gleichen Zeit sprängen und nichts passiert, der Zug bremst und dann liegen mehrere Suizidale aufeinander, sehen nicht den Himmel, sondern ihre erstaunten Gesichter. Das wär noch komisch. So ist es mäßig komisch, und Maik guckt unbewegt zu, wie die Reste eines Mannes vom Gleis gehoben werden. Ein Arm hat sich in der Stromschiene verfangen und mag sich nicht lösen, als klammere er sich fest. Der Kopf des Mannes ist zu seinen Füßen gelangt. Maik sieht gelangweilt weg. Die Züge an.

Die fahren alle fünf Minuten in den Bahnhof ein. Und aus, und gelbe Gesichter hinter den Zugfenstern. Gelbe Gesichter auf Körpern quetschen sich in den Zug, gelbe Gesichter auf Körpern kommen aus dem Zug. Die Blicke nach innen, jede Falte ein Stück Versagen. Ein unsinniger Austausch von Leibern, könnte jeder bleiben, wo er ist. Wär egal. Ein feines Funktionieren, die Menschen, rein und raus in die Züge. Seit einer Stunde steht der Junge auf dem Bahnsteig, nicht bewegen kann er sich, aus lauter Einsicht in die Unnötigkeit jeder Handlung. Da ist die Masse der Gelbgesichter. Und er ist einer von ihnen. Kann sich nur rausstellen, wenn er sich nicht bewegt. Der Überdruß nimmt zu, mit jedem Tag wird es mehr. Wenn er sich sieht, morgens, sein Gesicht, mit Pickeln drauf, das Gesicht eines unentschlossenen Menschen, dann ist der Tag schon gelaufen. Während des Frühstücks verfolgt der Junge jeden Brocken der Nahrung, ist dabei, wenn seine Zähne sie zerbreien, der Brei durch seinen Körper fließt, einige Substanzen von anderer Stelle entnommen werden und der Rest zu Kot wird. Essen und scheißen und Geschlechtsverkehr. Dazwischen Geld verdienen, um essen, ausscheiden, schlafen und Geschlechtsverkehr haben zu können. Mit viel Kraft löst sich der Junge vom Boden, hebt seine Füße, die Treppen hoch, auf die Straße. Tritt in einen Kothaufen. Reinigt den Schuh mit der Hand, reinigt die Hand an seiner Jacke. Wozu der ganze Scheiß, denkt sich der Junge, sieht auf die Menschen um ihn, die tun, als wüßten sie. Ist nicht wissen, ist nur bewegen. Der Junge denkt an die Jahre, die noch vor ihm liegen, die sich um nichts drehen würden, als um essen, ausscheiden und Geschlechtsverkehr. Er denkt während er weiterläuft an seine Freundin. Dreht ab, um zu ihr zu gehen. Sie könnten ein bißchen Gras rauchen, Musik hören und Sex haben. Außer diesen Dingen weiß der Junge nicht, was er mit seiner Freundin machen könnte. Anfangs glaubte er kurze Zeit, verliebt in sie zu sein, weil sie so hübsch war. Seine Freundin redet nicht viel, und das gefällt dem Jungen. Was sollte man auch sagen. Oft sitzen sie zusammen, hören Musik und reden nichts. Das ist O. K. Er schließt die Wohnungstür seiner Freundin auf und geht in ihr Zimmer. Sie liegt auf dem Bett und sein bester Freund oder so was ähnliches steckt mit seinem Schwanz in ihrem Hintern. Der Junge setzt sich auf den Boden, in die Ecke und zündet sich eine Zigarette an. Es wundert ihn nicht, daß er so ruhig ist, und auch nicht, daß sein Freund in seiner Freundin steckt. Die beiden haben den Jungen wahrgenommen, gesehen, wie er sich eine Zigarette ansteckt, und machen weiter. Maik verläßt die Wohnung darauf und geht wieder auf die Straße. Keine Bäume, als hätten sich die aus der Stadt verabschiedet, wären irgendwohin marschiert, wo es schöner ist. Aber wo soll das sein. Die Straße lang. Liegt sie vor Maik, kaum bezwingbar. Das macht sie, die Stadt, breite endlose Straßen und Plätze, gebaut, um Menschen das Gefühl zu geben, nichts zu sein. Maik hat Angst, wenn er solche Straßen begeht, solche Plätze, davor, daß er nie mehr wegkäme, immer so weiterlaufen müßte, dann möchte er einfach aufhören zu atmen, runterfallen, liegenbleiben. Manchmal eben, wird der Widerwille, sich zu bewegen, die Sinnlosigkeit, sich zu bewegen, so groß, daß Maik kotzen muß. Manchmal kotzt er. Begrüßt jemanden und kotzt ohne Vorwarnung. Viele Freunde macht sich Maik damit nicht. Er biegt von der Straße ab, weil er sich außerstande sieht, noch einen Schritt mehr auf ihr zu gehen, biegt ab und betritt ein bekanntes Abbruchhaus. Um das lose Gebälk anzusehen und den Verfall, sich aufgehoben fühlen, darin. Läuft durch das Haus, durch die Räume, am Boden liegt eine alte Waffe. Maik hebt sie auf, geht hoch, zum Dachboden.

13.25 Uhr.

(Betti, 16. Schülerin. Unbrauchbare Eltern. Hobby: Beruhigungstabletten in Überdosis. Sonst nichts)

Es schreit. Betti dreht die Musik lauter, aber der Lärm schneidet einfach durch. Die Wohnung stinkt. Es hat eine Küche, die nach Schnaps riecht, ein Wohnzimmer, wo Schnapsflaschen liegen, und ein Schlafzimmer, da möchte Betti gar nicht wissen, wonach es da riechen könnte. Betti hatte ihr Zimmer schwarz gestrichen, hatte versucht, was zu machen, wußte nicht, daß sie Gemütlichkeit wollte, doch nun sah ihr Zimmer einfach nur aus wie ein schwarzes Drecksloch. Hätte Betti Freunde gehabt, könnte sie da jetzt hingehen. Hat sie aber nicht. Kein Platz zum Hingehen. In der Schule waren keine, mit denen sie hätte reden wollen. Waren wohl auch keine, die mit ihr reden wollten, mit der Betti, die immer daneben stand, den Walkman auf, nicht dazugehören wollte, der Betti, die sich früher in den

Pausen im Klo versteckt hatte, damit keiner sähe, daß sie einsam auf dem Schulhof stehen müßte, sonst. Hat keine Freunde, und es wird immer lauter. Betti ahnt, daß einer der beiden zu ihr getorkelt käme, einer käme immer, schlüge immer, doch das Schlimmste ist der Dreck. Der nichts Schönes läßt, nur Beschmutzung. Betti zieht sich ihre Stiefel an, ihre Lederjacke, setzt den Walkman auf und geht. Ein paar Straßen lang, bis sie zu einem leeren Haus kommt. Das ist schon halb eingestürzt, aber man kann noch sehen, wie die Leute da gewohnt haben. In den vergammelten Räumen liegen noch Sachen von den Leuten, ein paar alte Hefte, eine Bürste, ein Zimmer war wohl von einem Kind bewohnt, eine bunte Tapete. Betti stellt sich gerne vor, wie die Leute da gewohnt haben mögen. Immer hat da auf jeden Fall eine Mutter gewohnt, die Essen kochte und weich war und rund und nach Seife roch. Und nach Weichspüler. Manchmal roch Betti den, aus anderen Wohnungen, und es war der schönste Geruch auf der Welt. Unter ihrem Bett hatte Betti auch eine Flasche mit dem Zeug stehen. Roch sie daran, war sie für eine kurze Zeit woanders. Betti geht die halbabgebrochene Treppe hinauf, auf den Boden. Unter einem Kippfenster steht eine Kiste. Sie stellt sich darauf, öffnet das Fenster, lehnt sich hinaus und hat das Gefühl so, als stünde sie im Himmel oder flöge, wie ein Hubschrauber, im Stehen. Sie sieht die Häuser von oben, die Stadt von oben und weiter. Als Betti klein war, hatte sie immer gedacht, daß es das Aufregendste der Welt sein müsse, an Hochspannungsmasten entlangzulaufen, dachte, daß diese Masten rund um die ganze Welt führten. Sie erkennt einwandfrei, daß die Erde rund ist, so eine Biegung ist da, und fast glaubt Betti, das Drehen zu spüren, das Welten so an sich haben. Jetzt, da Betti aus dem Fenster schaut und ein Stück Himmel ist oder Herrscher, gibt es keine Eltern mehr, nichts gibt es, als den Himmel und eine kleine Stadt, Menschen in den Häusern, die, da ist sich Betti sicher, alle im Warmen sitzen, was essen und fernsehen. Und die sich alle küssen, bevor sie schlafen. Vielleicht schlafen sie auch in einem Raum, die Menschen, und erzählen sich Geschichten, bevor sie einschlafen. Und unbedingt sagen sie, kurz vor dem Schlaf:

Ich liebe dich, Daddy, ich liebe dich, Betti, so wie in amerikanischen Filmen. Betti will ... Sie weiß nicht, was sie will. Nicht nach Hause gehen, in die Schule gehen. Nicht an Orte, an denen sie so allein ist, mit sich, dem Menschen, dem sie ausgeliefert ist, den sie nicht versteht. Nicht versteht, was da immer knapp unter dem Kehlkopf sitzt. Betti steigt vorsichtig auf den Rand des Fensters. Noch weiter im Himmel. Ihre schweren Stiefel haben Mühe, auf dem Metallrahmen des Fensters Halt zu finden. Und Betti steht im Himmel. Die Arme ausgebreitet. Höher als alle anderen. Der Klumpen unter dem Kehlkopf ist weg. Den Jungen, der hinter ihr steht, mit einer alten Waffe auf sie zielt, mit gelangweiltem Gesicht, nimmt sie nicht wahr.

14.37 Uhr.
Ich

Raus aus der Bahn, aus dem Schacht unter der Erde, ab ins Sonnenlicht. Die Vögel singen, Fischer holen ihre Netze ein, glückliche Menschen tanzen ... Ich stehe vor einem Abbruchhaus und habe es satt. Ich möchte mit jemandem reden. Mit wem? Mit ihr vielleicht? Eine blutende Frau taumelt an mir vorbei, eine Asiatin, mit einem blauen Auge, und Striemen im Gesicht, sie ist von dem Mann weggelaufen, der sie gekauft hatte. Ein Hausmeister. Ich erinnere mich kaum noch an das, was ich gesehen habe. Es ist unwirklich, so wie mein ganzes Leben. War früher alles in Ordnung, habe ich im Bett gelegen, Fernsehen geschaut, was gegessen, mich auf irgendwas gefreut. Worauf nur? Ich habe alles vergessen, was mit meinem Leben zu tun hat. Habe ich mal jemanden geliebt? Liebe. Ich hätte gerne einen Menschen, den ich lieben könnte, auch wenn ich nicht weiß, wie das geht. Lieber Gott, hör mal, wir machen einen Deal. Du schickst mir schnell, ehe ich verblöde,
ehe ich beginne, mich wundzubeißen, zu reiben, einen Menschen zum Lieben. Zum Die-Zeit-Überstehen, und danach kannst du mit mir machen, was du willst. Ist das ein guter Deal. Gott sagt nichts. Macht er ja nie. Läßt ab und zu mal Madonnen weinen, der faule Sack. Und wie das so

ist, wenn man etwas fokussiert (orange Autos, auf einmal ist die Stadt voll davon, das Phänomen hat einen Namen, ich habe ihn vergessen) stehe ich vor einer Kirche, die steht in der Stadt, wie ein Saurier. Eine Ruine vergangenen Kaspertheaters. Ich sehe die Kirche an, die Augen finden einen geistlichen Herrn, der sich in einem Seitenraum einen runterholt. Da sehe ich weg, schwenke übers Gestühl und müßte doch Gott hinter den Dingen sehen, seine Anwesenheit, falls er zu Hause wäre. Gott ist natürlich nicht zu Hause. Rumpelstilzchen auch nicht. Ich wollte, ich liebte wen. Ich war ein Mal verliebt. Die Geschichte ging nicht gut aus.

8. GgdW

Mir träumte, ich wäre nicht ich. Wäre wer, der stark ist und mutig. Wer, der sich in Abenteuer begibt und darin nicht umkommt.
Das Ende eines guten Tages war gekommen. Ich hing mit mir zufrieden in einem Café in Bangkok, fühlte mich weltgewandt und dem Rest der Menschen in stiller Art überlegen. Ich dachte, wie ich dort saß, nichts könnte mich mehr aus der Ruhe bringen, schaute träge auf junge Leute, die gerade der Pubertät entwachsen, den ganzen Mist noch vor sich hatten: wilde Leidenschaften, Hoffnungen und Illusionen. Guckte ich und sah ihn. Er bewegte sich wie einer, der um seine Perfektion weiß. Drehte den Kopf und sah mich an mit so einem Blick grade aus dem Bett raus. Ich hätte noch wegschauen können, um des Friedens willen, tat es nicht, guckte, fiel in seine Augen und alles, was mich vorher stolz gemacht hatte, ersoff darin. Als er sich neben mich setzte, war von mir schon nichts wirklich Wertvolles mehr da. Übrig etwas das kicherte, blöd stierte und die Hände schwer bei sich behalten konnte. Das sind die verfluchten Momente, in denen uns die Natur, die irgendwo auf einem Baum sitzt und kichert, zeigt, was wirklich los ist. Kichert, weil wir glauben wollen, was zählt sei Selbstverwirklichung, Freunde, Geld, Natur und Güte. Ein Scheiß. Ein Zeitvertreib alles, das Warten, bis einer kommt und wir was war vergessen, nur das Aussterben gilt es zu verhindern. Der Mann hieß Frank und lebte in Kambodscha. Wir redeten nicht viel, nichts, was ich sagen wollte. Nur Sachen, die ich tun wollte, aber nicht tat, weil irgendwas an dem Mann mich fürchten machte. Die Kälte, die von zuviel Schönheit kommt, die

Eitelkeit eines immer Beschenkten. Drum blieb ich, als er mich bei der Hand nehmen wollte, sah ich ihm nach, als er ging, irgendwohin, wo er umsonst bekäme, worum er mich hätte bitten müssen. Er ging, ich in eine andere Richtung. Und eigentlich wäre die Geschichte zu Ende, wäre gar keine, nur so ein Moment, den wir alle kennen, der uns aus unserer Ruhe bringt, uns stolpern läßt, für Sekunden, und den wir schnell in unsere Träume stecken, denn da gehört er hin. Doch diesmal war es anders, vielleicht weil ich über dreißig war und dachte, wann willst du Träume leben, fuhr ich ihm nach, ein paar Tage später.
Ich stehe vor dem Hotel Capitol. Klingt gut, ist es aber nicht. Im Reiseführer stand was von sauberen Zimmern und vielen Europäern. Die Europäer sind da. Hängen kiffend mit verfilzten Haarmatten auf den Stühlen vor dem Hotel. Die Zimmer sind auch da. Kosten 5 Dollar, ohne Fenster, mit hohen Decken, Neonlicht und brütend heiß. Ich auf dem Bett, dessen Geheimnisse ich wirklich nicht wissen will, lese dumpf im Versagerhandbuch Lonely Planet. Da steht drin, was man in Kambodscha alles nicht sollte. Nicht Zug fahren, wegen Bombenanschlägen. Nicht nach Einbruch der Dunkelheit auf die Straße gehen, wegen der Überfälle. Nicht die Wege verlassen, wegen der Minen. Nicht unbedeckt laufen, wegen der Malaria, nichts essen, wegen des Todes. Ein gutes Land. Geschaffen für eine hübsche, leichte Liebesgeschichte. In dem Buch stehen Orte, an denen sich Ausländer rumdrücken. Da geh ich hin. Geh auf die Straße, und die ohrfeigt mich direkt. Staub auf den Straßen, Dreck auf den Straßen und eine Stimmung auf den Straßen, die in den Körper kriecht. Alle 600 000 Einwohner Phnom Penhs fahren Moped, und sie tun es jetzt. Da will ich nicht im Abseits stehen. Ich hinten auf so einem Moped, vorne drauf einer, der grinst und drei Worte Englisch kann. Überall Uniformen, Waffen, Schlaglöcher, Müllhaufen, zerstörte Häuser, Moder und Armut. Wir fahren zur Phnom Penh Post. Eine Zeitung, die von Amis gemacht wird. Ein junger Reporter spricht mir zu: Sieh, daß du hier wegkommst. Das Land stinkt. Es ist korrupt. Hier wohnt der Tod. Und nicht die Liebe. Geh nach Hause. »Nach Hause gehen geht nicht. Habe mich schon zu weit weggewagt.« Ich fahre weiter durch die Hitze, und mein Mopedmann hat sich in die Suche eingeschaltet. Er fährt mich dahin, wo alle Männer bekannt sind, zu den Huren von Phnom Penh. Kleine, als Clowns verkleidete Mädchen, die kichernd vor Holzbaracken hocken. Eine Nummer 5 Dollar, und Aids haben sie fast alle. Das mit dem Aids, sagt mein Chauffeur, ist doch gar nicht so schlimm. Die sind doch alle putzmunter. Die putzmunteren Mädchen kichern, aber helfen können sie mir nicht. Ich

ihnen auch nicht. Ein paar Schatten wanken über die staubige Straße. Ausländer, auf ihrer letzten Reise. Viele Traveller kommen nach Phnom Penh. Sie träumen vom Abenteuer, von Waffen, von Rauschgift und billigen Frauen. Aber Jobs gibt es hier nicht, für einen, der nichts kann, und die Sonne brennt ihre Hirne aus, die Drogen brennen ihre Seele aus, und kurz vor Schluß landen sie hier, betteln um etwas Wärme, bei den Nutten. Doch denen ist selber kalt. Schnell weg. Und vernünftig wäre, einfach umzukehren, heimzufliegen und Freunden in einem guten Restaurant die Geschichte zu erzählen: Wie ich einmal die Sau rauslassen wollte.
Fahren wir durch die Straßen, immer wieder frage ich kopfschüttelnde Leute, werde in die Irre geschickt und umkehren geht irgendwie nicht. Riecht nach Versagen. Die Dämmerung wird bald kommen, und dann wird es gefährlich auf den Straßen. Kambodscha kennt nur den Krieg und Armut und Waffen. Keine gute Kombination. Durch die Stadt fließt der Mekong und sieht auch so aus. Schlammig und träge. Am Fluß eine neue Idee: der FCCC, Korrespondentenclub zu Phnom Penh. Eine westliche Oase in der Fremde. Ein großer Raum, offen, mit Ventilatoren. Journalisten in Tropenanzügen, mit gegerbten Kriegsberichterstattergesichtern. Menschen, die in diesem Land vernünftige Sachen machen, kein Scheiß, gucken, als erwarteten sie, daß gleich wieder Bomben fallen, Pol Pot aus dem Exil zurückkehrt. Was machen Sie hier, junge Frau? Ich suche weder Minen, noch helfe ich den Menschen. Ich bin eigentlich nur hier, um mir einen Österreicher reinzupfeifen, der Frank heißt, und Fitnesslehrer ist. Lachen Sie nicht. Ich rede mit einem Mann, der bei der Cambodia Daily arbeitet. Spricht er leise von Journalisten, die erschossen werden, von Gefahr, die ist wie eine Droge und von Frank. Den Frank kenn ich, sagt er. Der ist Fitnesstrainer im Youth Club. Fitnesstrainer. Ein Scheiß. Ich fahre weiter. An Obdachlosen vorbei, an Amputierten vorbei, eine Auffahrt rauf. Eine Insel im Müll. Am Swimmingpool lungern Ausländer. Was machen die hier? Krumme Geschäfte machen die hier. Viele, die in ihrer Heimat gesucht werden und hier nicht gefunden werden können, weil die Interpol kein Faxgerät hat. Die sich hier aufführen wie Kolonialherren, weil Indonesien zu teuer geworden ist, jetzt eben Kambodscha. Alles easy man, it's Cambodia, sagen sie, spucken auf den Boden. Ein Platz für Arschlöcher. Und eines

davon für mich. Stehe ich am Swimmingpool. Daneben. Ein weißes Haus hinter Stacheldraht. Der Traum von der großen Liebe hat sich weggeschwitzt. Ich guck mir das Ding jetzt noch mal an und dann nix wie weg hier. Und klingele. Warte lange. Böse Verwandlung. Lässigkeit ist nicht mehr. Herz schlägt. Atem zischt. Hände feucht. Das Tor geht auf. Da steht er. Ein verdammter Prinz. Dunkelbraun, Muskeln, schwarze Haare, hinten zusammengebunden. Viele weiße Zähne, lange Wimpern. Umarmt mich, geht vor mir her. Sitzen wir im Garten und er wundert sich nicht, daß eine Frau um die halbe Welt fliegt für ihn. Passiert doch täglich. Dreht sich erst mal einen Joint und redet von seiner neuen Stereoanlage. Und ich ahne, daß ich einer leeren Wundertüte hinterhergereist bin. Und will es nicht wahrhaben. Sieht so schön aus, der Mann. Gehen wir in sein Zimmer. Häßliches Zimmer, draußen die Terrasse, Geräusche von Tieren. Wilden Tieren, großen Tieren, Kambodscha da draußen, Vollmond. Sitze auf einer Matratze, vor einem Mann, wie es fremder kaum geht, der nicht viel sagt, nur schaut. Ich gehöre hier nicht hin, sollte schnell wegrennen. Schaue ihn an. Und auf einmal vergesse ich. Mich. Und was alles nicht stimmt. Frank hat sich umgezogen. Legt sich vor mich hin. Eine Kette um den Fuß, ein Tuch um die Hüften, Mondlicht auf brauner Haut. Blöd. Aber schön. Schönheit ist gemein. Gibt dem Schönen zuviel Macht. Demütigt den erstarrten Betrachter, weil Sucht immer demütigt. So müssen Götter gewesen sein. Nichts sagen, nur ausschauen. Daß man nichts will, als sich in der Nähe der Schönheit aufhalten. In Kriege zu ziehen für das. Zu sterben. Es ist wie eine Droge geschluckt zu haben. Nicht zu wollen. Ist aber zu spät, ist im Umlauf, geht nicht aus dem Körper, macht die Glieder zittern, den Kopf dumpf. Ich kann nicht aufstehen und nach Hause gehen. Zu Hause ist nirgends. Gucke ich am Arsch der Welt einen gottverdammten Fitnesstrainer an, der vor Coolness kaum atmen kann, und will doch nicht woanders sein. Will eigentlich nicht mehr da sein. Draußen Geräusche von Generatoren, von Vögeln, die platzen. Die längste Nacht meines Lebens. Die Nacht, in der ich zwanzig Jahre älter werde. In der ich einen Geschmack vom Ende in den Mund bekomme. In der nichts passiert. Wann soll was passieren? Wird es besser, wenn was passiert. Bald muß ich weg. Muß zurück nach Deutschland. Muß ich zurück? Bleibe einfach hier. Gucke jeden Tag. Nichts anderes mehr. Genügt vielleicht. Gucken, bis man kotzt, an der Überdosis Ebenmaß. Gucken, bis ich mich auflöse, zerrieben zwischen Hormongeschützen. Nur nicht zuviel anfassen. Könnt ihn zerfleischen sonst. Aus Wut, weil er so schön ist, so leer ist. Eine Falle ist. Alles, was war, ist weg. Nichts zum Festhalten. Der Morgen kommt. Gießt hell in den Raum. Noch fremder, der Mann im Licht. Noch schöner. Irgendeine Sage gibt es, wo Leute zu Salzsäulen erstarren, weil sie was Falsches angeguckt haben. Und eine andere, wo Seemänner sterben, weil sie irgendwelche Nixen anschauen.

Und ich mittendrin. Ich muß hier weg. Von diesem schönen Ding, von diesem traurigen Land. Schnell, bevor mein Verstand geht und nicht wiederkommt, ich werde, wie die Fremden hier. Taumeln in der Sonne, und die Seele woanders. Ein Weggehen wie eine Operation. Ohne Narkose. Schneiden Messer, sägen, hauen, stechen, fetzen. Ich stehe vor meinem häßlichen Hotel. Das alte Leben liegt hinter mir. Ein anderes gibt es nicht. Stille Tage in Phnom Penh. Eine Staubwolke auf der Straße. Könnte Frank sein. Könnte aber auch nur ein Traum sein. Ein Alptraum. Der zeigt, in dunkler Nacht, wie es ist, sich zu verlieren in der Jagd nach einem wilden Leben. Steige ich wieder auf ein Moped und fahre los. Wohin, was ich hier mache, ich weiß es nicht.

14.42 Uhr.

Ich

Ein etwas bekannter Mann kommt mir entgegen. Er spricht mich an.
Hey, nichts zu tun heute?
(Wie sieht die denn aus. Ist wohl zu Ende mit ihr. Drogen? Die stinkt)

Ja, nein, und du?
(Woher kenne ich dich, du bist ein Arschloch, von deiner Wichtigkeit überzeugt, auf andere herabschauend, spricht alles für einen Journalisten)

Ich muß in die Redaktion.
(Und zwar schnell, und nicht mehr mit dir reden, und allen erzählen, wie fertig du bist, Schnappmöse)

Äh, fein. (Hau schon ab)

Vorher muß ich noch zu einer Freundin, es geht ihr schlecht. Du erinnerst dich an Inge? *(Was rede ich, so wie die aussieht erinnert sie sich noch nicht mal an ihren Namen. Ich werde nicht zu Inge gehen, sterben ist widerlich)*

(Nein) Ich erinnere mich. Übrigens (jetzt machen wir mal einen Test), ich kann durch Leute sehen.

Äh, ja. *(Die spinnt, die spinnt)* Blick zur Uhr. Ich muß dann mal.

Es fing heute morgen an. Ich sehe alles, durch Wände, kannst du dir vorstellen, alle Wände seien aus Glas, alle Menschen aus Glas.

(Lacht gezwungen.) Schön, ja, ich muß los.

Inge hat die Krankheit übrigens von dir. Du hast die Krankheit von der Nutte, zu der du einmal in der Woche gehst. Schönen Tag noch.

Der Mann, der Kollege, das Arschloch bleibt stehen, wird bleich, und er wird Inge nicht besuchen. Er wird zu einem Arzt gehen, der ihm auch nicht helfen kann. Und ich gehe in den Zoo, mit jemandem über meinen Zustand zu reden, kann ich wohl vergessen.

14.53 Uhr.

(Karla, 14. Schülerin gewesen. Nun nicht mehr. Interessiert sich nicht für Bravo, nicht für MTV, nicht für Inline-Skates. Für nichts. Mehr)

Der Kühlschrank springt an. Summt zehn Minuten. Und wieder Ruhe. Wieder von vorne. Karla ist wach. Die Arme tun weh, zerstochen von Infusionsnadeln, blau, grün, gelb gestochen, um Leben in Karla zu füllen, das unbenutzt durch den Katheder wieder abfließt. Sie haben Karla nach Hause gebracht, weil es keinen Sinn mehr hat. Das weiß Karla, und es wäre ihr lieber gewesen, im Krankenhaus bleiben zu können. Ihre Mutter und ihr Vater sitzen in der Küche. Die Tür ist offen, und Karla hört die Atmung der beiden, das Schweigen der beiden hört sie, ihre Trauer macht sie schon tot fühlen. Und die Uhr hört sie auch. Die macht es besonders langsam. Wieviele Schläge dieser Uhr würde sie noch hören müssen, bis endlich Ruhe war. Der Kühlschrank summt. An ein Leben denkt Karla schon lange nicht mehr, kann sich nicht mehr vorstellen, wie es war, ohne Schmerzen zu sein, ohne zu brechen, oder auch nur, ohne sich zu spüren. Ohne den Körper zu spüren, der sich so wehrt. Das war zu lange her, da kann sie sich einfach nicht mehr dran erinnern. Jetzt geht es nur noch darum, die Schläge der Uhr zu zählen, die Atmung des Kühlschranks. Zählen, atmen, warten. Beim Lesen oder Fernsehen verschwimmt es vor Karlas Augen, und so liegt sie. Still, und beobachtet sich von innen. Da kennt sich Karla inzwischen gut aus. Kennt die Stellen, die Organe, die von der Krankheit zerfressen ihre Funktion nicht mehr erfüllen können. Sieht, wie sie Gift ausscheiden, und ab damit in den Kreislauf. Karla hat keine Angst mehr vor dem Tod, sie hofft, daß er bald käme. Hat keine Angst, hat keine Angst. Und wieder ein Organ, das gebissen wird, diesmal ist es die Leber, aus der ein Stück gebissen wird, und der Körper ist voll Blut innen, und nichts ist mehr wichtig, außer, daß dieser Schmerz aufhört, denn aufhören tut er immer irgendwann, und Karla hält die Luft an, beißt sich in den Arm, damit sie den Schmerz selber steuern kann, doch gegen das in ihr sind ihre Zähne machtlos. Dann hört er auf, plötzlich, und Karla liegt da, denkt an alle Sachen, die sie nie kennen wird. Liebe. Wird sie nie kennen, wie es ist, einen Mann anzufassen, anders als ihre Eltern das tun. In ihren Gedanken weiß sie, wie es wäre. Ein Mann, so schön wie der Sänger der Gruppe Bauhaus. Die gibt es nicht mehr, doch Karla hat alle Platten von ihnen, und auf denen ist der Sänger drauf. Karla stellte sich vor, wie es wäre, mit ihm. Sie würde dasitzen und ihn ansehen, Tag und Nacht, nicht schlafen und weinen, weil er so schön ist und seine Wimpern so lang, daß sie das Gesicht unter Schatten setzen. Ihn ansehen und vielleicht einmal berühren, mit den Fingern seine Wimpern nachziehen, damit spielen. Und er würde nichts tun. Sich ansehen lassen. Das wäre Liebe. Nie würde Karla in einem Haus wohnen, wie sie es sich vorstellt. Ein Haus, mitten im Wald, mit Tannen davor, Bäume, die das Haus beschützen, die nachts reden. Und Duft abgeben, in die geöffneten Fenster. Nie würde Karla woanders wohnen als in der Stadt. Nie würde sie ein anderes Land sehen. Venedig und Paris, London. All die Sachen, die es nur in ihrer Phantasie gibt und die sie nie sehen wird. Nie Leben. Denn das Leben in Karlas Phantasie ist etwas so unbeschreiblich Großes, daß ihr da die Details fehlen, um es sich vorzustellen, keine Bilder, für so etwas großes. Was sie kennt, die große Stadt, die Krankenhäuser, die schweigsamen Eltern, die unglücklichen Eltern, das kann nicht Leben sein. Dann schläft Karla ein wenig, und als sie wieder aufwacht, ist das Fenster geöffnet. Der Sänger von Bauhaus steht davor. Karla steht auf, ohne Schmerzen, und geht zu ihm. Er nimmt sie auf die Arme, steigt mit ihr auf die Fensterbank und fliegt los.

14.58 Uhr.
Ich

Das war die Falsche.

15.14 Uhr.
(Ingrid, 40, Sternzeichen Waage. Hobbys: nicht mehr. Keine Liebe, keine Hoffnung. Wartet auf einen Freund, der nicht kommen wird. Nichts wird mehr kommen. Schade drum)

Steffen würde nicht kommen. Der war ihr letzter Freund gewesen, vor ein paar Jahren, und war wie alle gegangen. Er würde nicht kommen, aber noch schlimmer ist, daß Ingrid das Meer nicht mehr sehen wird. Ich möchte das Meer noch einmal sehen, murmelt Ingrid leise. Und Zeit ist nicht mehr lange und nur noch einmal das Meer. Das ist so kitschig, daß Ingrid sich kaum traut, diesen Wunsch jemandem zu sagen. Sagt ihn auch niemandem. Ingrid hat die Stadt noch nie verlassen. Sie war noch nie in einem Flugzeug geflogen, und das Meer ist weit. Vielleicht so weit wie der Himmel, aber zum Anfassen. Da möchte ich gerne noch mal hin. Denkt sich Ingrid. Und weiß, daß es dazu nicht kommen wird. Weil doch alles zu schnell geht. Auf einmal war sie 39. Ingrid hatte immer so rumgegammelt. Früher in besetzten Häusern, Geld geschnorrt, viel Drogen genommen. Und war über diesem Leben 39 geworden, nie weg aus der Stadt. Ich habe mein Leben geschwänzt, denkt sich Ingrid. Die Drogen haben große Löcher in ihre Erinnerung gegraben, und selbst wenn nicht, wäre da keine Erinnerung gewesen. An was? Ingrid hat das Gefühl, ihr Leben hätte sich nur auf schmutzigen Matratzen abgespielt, schlucken, drücken, spritzen, schnupfen, rauchen. Um breit zu sein, nicht da zu sein. Wer wär schon gerne da, auf einer schmierigen Matratze. Obgleich Ingrid nicht weiß, was man sonst mit einem Leben machen kann, als es zu versauen. Was? Sie weiß, daß sie niemand anderes wäre, hätte sie in einem Haus gelebt. Mit einem Beruf, vielleicht einem Mann. Immer wäre sie dabei gewesen. Aber vielleicht wäre es schön gewesen, am Meer zu sein. Dort auch nichts zu machen, aber zu schauen, zu riechen, zu fühlen, daß vielleicht alles irgendeinen Sinn macht. Ich möchte das Meer so gerne sehen, spricht Ingrid nun aus. Lauter. Steht der Satz im Raum. Fast groß. Und keiner da zum Hören. Ingrid ist vierzig und weiß nicht, wohin das Leben so schnell gelaufen ist. Und lauter: Ich will ans Meer. Ich will ans Meer. Ich will ans Meer. Schreit es, weint es, bricht raus, der ganze Ärger, die Angst. Ich will nicht sterben, ich will ans Meer, bitte, bitte, noch ein Mal. Ich will doch nicht sterben, ich habe nicht gelebt. Und schreit und wimmert und keiner hört es, will hören und wenn, egal. Bitte, bitte, bitte, noch einmal das Meer sehen. Bitte. Und keiner kommt, und kein Gras auf dem Hof und niemand da außer einem großen Vogel, einem dunklen, den größten, den Ingrid jemals gesehen hat, und der fliegt an ihrem Fenster vorbei.

9. GgdW

Der Abend kommt. Am Meer anders. Ein schwarzes Tuch wird über den Himmel gezogen. Schnell und von wem auch immer. Die Sonne wird rot darüber, weil sie weiß, was da passiert. Das Meer, im Hell ganz leicht mit Wellen, die klingen wie Sonnenöl, macht ärgerliche Laute. Es will schlafen, nicht angestarrt werden. Und immer sind da welche, die starren. Sitzen und starren, und keiner weiß warum, das Meer an, das gerne schlafen will. Das sieht schwarz aus, silbern, rot und

vor allem so, als würde es nirgends aufhören, anfangen, wäre unendlich, wie das Universum, und vielleicht ahnen die Menschen irgendwas, das größer ist als sie und tröstend, wenn sie so schauen.
Da sitzen wieder welche. Ein kleines Stück Sand in Italien. Abend. Die Luft ist warm und riecht nach Salz und Pinien und nach dem Mond, der auch schon da ist. Ein junges Mädchen hat die Augen halb geschlossen, ihre Arme um die Knie gelegt, Gänsehaut drauf, es ist kühl, der Abend kommt, die Nacht, die Sonne gleich weg, und ich möchte sie nie mehr aufgehen sehen, denkt das Mädchen mit dem Blick aufs Meer. Es ist verliebt in einen Jungen. Den schönsten der Welt, mit goldenen Haaren und Augen, die silbern leuchten. Der Junge liebt das Mädchen nicht, beachtet es nicht. Er sitzt ein paar Meter weiter, entfernt von ihr, mit einer anderen, hat den Arm um sie gelegt und schaut nicht rüber. Schaut das Meer an und ist der schönste Junge der Welt. Das Mädchen sieht ihn an und wünscht sich nichts mehr, als unter seinem Arm zu stecken, und wird traurig, weil das nie wird. Der Junge hat sie doch nicht angesehen. Seit zwei Wochen. Denkt das Mädchen, der Junge würde ihr das geben, was sie zum Leben braucht. Würde er nicht tun, würde niemand tun, das Mädchen aber ist jung und Verwechslungen verzeihlich. Zu lieben, nicht geliebt zu werden ist wie Tod, und gerade stirbt das Mädchen zum ersten Mal. Weiß noch nicht, daß sie bald schon wieder aufwachen wird, auferstehen, und immer wieder sterben, bis nach vielen Toden nichts Schönes mehr übrig ist. Das Mädchen sieht das Meer an, voller Tränen und denkt sich, wie schön es wäre, im Meer zu liegen. Weiches Wasser um sich und an den Strand schwimmen, bei Vollmond. Da wäre er, würde ihre leuchtenden Schuppen schauen und sich verlieben. Aber sie wäre im Meer und er an Land und ein Zusammenkommen gäbe es nicht. Sie würde ihn auch lieben, aber nicht so sehr und sehen, wie er litte. Und eines Nachts ihr folgte. Ins Wasser. Und sie ihn in die Tiefe zöge. Und er ihr wäre. Sie ihn endlich halten könnte. Und streicheln. Das denkt das Mädchen, schaut aufs Meer, das Meer schaut zurück, scheint zu blinzeln, und bei aller Trauer ist es dem Mädchen, als würde etwas leichter in ihr. Weil es Wichtigeres gibt als einen Jungen mit silbernen Augen, der sie nicht liebt. Was aber das sein soll, weiß das Mädchen nicht. Es schaut das Meer an und lächelt, zum ersten Mal nach zwei Wochen. Der Junge sitzt und sieht das Meer an. Er hält ein Mädchen im Arm und welches ist egal. Am Ende des Meeres, soviel ist mal sicher, ist ein Land, in dem alles anders wäre. Er kein Versager mehr, kein Verlierer, der nichts will, nichts kann und nichts ist, außer irgend

etwas, das keinen Spaß macht. Der Junge denkt nicht an Mädchen, nicht an Liebe, er sieht das Meer an und es hat etwas, das ihn tröstet, obgleich er gar nicht wußte, daß er traurig war. Er würde mit einem Boot in dieses andere Land reisen. Stünde vorne, auf dem Boot drauf, hätte die Augen durch die Hand geschützt und würde prägnante Anweisungen geben. Alle würden ihm gehorchen. Er wäre stark und nicht feige. Und würde nach Wochen strenger Befehle am Ufer des Landes festmachen. Dort wäre er der König, und alle fürchteten ihn. Er wüßte dann, wozu alles gut ist, und sein Leben wäre so spannend, wie er es sich gar nicht vorstellen kann. Das denkt der Junge, er hat ein Mädchen im Arm, weil sich das so gehört, dessen Namen er nicht weiß und das er nicht liebt, auch nie lieben wird. Gerne würde er mit jemandem reden, über das ferne Land. Aber keiner da. Das Mädchen schmiegt sich eng an den Jungen. Schon als sie ihn das erste Mal sah, wußte sie, daß er sie retten würde. Vor allem, was sie nicht verstand. Und nun sitzt sie hier, neben ihm.
Das Mädchen sieht das Meer an und ihr wird ganz ohne Körper. Schwebt sie also los, vor lauter Glück. Und denkt sich, wie sie mit dem Jungen zusammen über das Wasser führe. Er am Steuer eines Schiffes. Und sie ganz ohne Angst, weil er da wäre. Dann würden sie in einem Land ankommen, das Wochen über dem Meer lag. Sie würden dort ein Haus bauen, im warmen Sand, und würden sich nur noch lieben. Weil doch das Gefühl so schön ist und in diesem Land nie aufhörte. Das Mädchen sieht den Jungen an und sieht das Meer an, und noch nie war ein Meer so schön durch einen Blick. Mit ihm, am Meer mit Liebe, möchte ich alt werden, denkt es sich. Ein alter Mann sitzt hundert Meter entfernt. Schaut das Meer an, die jungen Menschen an. Denkt, wie es war, als er noch dachte, das Leben sei ewig und nicht wie jetzt. Wo er sich fühlt, wie auf einem Fest und alle Gäste schon gegangen. Beneidet die Jungen. Um die vielen Schmerzen, die sie noch haben würden, und den Glauben, daß irgendwann alles einfach würde, der Schmerz sich auflöste und ein unendliches Glück begänne. Der alte Mann weiß, daß Schmerzen aufhören. Damit neue beginnen, und die Zwischenräume immer hastiger. Der alte Mann seufzt. Er wird keine Schmerzen mehr haben, keine Zeiten dazwischen, nur noch ein Fest, das vorüber ist. Es war ein ganz nettes Fest, aber selbst wenn nicht, die Gäste sind weg,

und es läßt sich nicht mehr ändern. Und wenn er noch etwas wünschen dürfte, dann wünschte er, er würde sich auflösen, jetzt, hier, in dieser Nacht. Zu einem Bach werden. Ins Meer fließen. Aufgehoben, weggetragen. Zu allen Stränden der Welt. Die er nie gesehen hat, weil er dachte, dafür wäre noch genug Zeit. Liebes Meer, laß mich einfach in dich rein, murmelt der alte Mann, und das Meer murmelt zurück. Seufzt. All die Menschen, die sitzen und das Meer ansehen. Drei an diesem Strand, weiter hinten mehr, an allen Stränden in der ganzen Welt sitzen Menschen und schauen das Meer an, wie Ameisen von oben, ein dunkler Saum im Hellen, bevor das Blau kommt. Sitzen Millionen und schauen das Meer an und denken an Unendlichkeit, an Liebesschmerz, denken an das Ende, denken an ferne Länder, denken, ich sollte am Meer leben, ich sollte auf Reisen gehen, ich sollte mein Leben ändern. Millionen Menschen werden verhext vom Meer. Erkennen kurz. Merken, wie egal es der Welt ist, ob sie ihr Leben vertun oder nicht. Das Meer, das noch da sein wird, später. Und bekommen für einen Moment eine Idee oder Trost oder denken sich, morgen, morgen werde ich alles ändern, das Leben ist so klein. Solche Ideen haben Menschen, wenn sie das Meer schauen, kurze, kleine Ideen, von irgend etwas, das viel größer ist als sie, und die Ideen werden Luft und Regen und fallen ins Meer, wer-den weggetragen, und die Menschen stehen auf, vergessen und haben nur noch so eine Sehnsucht, wenn sie wieder weg sind vom Meer. Aber wonach, das fällt ihnen nicht mehr ein.

15.22 Uhr.
Ich

Mit der Bahn zum Zoo. Das letzte Geld und ab zu den Pinguinen. Menschen, die Pinguine mögen, sind steif und rund, und keiner liebt sie. Die Pinguine gucken mich an, und ich sehe, daß sie intelligenter sind als Menschen und daß sie mit dem Namen Pinguin nichts anfangen können, weil sie sich als Drus bezeichnen, daß sie sich ihrer Gefangenschaft bewußt sind, aber schon ganz gute Pläne haben. Stimmt nicht. In den Tieren ist nichts zu erkennen, und ich sehe mir einfach nur Tiere an, nach den Pinguinen Moränen, meine Lieblingstiere. Früher, als ich es noch cool fand, böse zu sein, stellte ich mir vor, ich hätte mal ein Bett <102
auf einem großen Aquarium voller Moränen, und wenn mal ein Mann käme, mir beizuwohnen, würde ich das Laken von der durchsichtigen Matratze ziehen und er würde quieken. Wenig Menschen im Zoo. Nur Bäume, Wassergräben und Tiere. Wenn meine Krankheit anhält. Was, wenn

es immer so bleibt. Ich keinem mehr trauen kann, weil da nichts ist, zu trauen, ich mich an mein Leben nicht mehr erinnere, nicht mehr arbeiten, Geld verdienen, was, und ich hocke heulend vor einem blöden Zebra-Gehege und heule so laut, wie vielleicht seit meiner Kastration nicht mehr (Quatsch, du bist nie kastriert worden, die Krankheit hieß Grippe). Eine Hand legt sich auf meinen Kopf.

15.27 Uhr.

(Gerd, 45. Tierpfleger. Liebt Tiere, Menschen, Musik, Leben, Kartoffelbrei, was ist denn mit dem nicht in Ordnung)

Gerd hat die Fische gefüttert. Dienst bei den Fischen hat er am liebsten, wenn er in den Raum mit den Aquarien kommt, in die absolute Stille, in das grüne Licht, das dort herrscht, ihm ist, wie unter Wasser laufen, und ein großer Friede. Gerd lebt in einem kleinen Haus neben dem Tierpark, in seinem Garten wohnen ein paar kranke Hunde, ein paar altersschwache Katzen und im Haus immer mal wieder Ausreißer. Kleine Jungen und Mädchen ohne Heimat. Gerd kümmert sich gerne. Um alles, das lebt. Heute aber ist eine Unruhe im Zoo, die Tiere sind nervös, haben Angst, und das überträgt sich auf Gerd. Das letzte Mal, als die Tiere so verrückt gespielt haben, war in Tschernobyl ein Atomkraftwerk explodiert. Für Gerd ist es keine Frage, daß Tiere klüger sind als Menschen, so wie Instinkte nun mal schneller sind, als Gedanken und genauer, deshalb nimmt er ernst, was seine Freunde ihm mitteilen. Hau ab, scheinen sie ihm zu sagen. Du bist nur ein Mensch, uns wird nichts passieren. Wenn die Kacke am Dampfen ist, helfen wir uns schon selbst, verlassen unsere Käfige, so wie wir das jede Nacht tun, um uns zu beraten, und dann werden wir schon weitersehen. Doch du bist nur ein Mensch, so anfällig, gehen so schnell kaputt. Und Gerd zurück in sein Haus, stellt den Tieren etwas zu essen hin, packt ein paar Sachen und verläßt das Haus. Er wird in die Schweiz fahren, bis sich die Sache beruhigt hat. Denn in der Schweiz, das weiß Gerd, kann niemandem etwas passieren.

15.31 Uhr.

Ich

Der Mann zur Hand steht hinter mir. Er kauert sich neben mich und fragt:
»Was ist mit dir, bist du einfach nur traurig, oder tut was weh?« Ich sehe ihn an, verheult, und sehe ihn nur an, falls ihr versteht, nichts verschiebt sich, dringt in ihn, ich sehe nur in ein nettes Gesicht, mit vielen blonden Haaren drum herum, sehr blaue Augen, eine große Nase und Falten um den Mund, um die Augen. Nichts weiter. Ich sage:
»Es ist ein wirklich beschissener Tag.« Der Mann sieht mich an, lange an, und er denkt sich irgendwas, das ich nicht sehen kann. Hinter uns stehen mehrere Zebren und beobachten uns. Ich muß weiter, sage ich, lüge ich, weil mir alles zu merkwürdig ist, weil mir der Mann gefällt, weil ich wahnsinnig bin, krank bin, und weg muß. Wohin muß, wieder in den Moloch, Kranke gucken. Und stehe auf, er auch. Wir stehen uns gegenüber, und er ist kräftig, nicht viel größer als ich, ein Freak, hätte ich früher gedacht, wahrscheinlich macht er Musik. Ich hasse Musiker. Und muß jetzt weg, der Mann hat meine Hand in seiner, die Zebren gucken immer noch, und ich muß weg. »Ich gehe jetzt«, sage ich, und er nickt, starrt mich an. Drehe mich schnell um und laufe zum Ausgang. Mein Herz läuft schneller. Liebe auf den ersten Blick. Gibt es nicht. Es gibt keine Liebe, ich muß aus dem Zoo weg, muß wieder weitermachen. Ich weiß doch auch nicht, warum. Mit absoluter Pulsbeschleunigung renne ich wieder zu den Häusern, einen Berg runter, an einer Bar vorbei, am Fernsehsender vorbei, nicht vorbei, es geht weiter.

15.36 Uhr.

(Kati, 28. Fernsehredakteurin, will mehr vom Leben. Aber was nur?) <104

Unter ihresgleichen sitzt die junge Frau, das Mädchen, sieht aus wie alle, nicht häßlich, was an Hübschem ist, durch unschöne Kleider verbaut, ein Gesicht und die Aussicht darauf durch Make-up verstellt. Wie alle. In ihrem Alter, mit ihrem Geld, mit ihrer Wichtigkeit. Zu wichtig für einen jungen Menschen, zu viele Business-Class-Flüge, zuviel gesehen, zuviel möglich. Alles möglich. Ein Jahr aussteigen, ein Monat Beauty-Farm, ein Sprachkurs, ein Auto, ein Appartement. Immer Taxi fahren. Nichts mehr zum Erreichen. Nichts zum Hinwollen, wenn alles geht, man alles kennt. Was kommt nach Bass und Drum. Nach Techno. Egal. Hauptsache schneller. Musikkanäle sind von gestern. Internet ist von gestern. Wenn Cyber endlich richtig funktionieren würde. Wenn doch was passieren würde. Zu den Eltern gehen, heißt essen. Sushis kennen sie auch schon. Die Eltern kennen alles, sind gegen nichts. Fanden Sven Väth gut, waren bei der Love Parade. Nichts geht mehr, wenn alles geht. Kati sieht um sich. Sie kennt alle in der Bar. Fernsehleute, Zeitungsleute, PR-Leute und viele aus der Musikbranche, alle Gehälter zusammen könnten Schwarzafrika retten. Die Langeweile zusammen könnte, in Wasser umgewandelt, die Erde überfluten. Alle existieren nur, wenn sie arbeiten, wenn sie eine Wichtigkeit haben, mit Millionen hantieren, im Flieger sitzen, vor dem Computer sitzen. Außerhalb dieses Rahmens fallen sie zu Gerippen zusammen, notdürftig von Designerlabeln gestützt. Schwatzen ins Leere über ihre Wichtigkeit. Wichtig ist nichts. War es mal, oder hatten die Menschen früher nur mehr Zeit, sich Wichtigkeiten einzureden? Noch nicht einmal Lust auf Jungs. Die Fremden trifft Kati nicht, und die ihresgleichen kennt sie so gut, daß ihr die Knie ganz schwer werden, ein Junge mit kurzen Haaren, mit T-Shirt und Oversize-Hosen, der so alt ist wie sie, etwas macht wie sie, 20 Stunden arbeitet, sonst in seiner Dachwohnung sitzt und unter seinen 1000 CDs wählt, der zu Raves geht, Pillen schluckt, der sagt, daß Theater out ist, nur noch Tarantino-Filme sieht oder Hongkong-Filme, der sagt, Geld sei nicht wichtig, aber Tausende für Essen gehen ausgibt. Mit dem sie essen geht, in angesagte Läden, mit dem sie über Kinofilme redet, mit dem sie über ihresgleichen redet. Und vielleicht ganz wenig über Politik, über politische Korrektheit, der nie Nigger sagen würde, der mitunter eine Aidsschleife trägt und Atomkraft uncool findet, der die Zeitschriften in Deutschland uncool findet und ID ist auch nicht mehr das, der Harald Schmidt komisch findet, der Sport cool findet, aber Mountain-Bikes und Inline-Skates uncool, der auf etwas Neues wartet, der schlechten Sex mit ihr hat, weil sie auch nur schlechten Sex haben kann, weil sie nicht lieben kann, er auch nicht, weil sie zu ungeduldig ist, und Sex ein gewisses Tempo nun mal nicht überschreitet und ein Orgasmus, wenn überhaupt, immer nur ein Orgasmus bleibt, und Cyber Sex ist noch nicht da. Kati sieht die Jungen an, hat keine Lust auf einen davon, auf keinen. Safer Sex ist Scheiße, Kondome sind Scheiße, was anderes geht nicht, wäre auch nicht anders. Keine Lust mehr auf Rumgelabere, keine Lust, nach Hause zu gehen. In ihrer Wohnung steht ein Himmelbett, Futons sind uncool, steht ein uncooles Mountain-Bike, stehen 1000 CDs, steht ein Riesenfernseher, immer eingeschaltet, liegen uncoole Zeitschriften, im Bad teure Dosen, Kati geht aufs Klo in der Bar, steht im Bad, sieht sich im Spiegel an, fragt sich, wie das alles weitergehen soll, ohne Wiederholungen, und rammt den Kopf mehrfach gegen den Spiegel, zieht ihn zurück, nicht, um die Schnittwunden zu betrachten, aber fühlen, fühlen tut sie immer noch nichts.

15.43 Uhr.

(Ralf, 29. Moderator. Leere Nülle. Arbeitet 16 Stunden täglich, geht danach trinken, Pillen werfen, zu Bett. Designerbett, Designerwecker, außer dem Wunsch, berühmt zu werden, nichts los)

Da sitzen die blöden Schweine. Der Moderator lugt durch den Vorhang. Der Raum mit bezahlendem Publikum, das in Bussen vom Land in die Stadt gekarrt wird. Bauern in ihren Sonntagsanzügen, Frauen mit umwickelten Wasserbeinen, Männer mit Säufernasen, Spranzbändern. Ein paar Junge sitzen auch da, machen aber keinen Unterschied. Die Jungs, vom Armeedienst weg, feiste Köpfe, Schweineköpfe. Jeden Tag, eine Stunde, reden über Sex mit Spranzbändern, mit Hunden, mit Behinderten, mit Leichen, über verlassene Frauen, Männer, Hunde mit Spranzbändern. Der Moderator sieht zu seiner Crew. Eine Augenweide. Alle jung, alle schön, als ob es Bedingung sei, für die Einstellung. Jung und schön, bereit, 23 Stunden zu arbeiten, ein Produkt herzustellen, das die Menschen brauchen. Bald gibt es 24-Stunden-Talk-Shows. Zu allen Themen. Vom Bügeln bis zur Magenresektion. Nehmen die Talk-Shows dem Zuschauer die unangenehme Aufgabe selber zu leben. Lassen leben. Ist lässiger. Die junge Crew aus schönen Menschen weiß, daß sie einen echt wichtigen Job macht, daß sie klüger ist als die Zuschauer, lässiger. Wenn sie mitten in der Nacht aus dem Studio gehen, trinken sie oft noch was, in einer supercoolen Bar, Club heißt das, du Arschgeige, mit Plüsch und Drogen, mit Techno oder Jungle, essen Pillen, trinken Tequila, haben Spaß, nach ihrem wichtigen Job, reden über Kinofilme, über andere Talk-Shows, reden über Fernsehformate, über Magazine, in und out, über DJs. Gehen schlafen. Ein guter Job, beim Fernsehen. Ständig Adrenalin im Überfluß, keine Zeit für Sex, für Gefühle, Leben im Leben, aber echt O.K. Der Moderator hat keine Freundin, hatte mal eine, auch vom Fernsehen, sahen sich aber nur zum Schlafen und auf Partys. Sex ging gut, wegen des Kokses, Koks ist aber jetzt out. Die Beziehung ging zu Ende, und der Moderator erinnert sich gerade noch mal an den Namen des Mädchens. Aber echt grade so. Sie hieß Kati. Er fährt nachts mit einem kleinen Sportwagen vom Studio in den Club und dann nach Hause. Ein schickes Zuhause. Estrichboden, Armeespinde, gute Anlage. Schön cool, er ist aber nur zum Schlafen dort. Oder am Wochenende. Aber nicht oft, weil er am Wochenende Golf spielen geht. Ein gutes Leben. Wenn nur diese Arschgeigen nicht wären, die mit offenen Mündern im Publikum sitzen, die er gleich auf die Bühne holen muß, um mit ihnen über Scheiße zu reden, die ihn nicht interessiert. Manchmal stellt sich der Moderator vor, er würde nicht verständnisvoll nicken, wenn ein Schwachkopf von seinen Inkontinenzproblemen erzählt, sondern sagen: Hey, alter Pisser, das interessiert doch kein Schwein. Macht er aber nicht. Genausowenig, wie ab und an einem in die Fresse zu hauen. Die große Stunde im

Leben der Talk-Show-Gäste. Die sie nie vergessen werden. Sie haben Aufkleber am Revers, auf denen steht VIP. Viele werden sich die Stoffetzen ins Album kleben. Arschlöcher. Nur geboren, damit der Moderator jeden Tag eine Stunde Sendung herumbekommt, vollbekommt mit ihrem Scheißgelabere. Aber sonst ist es ein cooles Leben. Später mal will der Moderator Sendungen produzieren, da steckt richtig Kohle drin. Ein Haus in Südfrankreich, Weiber, ein geiles Leben. Der Moderator wischt sich den Ekel vor den Gästen aus dem Gesicht. Deine Ex hatte einen Unfall, sagte einer. Ihm doch egal. Alles egal. Der Moderator betritt über die Showtreppe das Studio.

16.00 Uhr

(Hilde, 36. Hausfrau, schwärmt für George Clooney, liebt Frauenzeitschriften, wäscht sich die Hände am Tag 57 Mal, wäscht sich die Zähne 12 Mal, sonst ist aber alles in Ordnung)

Hildes erster Fernsehauftritt. Sie war in die Sendung geladen worden. Sie. Geladen. Worden. Geil. Und alle würden sie sehen. Hilde war aufgeregt. Sie würde ab heute wichtig sein. Nie mehr nichts. Wichtig. Vielleicht erkannt werden, auf der Straße. Und so nah, an dem Moderator. Der ist so süß. Hilde ist aufgeregt. Da ist auch schon ihr Auftritt. Sie stolpert ins Studio. Die Scheinwerfer sind hell, sehr hell und heiß, das Publikum klatscht, ihr zu. Alle sehen sie. Ein paar Millionen in der Stadt, und ab morgen wird sie wer sein. Sie setzt sich in einen unbequemen roten Sessel, der Moderator wendet sich ihr zu.

Moderator: »Hilde, Sie haben seit ein paar Jahren Sex mit einem Mann, dessen Glied so groß ist, daß es schmerzt. Jedesmal, manchmal auch einreißt, unten.«

Hilde: »Ja, also, ja …« Hilde merkt, daß sie all die klugen Sachen, die sie gerne sagen würde, gar nicht sagen kann, der Moderator zwinkert ihr ganz süß zu.

Moderator: »Und Hilde, können Sie mal zeigen, wie groß das Glied Ihres Freundes ist?«

Hilde: »Äh, meines Mannes.«

Moderator: »Ist wohl ein bißchen schwierig zu zeigen, deshalb haben wir hier ein paar Gegenstände. Steffi, bitte mal die gliedähnlichen Gegenstände. Hier haben wir einen gurkenähnlichen, einen wassermelonenähnlichen und, last but not least, einen feuerlöscherähnlichen Gegenstand. Hilde, zeigen Sie doch mal auf den Gegenstand, der dem Glied Ihres Freundes ähnlich ist.«

Hilde: »Meines Mannes. Ja also, vielleicht so.«

Moderator: »Hey, hey, hey, der feuerlöscherähnliche Gegenstand. Das ist ja potzblitz. Damit paaren Sie sich also seit ein paar Jahren, kein Wunder, daß Ihnen das weh tut, aber wahrscheinlich haben Sie Ihren Freund echt lieb, hm, Hilde.«

Hilde: »Meinen Mann. Ja, also ...«

Moderator: »Jetzt wären wir natürlich alle gespannt zu sehen, wie so ein großes Gerät in so eine kleine Frau passen kann. Hilde, würden Sie uns das mal zeigen?«

Hilde: »Also, ich weiß nicht ...«

Moderator: »Na, dufte, darf ich Dir beim Ausziehen helfen.«

Hilde wird untenrum freigelegt. Errötet.

Moderator: »Leg Dich doch hier so hin, vor die Kamera, damit wir auch alles gut sehen, so, dann gebe ich Dir jetzt mal den Feuerlöscher.«

Hilde: »Hm, ja, aber ...«

Moderator: »Soo, ich helfe Dir mal ein bißchen, Du kannst Dir ja jetzt vorstellen, Dein Freund wär bei Dir. Ich schieb hier mal.«

Moderator drischt Feuerlöscher in Hilde.
Hilde denkt sich: Ab morgen werden mich alle kennen. Der Moderator ist süß, wie er den Feuerlöscher führt, als wäre es sein Glied. Au, aua, aua, jetzt will ich nicht mehr. Auaaaa …

Hilde bekommt einen roten Kopf, die Organe wandern, durch den Feuerlöscher angetrieben, in den Hals, würgen. Hilde spuckt Blut, reißt auseinander, verreckt.

Der Moderator: »Na, eine Schweinerei. Hey, hey, hey, Männer, überlegt Euch, was Ihr mit Euren großen Schwänzen anrichten könnt.«
Hilde tot, wird abgebaut. Moderator geht. Licht aus.

16.12 Uhr.

(Trudi, 30. Ressortleiterin bei einer Frauenzeitschrift. Magersüchtig, Katzenbesitzerin, Angstzustände, zuviel Arbeit, zuviel Wissen, für nichts, hat ein Problem)

Im Fernsehen läuft eine Talk-Show. Eine Frau mit rotem Kopf masturbiert mit einem Feuerlöscher. Eklig, denkt Trudi, schaltet den Fernseher aus und kuschelt sich wieder an Andreas. Die Welt da draußen ist brutal, dreckig und widerwärtig. Am liebsten verließe Trudi das Bett nicht, die Wohnung nicht und vor allem Andreas nicht mehr. Ihre große Liebe, ihre einzige Liebe, ihre erste Liebe. Nie hätte Trudi gedacht, daß es solche Liebe gibt und daß sie wirklich ein Leben verändern kann. Das Leben vor Andreas war Angst. Den Job zu verlieren, Angst, nicht mehr jung genug zu sein, die Leser immer jünger, die Themen nicht mehr ihre, Klamotten, um jung zu bleiben, Sport, Kosmetik und Angst, zu versagen, nicht mehr schreiben zu können, allein zu bleiben, kein Kind zu bekommen und arbeiten, für die Dinge ohne Bestand, ohne Substanz, die ernst nehmen müssen und wissen, daß alles nicht ernst zu nehmen ist. Und essen gehen, Koks essen, und immer mal wieder einen Freund, aber die scheiterten alle an der großen Frage: Gibt es nicht noch einen besseren. Weil Liebe doch ewig halten soll und Trudi sich klar war, daß es nur eine Ewigkeit gibt, fielen alle Freunde durch, und meistens war Trudi eben alleine und arbeitete. In ihrer Toilette hingen ihre besten Artikel. Oft saß Trudi auf dem Klo, sah sich im Spiegel an, die Falten an, die Mundwinkel an und die Artikel, die gelb wurden. Lohnt das, fragte sie sich in diesen Momenten, antwortete: Drauf geschissen und tats. Dann lernte Trudi Andreas kennen, und es war klar, daß es ein Mann war, bei dem sie sich nie die große Frage stellen würde. Trudi liebte. Zum ersten Mal richtig und alles Zynische half nicht dagegen. Trudi arbeitete weniger, lachte mehr, schlief in wichtigen Meetings ein und hatte das Gefühl, daß ihr Leben erst mit Andreas begonnen hatte. Dem versponnenen Andreas, der an nichts glaubt, an Geld nicht, Kapitalismus nicht, an ein endliches Leben nicht, an nichts außer an seine Liebe zu Trudi. Andreas sieht so aus, wie Männer die keine Fragen offen lassen, aussehen. Sehr kräftig, ein bißchen rund fast, hat viele, Haare, überall Haare und Hände, die junge Bären töten können. Trudi und Andreas wollen zusammenziehen. In ein Haus, das auf einem Berg stehen soll, ins Tal schauen, ein Bach daneben, eine kleine Stadt nicht weit und wollen irgend etwas zusammen machen. Was, ist egal, vielleicht gestreßten Redakteuren Betten vermieten oder so einen Scheiß. Trudi freut sich auf ihr neues Leben und schmiegt sich eng an Andreas. Drückt ihr Gesicht in seine haarige Brust, klettert auf seinen Bauch, rollt sich darauf zusammen. Andreas sagt da nichts zu. Andreas liegt im Bett, kalt, ist seit zwei Tagen tot, der Andreas, weil irgendwas war, und was, ist egal. Trudi liegt auf Andreas und denkt vor dem Einschlafen, wie sie auf dem Berg sitzen würden, an den Händen sich halten und die Sonne untergehen sähen.

16.19 Uhr.
Ich

Ich stehe vor einem Geldautomat und rede mit ihm. Das Ende des modernen Menschen ist es, vor dem Geldautomaten zu stehen, und nichts kommt raus. Alle Selbstsicherheit steckt in den Automaten, in den Wänden, ich kann das Geld sehen, dahinter, und komme nicht dran. Kein Geld für den modernen Menschen heißt, keine Taxis, keine Restaurants und plötzlich merken, daß man nichts ist, ohne diese Automaten (die wahrscheinlich von Pinguinen konstruiert wurden, um Menschen abhängig zu machen). Keiner weiß mehr, was Geld ist. Es gibt nur Wände mit dem Mittel dahinter, das uns leben läßt. Funktioniert das System nicht mehr, bricht alles zusammen. Lässige junge Frauen torkeln auf Schuhen herum, die nur zum Taxi fahren entworfen wurden, junge Männer mit kleinen Bärtchen stehen vor ihren Lieblingsrestaurants und wissen nicht, wo sonst sich Nahrung finden ließe, Menschen kauern heulend am Flughafen, weil sie nicht wissen, wie man Flugtickets bezahlt, wenn nicht mit Karten, nicht wissen, wie man in andere Länder zu Meetings gelangt, wenn nicht mit Flugzeugen, deren Tickets mit Karte bezahlt werden. Ich bin wieder in die Stadt gelangt, habe mich ab und zu umgedreht, doch der Mann ist nicht zu sehen. Warum bin ich weggelaufen? JA, warum macht man solchen Mist. Weil es peinlich ist, jemanden anzustarren, das Herz in den Ohren, die Hände feucht, dann doch lieber weglaufen, sich ärgern. Und ich will, daß er wiederkommt. Die Wahrheit ist, daß wir alle unter unserm coolen Getue Romantiker sind, von großen Lieben träumen und zuviel wissen. Daß es die nicht gibt, aber träumen ist doch erlaubt. Und jetzt werde ich traurig, und fühle mich richtig am Arsch. Scheiß doch auf die Liebe.

10. GgdW

Draußen laufen verkleidete Männer rum und machen Krach. Was lärmt ihr Knallköppe, frag ich und ein Herr sagt: Wir sind Metallarbeiter und fordern mehr Freizeit. Sollt ihr haben, sag ich, und jetzt ab nach Hause. Die Metallarbeiter verdrücken sich. Ruhe kehrt ein und ich frag mich, ob die noch ganz dicht sind. Noch mehr freie Zeit, wo es doch auch so schon schwer genug ist, den Todraum zwischen Arbeit und Bettruhe mit Leben zu füllen. Aber Metallarbeiter fühlen da wohl anders (können Metallarbeiter fühlen), und das liegt daran, daß Metallarbeiter als Paar leben. Die Metallarbeiter. Nicht das Metallarbeiter. Paare wissen, was sie mit freier Zeit anstellen. Drum mag auch niemand gern alleine sein. Weil das doof ist und langweilig. Nicht wegen der Liebe, der Vermehrung oder der Steuern wollen wir Paare bilden, sondern schlicht weil der alleine Mensch nichts mit sich anzufangen weiß. Das ist die Wahrheit. Hört man doch immer: »Seit ich mit Tim zusammen bin, ist mein Leben so ausgefüllt.« Frau lächelt debil, hält den bis zum Bersten gefüllten Kopf schief – kennen Sie auch solche Frauen die immer die Köpfe schief halten? Die Paarmenschen sind also ausgefüllt und froh und ich kann frühestens in zwei Stunden schlafen gehen, weil vorher hell und riecht zu sehr nach sinnlos. Wie füllt eines aktiv zwei Stunden? Es schaltet den Fernseher ein. Da ist eine besorgte Mutter drin, die hysterisch ihrem Kind die Windel unter dem Hintern wegreißt und stöhnt: Urin auf der Haut kann nicht gut sein. Es schellt. Einige Vertreter der Natursektliga stehen mit Transparenten vor meiner Wohnung rum. Das ist Quatsch. Stimmt nicht. Es schellt also, und vor der Wohnung steht ein Paar. Paare sind, wenn einzelne Menschen aufhören zu existieren. Die beiden sagen: Wir leben jetzt zusammen. Und lächeln, als wollen sie für das einen Orden. Dufte, sag ich, und was macht ihr so zusammen, wenn ihr lebt? Die beiden schmiegen sich dichter, um die verfluchten, letzten Grenzen zu verwischen, und antworten stolz: Wir gehen ins Kino, fahren mit dem Wohnmobil weg, machen Sport, gehen spazieren und so. Das Paar ist blöd, wird aus der Wohnung geschmissen, ein Tritt, purzelt die Treppe runter. Zerschellt. Auch gelogen. Da war gar kein Paar. Aber ich bin da, noch zwei Stunden bis schlafen. Ist nicht alles nur ein Warten, auf den Schlaf. Den großen, Sie verstehen, was
113 ich meine, alles nur Ablenkung. Und ist es so, daß nur Paare die wirklich spannen-den Sachen machen, während der allein lebende Mensch bloß Zeit rumbringt, bis er ein Paar ist, um dann spannende Sachen zu machen? Bei Paaren muß es doch richtig abgehen. Das muß doch nur

so krachen, vor Ausgefülltheit, anders wäre diese Paarsucht doch nicht zu erklären. Nie langweile ich mich, sagen schlaue Menschen, und mein Tag könnte 95 Stunden haben, sagen sie auch. Ja bin ich denn blöd. Vermutlich nur faul. Und das wird jetzt aber anders. Ich werde ab gleich meine Freizeit gestalten. Ich springe in ein Wohnmobil, was gerade führerlos an meiner Wohnung vorbeiirrt. Fahre damit ans Meer. Meer fand ich schon immer blöd, weil platt. Sitze zusammengekrümmt in einer beigen Wohnmobilsitzgruppe und sehe das Meer an. Einem Partner würde ich jetzt sagen: Siehst du das Meer. Und er würde antworten: Denkst du, ich bin blöd oder blind, und im Handumdrehen wären wir in eine saftige Schlägerei verwickelt. Die würde uns einige Zeit beschäftigen. So schlage ich mich nur kurz selber und fahre wieder weg. Zurück gehe ich spazieren. Das ist die Lieblingsbeschäftigung von Paaren. Latsche um den Block, durch Haufen, an Autos vorbei und gucke mir Häuser an. Einem Partner könnte ich jetzt sagen: Siehst du die Häuser – und er würde antworten: Denkst du ... Na und so weiter. Danach mache ich einen Hauch Sport, was bei Paaren auch sehr beliebt ist. Liegestütze und solche albernen Sachen. Da könnte ich, hätte ich, mit einem Partner reden: Mann, eyh, ist schon wieder ein Stütz mehr. Und er dann: Ja.
Das wär gut. Jetzt sind zwei Stunden rum, ich kann zu Bett. Ich habe meine Freizeit gestaltet und erkannt, ob gestaltet oder nicht, es ist nur ein großes Lauern, auf einen Partner, der mein Leben teilt. Also, es halbiert, damit es schneller rumgeht.

16.24 Uhr.
Ich

War ich hier nicht schon, auf diesem Platz, inmitten der Hochhäuser. Ich hocke mich auf den Rand des Sandkastens, wo irgendwas war, vorhin, vor ein paar Jahren, im Traum, sehe durch einen Spalt zwischen den Häusern auf die Straße, es ist grau und schwer zu sagen, wie spät, aber das ist auch unwichtig. Vielleicht bleibt die Sonne immer weg, genauso wie mein Verstand, wie der Vorhang vor meinem Verstand, mein Leben, für immer verloren. Und das, was jetzt ist bis zu einem gnädigen Ende. Ich denke »gnädiges Ende«, das ist ein Zeichen dafür, daß ich wirklich fertig bin. Meine Füße tun weh, mein Gesicht fühlt sich verschmiert an, und wie sich meine Achseln anfühlen, darüber möchte ich nicht reden. Der ganze Körper von kristallisiertem Schweiß bedeckt, sitze ich auf einem Sandkasten und frage mich, wie es weitergehen soll. Vielleicht hört ja alles wieder auf, genauso plötzlich, wie es begann, werden die Augen normal, ich sehe nur noch eine Stadt mit zu vielen Menschen und gehe nach Hause, schlafe mich aus, und nach einigen Tagen ist die Sache vergessen, wie man eine Grippe vergißt, sich nicht mehr an den jämmerlichen Zustand von Fieber erinnern kann. Aber was, wenn es nicht aufhört. Die Dame ohne Gedächtnis, ohne Unterleib sowieso, keine Wohnung, keine Freunde, keinen Job, und eine Macke. Klingt nach Anstalt, klingt gar nicht gut. Und ich sehe auf die Straße. Auf dem Gehweg läuft ein Mann vorüber. Der Mann. Aus dem Zoo, er sieht sich um, geht langsam, als suche er etwas. Was soll ich machen. Hinrennen, fragen, suchst du mich. Und so mache ich nichts. Stehe da, mit einem Herzen, das verrückt spielt, und sehe zu, wie er verschwindet, zwischen anderen Menschen.

16.29 Uhr.

(Ricarda, 45. Hausfrau ohne besondere Eigenschaften. Hat früher mal gelesen, heute nicht mehr. Heute nur noch ohne Eigenschaften)

Lange her, gleich nach der Schule, dachte Ricarda, das Leben sei egal, noch genug Zeit, um richtig anzufangen. Hatte etwas gelernt, in einem Lager, Metallteile ordnen, ausliefern und so weiter, roch nach Schmieröl, egal. Gehofft, daß etwas käme, wenn sie da stand, morgens um sieben, müde, im Lager, das Leben vor sich wie etwas, das niemand anfassen möchte, daß doch etwas käme, sie da rausholen würde. Stand morgens frierend in diesem Lager, roch Öl, sah durch blinde Scheiben und dachte, daß doch irgendwo etwas Großartiges sein müßte, für sie. Dann kam Harry. Es war Liebe. Oder nur etwas. Neues.
 Und bald war das Leben anders. Besser, weil sie nicht mehr ins Lager gehen mußte, wegen des Kindes, und sie zogen zusammen, in die Wohnung, in der sie jetzt auch noch wohnen, in einem Hochhaus. Nichts Großes. Manchmal

stand Ricarda vor dem Portal eines teuren Hotels und wartete, daß ein Geruch rauskäme, nach Parfüm und feinem Polster. Nie würde sie in so einem Hotel wohnen. Das Hotel, mit Buchsbäumen in Kübeln und Teppichen drinnen, mit einem Portier, das war für Ricarda das Bild für ein Leben, das sie nie haben würde. Und dann ging sie nach Hause. Machte die Wohnung sauber und fing an zu trinken, nachdem Harry zur Arbeit war. Trank, aber merkte immer noch zuviel. Saß an ihrem Tisch, Kirschholz, saß da, der Fernseher lief, stumm, die Wohnung, in einem Regal ein Teller aus Griechenland und der Schlüssel in der Tür. Harry von der Schicht zurück mit einem Pärchen. Eine Blondine mit einem Tigerrock und ein bärtiger Mann. Sitzen am Couchtisch und trinken Wodka, rote Köpfe, dumme Reden, dumme Wörter, aber Ricarda merkt es nicht. Wußte vielleicht mal bessere Worte, als sie jung war, gelesen hatte und von ihrem Leben träumte. Die Blondine auf einmal nackig, der Bärtige mit offener Hose, fangen an zu bumsen. Und Harry faßt die Blondine an. Ricarda daneben und glotzt. Dann ist sie dabei, und wie vier sehr fette Robben paaren sie sich ohne Zärtlichkeit, mit viel Spucke, die schlecht riecht, und Schwänzen, die nicht gut riechen und besoffen. Rülpsen. Bumsen. Dann mit Sperma am Bein runter geht Ricarda ins Bad, steht am Waschbecken, sieht ihr Gesicht, das niemandem gehören will, und Tränen da runter, schmieren unbeholfen aufgetragene Schminke ab, schwarze Bäche, weil klar ist, daß nie mehr etwas Großes kommen wird.

16.32 Uhr.

(Thomas, 23. Arbeitslos. Hobby: Musik hören. Onaniert zu Airbrush-Bildern, wo langhaarige Wikinger und Frauen mit Metallrüstungen drauf sind)

Thomas sieht aus dem Fenster, ein Hof, sieht immer noch so aus, wie ein Architekt ihn mal entworfen hat, daß er sauber aussähe, auf dem Papier. Mit Kugelbäumen und Figuretten, die rumlaufen. Da unten läuft keiner. Thomas sieht raus, grau und wird nicht hell heute. Vielleicht nie mehr. Gut. Kein Widerspruch zu innen, wo etwas ist, das jede Bewegung spürt und vor ihr über ihren Sinn nachdenkt, keinen sieht. Thomas setzt sich auf sein Bett, sieht die Wand und hätte so gerne ein großes Gefühl, aber die sind alle im Urlaub, die Scheißgefühle. Musik hören bringt es nicht zur Ruhe, weder Rammstein hören, noch Marylin Manson hören, weder Videos sehen, den letzten Lynch sehen, oder zum hundertsten Male Halloween sehen. Ist alles nichts mehr. Ist eine Musik, die ihn nichts angeht, vielleicht nur noch mehr den Wunsch nach einem Gefühl macht, sind einfach gottverdammte Filme, mit Kameras, Scheißschauspielern. Draußen rumlaufen ist Scheiße, die Menschen, stumpf, und sonst gibt es nichts zu tun. Seine Bekannten sehen, bringt nichts, rumhängen, Bier trinken, sich anöden, verstärkt die Langeweile, macht klar, daß Thomas scheißeinsam ist. Eine Freundin hat er nicht im Moment. Ist aber schlau genug zu wissen, daß es das auch nicht bringt. Ein paar Mal aufgeregtes Ficken, dann wieder Langeweile. Alles, was Thomas einfällt, bringt nichts. Er geht in die Küche, um irgendwas zu essen, da ist dann der Mund in Bewegung, der Magen hat was zu tun, und die Leere ist für ein paar Minuten weg. Im Wohnzimmer ficken seine Eltern. Thomas holt sich ein Bier, schaut kurz durch die offene Tür, und dann wird ihm übel, er geht in sein Zimmer zurück. Eine Zeitlang hatte er geglaubt, im Feiern läge die Wahrheit. Die ganzen Wochenenden durchfeiern, tanzen, alle Leute lieben. Das hat er ein paar Jahre gemacht. War auch O.K. für die Zeit, ist aber jetzt nur noch langweilig. Zu genau weiß Thomas, was nach dem Feiern kommt. Was soll es noch sein, mit dem Leben, irgendwohin fahren, sich dort genauso fühlen wie hier? Ist es nicht. Karriere machen, Kohle scheffeln, viel zu durchsichtig, daß da die Langeweile schnell wieder zuschlägt. Ein Scheiß. Thomas sitzt auf seinem Bett, sieht die alten Poster an der Wand an. Flyer, DJs, ein altes Bild von Ministry, Type-O-Negative. Das war eine Zeit, damals, daß

er dachte, sein Leben würde so werden, sich so anfühlen, wie das, was Musik bei ihm auslöste. Ein Dreck. Musik löst nichts mehr aus, und das Gefühl, was er damals beim Musikhören hatte, konnte er nie herstellen. Immer mal kurz, beim Snowboardfahren, bei Partys, beim Ficken, aber inzwischen war das alles nichts mehr. Und Thomas wurde echt übel, bei dem Gedanken, daß das von nun an so weitergehen sollte. Ich bräuchte irgendwas, für das ich brenne, denkt sich Thomas, liegt auf dem Bett und spielt brennende Gedanken durch. Irgendwelche Scheißwale retten, in Afrika Brunnen bauen, Kinder kriegen, ein eigenes Plattenlabel haben. Alle diese Bilder bleiben leer. Thomas trinkt Bier, dreht sich einen Joint, wenn schon dumpf, dann richtig. Und dann hat er eine Idee. Er zieht sich an, geht runter, über den Hof in einen Kiosk. Findet da ein Heft, das er suchte. Ein Heft mit kranken Menschen drin, nimmt es mit nach Hause, und die Bilder in dem Heft sind gut. Männer mit Gewichten an den Klöten, Männer gefesselt, mit geweitetem Anus, ein Pfropf drin, alles erbärmlich, so abstoßend, daß da vielleicht ein Gefühl dabei rauskommt. Eine Frau sucht einen Lecksklaven, den sie quälen und demütigen kann. Quälen klingt gut. Klingt nach einem Scheißgefühl, das hat Thomas noch nicht probiert. Er ruft die Frau direkt an.

16.54 Uhr.

(Brigg, 24. Studentin. Keine finanziellen Sorgen, da Eltern vorhanden. Hobby: schöne Kleider, einkaufen, ausgehen, Party. Onaniert, wenn auch gelangweilt)

Der Junge vor dem Spion sieht O.K. aus. Nicht wie ein Wahnsinniger. Ob er eine extra lange Zunge hat. Geringelt, im Mund verstaut? Tür auf. Brigg reicht ihm die Hand, er nimmt sie, lasch. Ob Besitzerinnen von Lecksklaven Hände geben. Eher Stiefel, denkt sich Brigg und geht vor dem Jungen her, in ihr Wohnzimmer. Beide stehen im Wohnraum. Vor der Ikea-Couch Bröllund, vor dem Tisch Smekkila. Die Rolladen runter, Kerzen, wegen der gespenstischen Atmosphäre, stehen und Briggs Hände feucht. »Zieh dich aus«, sagt sie, mit einer dünnen Stimme, einer dummen Mädchenstimme, sagt es nur, weil sie morgen was erzählen will, weil eine Frau von heute keine Tabus kennt und Männer benutzt. Hört es hinter sich rascheln, dann räuspern, Brigg dreht sich herum. Der Junge steht nackt da, sein Schwanz hängt so rum, und Brigg flieht das traurige Bild, geht ins Nebenzimmer, atmet tief durch, verdammt, sie hätte sich ein Buch zur Sklavenabrichtung holen sollen. Sie probt kurz einen dämonischen Blick im Spiegel, hält ihn, geht zurück, der Junge nackt auf der Couch: »Steh auf, leck was«, befiehlt sie, die Stimme noch dünner. Der Junge fragt: »Was denn?« »Äh, fang mal mit meinen Stiefeln an«, befiehlt Brigg. Der Junge geht in die Knie, die knacken laut in der Ruhe und leckt an Briggs Doc Martens. Brigg könnte sich gerade auflösen vor Peinlichkeit. Sie will doch so gerne, über Grenzen, fliegen, und das hier ist nur ein Junge mit Pickeln auf dem Rücken, der an ihren Stiefeln leckt, und das Schmatzen ist zu laut, und vielleicht muß ich über die peinlichste Peinlichkeit gehen, denkt sich Brigg und kündigt an: »Ich werde jetzt hierher kacken, und du machst das dann weg.« »Echt«, fragt der Junge, und »Schnauze«, sagt Brigg. Sie hockt sich also auf ihren Parkettboden und drückt. Es geht nicht, es geht sehr schwer, unter den Augen eines fremden Jungen eine Wurst zu machen. Brigg bekommt einen ganz roten Kopf und das einzige, was aus ihr kommt, ist ein Furz, der sich löst. »Es geht nicht«, fragt der Junge. »Nein«, sagt Brigg, »es geht nicht, ich kann es nicht. Ich kann nicht.« Der Junge steht auf, sein Schwanz ist winzig. Er steht neben Brigg, die hockt und weint. Der Junge sagt: »Ich geh dann mal.« Und Brigg weint noch, nachdem seine Schritte nicht mehr hörbar sind, und weint, weil, wenn noch nicht einmal Schweinereien ein Gefühl machen, was bitte dann?

11. GgdW

Seit gestern bin ich nicht mehr allein. Auf meinem Beistelltisch, in einem Glas schwimmt ein kleiner Fisch, ein Fischlein sozusagen, schwimmt hin und her und gehört jetzt mir. Nicht mehr allein und ein

Fischlein ist das Beste, was ich jemals besaß. Warum, erklär ich jetzt nicht weiter. Das kann sich doch jeder denken. Mann, denkt doch endlich mal selber, echt. Könnt ihr nicht, wollt ihr nicht. Denken ist nicht. Woher auch. In den Schulen bekommt man ja nur Mist gelernt. Grammatik und Orthographie, die wackligen Geländer, an denen sich Erbärmlinge hangeln, mit Angst, zwischen ausgeflippten Buchstaben zu ersaufen. Superwichtig auch das Periodensystem der Elemente, Methan, Äthan, Propan, Butan … Habe ich schon oft gebraucht, im Leben: Ein Killer kommt, will mir die Rübe wegblasen, wenn ich ihm nicht das fünfte Element sage, ich sag Pentan, er sagt: Well, und geht. Ich kann auch noch das Lied: Pioniere voran, laßt uns vorwärtsgehn, Pioniere voran, laßt die Fahnen wehn. Ich laß gleich mal eine Fahne wehen, aber richtig. Warum hat uns keiner beigebracht, was wirklich zählt. Zum Beispiel, daß man die meiste Zeit seines Lebens altert, viel länger alt ist als jung, Jahrzehnte riechend mit Falten und Runzeln verbringt und an nahezu körperfremden Orten Tränensäcke entstehen, deren Wasservorrat eine Steppenfamilie tränken könnte. Und warum lernt man nichts über das Sterben. Muß nicht Aufsätze schreiben: Wie ich mir meine schönste Beerdigung vorstelle? Nix davon lernt man. Mit den wirklich wichtigen Dingen wird man allein gelassen –. Allein. Allein mit seiner Sehnsucht. Seheheensucht. Ja, Fischlein, du verstehst mich. Alles dreht sich um Sehnsucht, alles tun wir dagegen, nichts hilft und keiner hat uns beigebracht, wie man diesem Nagen ein Ende setzt. Diesem Gefühl, das brennt, im Leib, den Atem stockt, den Herz auch, von dem viele denken, man bekäme es mit Liebe weg. Geht kurz weg, mit Liebe, satte Ladungen Hormone draufgeklatscht, weg isses. Bis die Liebe wieder ein Mensch und wieder Zeit wird, da wir uns nach einem Fische sehnen. Uns sehnen. Manch einer hat die Idee, die Sehnsucht, gierte nach Erfolg. Aber alle Erfolgreichen haben mich gelehrt, daß Erfolg kein Gefühl macht, demzufolge auch keines beseitigt. Sehnsucht, läßt den Menschen wälzen, nicht schlafen, auf regennassen Straßen läuft der Sehnsüchtige im Kleppermantel, mit Gasmaske und geht zu einer Fetischparty. Seid drum freundlich zu Menschen mit Gasmasken, redet mit ihnen, streichelt ihnen den Schlauchrüssel, es sind nur arme Idioten mit unstillbarem Verlangen nach nichts. Oder vielleicht nach einer Heimat? Heimat ist aber nicht mehr als eine alte Dorfschule und eine Straße mit befreundeten Bäumen. Macht keine Sehnsucht weg, keinen Schmerz, da sei Beton drauf. Der Serienmörder versucht seine Sehnsucht mit der Tötung von Menschen zu stillen. Stillt nur nichts, irrt rum, der Mörder, immer hungrig und wenn ihr einen trefft, seid nett zu ihm, ist nur einer, der sein Glück sucht. Will wohl die Sehnsucht Glück? Das wäre fies, denn Glück ist ein leeres Wort, ein Wort wie Spannkraft, beschreibt einen absurden Zustand, und will die Sehnsucht diesen Quatsch, so will sie etwas, das es nicht gibt, und klar, daß man sich in diesem Fall bis zu seinem Ende damit herumschlägt. Sehhhensucht. So viele Lieder, so viele Stunden, das Gesicht an die Fensterscheibe gepreßt, Regen von draußen, Tränen an dir, laufen herunter, nagender Schmerz. Mutter. Ist tot. Die Raben äsen, greifst du mit den Händen deinen Bauch, bereit, ihn zu weiden, die Tindersticks singen, du nicht mehr, schaust in den Himmel, wärst da gerne, nur damit dieses Gefühl wegginge, das immer mehr will und du nicht weißt, was. So weh tut, weht tuht, wehhhe ... Stop – ruft es. Mein Fischlein fährt aus dem Glas, es hat einen Heiligenschein um und schwebt im Raum. »Hör jetzt mal auf so rumzujaulen. Seit gestern lebe ich bei dir in diesem verschissenen Glas, seit gestern muß ich mir deine widerlichen Tränensäcke ansehen, dein Gejammere hören. Es ist keine Kunst, Fragen zu stellen, wir wollen Antworten hören. Jammerer sind wie Hasser, unnütz. Du möchtest wissen, was Sehnsucht will? Wohlan«, sagt der kleine Fisch und verschwindet, ich reibe mir die Tränensäcke, fließt Sehnsucht raus (endlich wissen wir, was sich in diesen Teigtaschen befindet), schau in meinem Raum umher, schaue, ob ich spönne. In dem Goldfischglas treibt mein kleines Fischlein. Der einzige Freund, der mir geblieben war, mit seinem Bäuchlein kielobers. Tot wie ein Fisch. Ein kleines Transparent entfaltet. DAS WILL SEHNSUCHT, DU ARSCH.

16.57 Uhr.

Ich

Der Tag lehrt mich, im Gehen, Hocken und bald auch noch im Handstand zu lesen. Die Geschichten gehen mir aus, sind nur noch ein paar und dann alle. Ich gehe über den Hof wieder auf die Straße, auf der soviel Verkehr ist, daß es scheint, als führen Züge dort durch, mit unendlich vielen Waggons. Das mag ich so an der Stadt. Du stehst auf, morgens, warst allein im Traum, es war still, im Traum, habe noch nie gehört, daß eines von der A9 träumte oder von einem Düsenjägerturnier, und stehst auf, in aller Leise, gehst hinaus, und der Lärm haut dir in die Schnauze, Autos, Bauarbeiten, Flugzeuge, alle am Laufen, alle im Einsatz.

Bauarbeiter machen speziell gerne morgens um 8 Krach, wie auch Müllmänner, später sind sie ruhig, machen nur morgens Lärm, aus Wut gegen alle Schweine, die noch schlafen dürfen. Auf der anderen Straßenseite ist ein Geschäft, das Fernseher verkauft. In verschiedenen Größen läuft eine Talk-Show, in der Paare darüber streiten, daß sie sich zu Hause immer über die Fernsehprogramme streiten. Der Ton wird nach außen übertragen, und ich hocke vor dem Schaufenster und gucke wie eine Besemmelte diesen Mist. Nach einigen Sekunden verschieben sich die Figuren auf dem Bildschirm, und ich fange an, ihre Gedanken zu sehen, eine Frau hat Krebs und so weiter, und ich drehe den Kopf weg. Ich bin langsam wirklich fertig. Mein Kopf brennt, innen drin hämmert es, und ich kauere mich an die Wand. Wie funktioniert das eigentlich, denke ich, mit dem Sehen. Es ist, als wenn ich durch die Menschen steige, durch sie, in sie, aus ihren Augen schaue, mit ihren Gedanken denke. Und dann versuche ich mir zu erklären, wie das geht, und krieg grad noch mehr Kopfschmerzen. Es ist, wie sich zu überlegen, ob man in Worten, Bildern oder Gefühlen denkt. Kann man direkt aufgeben, was rauskommt, ist klar. Für große Ideen ist der Kopf des Menschen nicht gemacht. Und dann sehe ich ihn. Er steht auf der anderen Straßenseite, zwischen uns gut frequentierte 20 Meter. Er steht da, sieht mich an, wie wenn man Geister schaut, und lächelt nicht, verschwindet hinter einem Laster, und noch ein Laster und ich gehe über die Straße, renne, weiche Wahnsinnigen aus, und als ich auf der anderen Seite ankomme. Ist er weg.

17.25 Uhr.

(Jeff, 30. Beruf: unerheblich. Onaniert kaum, wegen Depressionen, weiß aber nicht, wie das heißt, was ihn traurig macht)

Jeff läßt sich wieder auf sein Bett fallen, in die nasse Wäsche fallen. Heute ist es besonders schlimm und schon das Sitzen hatte ihn schwindlig gemacht, hatte ihm Übelkeit gemacht, die Wäsche war feucht, durchgeschwitzt und neben dem Bett steht ein Eimer, in den er sich erbricht, in den er seinen Durchfall läßt. Im Zimmer stinkt es, doch Jeff kann heute nicht zum Fenster, es zu öffnen, es ist kalt, und Jeff friert, so sehr, unter der feuchten Wäsche, unter der feuchten Decke, darüber hat er seine Jeans gelegt, seine T-Shirts und seine Jacke, mehr hat er nicht, wärmt nicht. Seine Gedanken sind noch klar, aber was nützt das. Krank, in einem Land, in dem ihn niemand versteht, niemand mag, und zu Hause weit. Und schwitzen und frieren in Abwechslung, kommt es ihm vor wie Stunden, und er ahnt, daß er nicht gesund werden wird, ohne einen Arzt, daß er sterben wird, ohne einen Arzt, weit weg von zu Hause in einem Land, gehaßt und verscharrt, in der Erde mit Würmern, die kommen, ganz allein und frieren … Nicht unter freiem Himmel, und seine Seele wird gefangen sein. Jeff bekommt eine große Angst, und eine Einsamkeit. Er weint, und wieder ist ihm übel, er bricht rote Flüssigkeit in den Eimer, spritzt ihm ins Gesicht, die Mischung und sinkt zurück, zu schwach, die Hand zu heben. Und irgendwann liegt er nur noch, von allem entleert und wartet. Nur einmal noch geht er auf den Eimer, um Blut zu lassen, stößt den Eimer dabei um, schleppt sich zurück ins Bett, geht nicht mehr. Jeff liegt auf seinem Bett, dem feuchten Bett und denkt an zu Hause, an Menschen, die lachen, an einen Himmel ohne Ende, an Sonne. Und er sieht ein kleines Stück grauen Himmels, es ist das Letzte, was er sieht, ein beschissenes kleines Stück Himmel. Die Nachbarin schließt seine Tür, nicht ohne vorher noch einmal auf den Boden gespuckt zu haben.

17.36 Uhr.

(Helga, 86. Rentnerin. Mit ungestillten Sehnsüchten. Wonach nur?)

Die Augen so trübe, ein Schleim darüber, der sich nicht wegwischen läßt. Helga wacht jeden Morgen um vier auf. Sie geht um zwölf zu Bett und wacht um vier auf. Kann dann nicht mehr schlafen und warum aufstehen, weiß sie gleich gar nicht. Sie wäscht sich, zieht sich an und setzt sich in einen Sessel, in ihre Küche. Wartet, daß ihre Zeit abläuft. Sie lebt für die Nahrung, die eine Pflegerin ihr bringt, darüber kann sie sich nach Bedarf erregen. Sie lebt für nichts sonst mehr, sitzt nur die Zeit ab. Gelesen hat

Helga nie. Das war für Intellektuelle. War sie nie. Einen Fernseher hatte sie nie. War zu teuer. Helga erinnert sich nicht mehr recht an ihr Leben. Es ist schnell vorbeigegangen. Bis vor einem Jahr, da fing es an, gar nicht mehr vorbeizugehen, als hätte der Tag dreihundert Jahre. Helga freut sich um jede Sekunde weniger, die Uhr sagt ihr das, und sie zählt mit. Wieder dreißig Sekunden weniger, ein paar Jahre weniger. Keines ihrer drei Kinder besucht sie, ruft sie an, was auch nicht geht, weil Helga kein Telephon besitzt, kein Geld für ein Telephon, sitzt einsam und wartet auf ihr Ende, daß sie wer heimholen möge, daß wer ihr Trost geben möge. Und so lang der Tag, für eines, das um vier aufwacht, die Handgelenke dünn wie Stöckchen, und zittert, hat Angst, vor dem Tag und vor dem Tod. Wird er wehtun, wird sie bleiben wollen, nicht können, was fühlt eines, wenn es in den Brennofen kommt. Keines der Kinder kommt, der Mann schon lange weg, weiß, wie es im Brennofen ist, auf dem Fensterbrett seine Asche, und manchmal redet Helga mit der. Nicht mehr, als sie früher geredet hat, als die Asche noch ihr Mann war. Gehts gut. Hast du gut geschlafen, jetzt wollen wir mal essen, gute Nacht. Das Denken Helgas ist nicht sekundenfüllend. Es reicht nicht, dreht sich noch nicht mal im Kreis. Geht von einer Gehirnwand zur anderen, und da ist wenig Spiel. Es riecht schlecht bei Helga, denn oft läßt sie neben sich, kann den Stuhl nicht halten, gleitet aus, läßt Stuhl, fällt da rein, wischt nur dürftig den Stuhl mit dem Schuh breit, die Augen trübe. Keiner da. Ein Leben geschuftet, die Kinder großgezogen, immer kein Geld, immer geputzt für Fremde, Scheißleben, und jetzt auf dem Müllplatz. Heute werde ich rausgehen, denkt sich Helga, heute werde ich etwas erleben. Helga ist erregt, wegen des Erlebnisses, das bevorsteht. Die alte Frau erhebt sich zitternd, dennoch erfreut, wegen des Kaffees, der Torte, die sie einzunehmen gedenkt, geht zum Schrank, holt ihre alte Uniform hervor, nur noch für gute Tage, geht raus, um sich die Schweine anzusehen, die Scheißschweine, Vergasschweine, läuft die Treppen hinunter, vielleicht ein Neger irgendwo, wie der nebenan, das Stinkeschwein, in seinem Bett liegt er rum, schwitzt es schwarz, zum Drauffaulen, läuft über die Straße, huch, ein Auto, ein Auto, rast näher mit zu schneller Geschwindigkeit, und Helga sieht das Auto.

17.37 Uhr.

(Norbert, 39. Ingenieur. Hobby: Bodybuilding. Onaniert mit rechts, weil er da die Muskeln so schön gucken kann)

Das einzige, das Norbert wirklich interessiert, ist sein Auto. Vielleicht noch Waffen, Kampfflugzeuge sind schwer erhältlich, Autos gut. Mit Autos geht es gut. Sonst nicht. Allen die Birnen wegschießen, sehen, wie sie platzen, die Schädeldecken weg, gibt keine Waffen, nur den Haß. Norbert hat sein Bestes getan, immer. Er hat nie anderes gewollt, als in Ruhe zu leben, die Mistviecher, die ihn daran hindern, sein Chef, das Schwein, sein Nachbar, das Schwein, sein Freund – mit seiner Frau im Bett beim Fikken, das Schwein. Schweine, Schweine und was noch zählt, ist sein Auto. Legitime Mordwaffen, erfunden, um die Bevölkerungszahlen in Schach zu halten. Sein neues Auto ist eine Corvette. Riesengroß, zwei Auspüffe, Auspüffer, 210 Spitze, ein Röhren, der Waffe. Stark, und Norbert startet, die Augen eng, gerne wen umfahren, alle breien, alles Schweine, die sein Geld wollen, ihn bescheißen wollen. Norbert traut keinem. Lebt alleine, traut keinem. Frauen sind gestorben für ihn, und wenn er ficken will, kauft er sich eine, einen Unterschied macht es nicht. Läßt nie eine an seinen Schwanz, was die Luder damit machen könnten. Startet die Corvette durch und fühlt zum ersten Mal am Tag etwas anderes. Ich fick euch alle und Gas. Fährt los, die Kiefer mahlen inzwischen, der Kopf ist rot, die Hände halten das Lenkrad, als wäre es ein Baum, der zu kippen droht, fährt los, das Gaspedal runter, schade, daß es sowenig Kraft bedarf, das Gaspedal zu drücken, das
125 Lenkrad zu halten. Würde er gerne mehr Kraft aufwenden, die Muskeln dabei beobachten, der Unterkiefer schiebt sich nach vorne, Speichel tropft auf sein Hemd. Ich will alle weghaben, alle die Schweine, die mir die Miete erhöhen,

die mich nicht bedienen, im Restaurant, die in den Wänden Löcher bohren, morgens um sechs, die mich an der Kasse anschnauzen, die mich nicht höflich behandeln, die durch mich durchsehen, die meine Fahrkarte sehen wollen, die Weiber, die mein Geld wollen, der Chef, der durch mich guckt, wenn er mit mir redet, in kurzen Sätzen, wie zu einem ungezogenen Kind. Schweine. Schweine. Brüllt der Norbert und spuckt dabei, Schläfenadern pulsieren, hat nichts mehr Raum in seinem Leib, in seinem Hirn als Haß auf die Welt, die allen ein schönes Leben schenkt, Geld schenkt, eine Frau schenkt und ihm alles nimmt, das Leben, die Sau. Rast los. Ein Schatten auf der Straße. Altes Weib, weg, Sau. Schlampe, drückt er das Gaspedal noch weiter nach unten, will die alte Sau fallen sehen, betteln sehen, bluten sehen, drückt drauf und los, die Alte springt nicht und der Moment, wo ihr Kopf platzt, wo er das Platzen unter dem Pedal fühlen kann, in seinem Fuß fühlen kann, das Bein hoch zum Herz, ist das Geilste, was ihm heute passiert ist.

17.39 Uhr.

(Paulchen, 40. Die Welt besteht aus bösen Menschen, guten Menschen, aus Sonnenschein, der ist gut, und Gewitter, ist sehr schlecht. Die Welt besteht aus Essen finden, gut, die Welt ist gut. Die Welt besteht aus der Ziege)

Eine Frau wird überfahren. Ihr Kopf platzt, und Paulchen hält seiner Ziege die Augen zu. Dann wird das aufgeräumt, und Paulchen hat den Vorfall schon wieder vergessen. Glückliches Paulchen. Wie Paulchen an die Ziege kam, ist unklar. Warum er überhaupt noch lebt, auch. Paulchen läuft mit seiner Ziege, wahrscheinlich ist es die winzigste Ziege der Welt, durch die Stadt. Er sucht in Mülltonnen nach Nahrung. Zuerst für seine Ziege, dann für sich. Aus Paulchens Mund läuft immer Speichel, weil der Mund sich nicht schließen läßt, weil er so schief ist, eine Hasenscharte aufweist, das ganze Gesicht schief, ein Auge gibt es nicht, und das andere schaut blöd. Paulchen ist eine Mißgeburt, eine Mischung aus Down-Syndrom und Zangengeburt, oder was auch immer es ist, es sieht nicht gut aus. Hat aber seinem Verstand gutgetan. Paulchen fragt sich nichts, Paulchen lächelt. Nichts bös in ihm, keine Abgründe, nur Freude. An allem. Er liebt Menschen, liebt die Straßen, und am meisten liebt er seine kleine Ziege. Warum Paulchen alleine lebt, nur mit seiner Ziege lebt, weiß niemand, ob er eine Mutter hat und wenn ja, warum. Paulchen sitzt an der Straßenecke. Der Tag ist nicht so gut, ist, daß ihm ängstlich wird, ist etwas in der Luft. Paulchen drückt sich an seine Ziege und beginnt mit ihr zu reden, in einer Sprache, die nur die Ziege versteht, der Speichel von Paulchen netzt den Hals des Tieres, und das Tier, es hat auch Angst, drängt sich an Paulchen, sucht mit seiner Tatze Halt. Ich weiß nicht, was los ist, sagt Paulchen in seiner Sprache. Es ist so dunkel, es ist kalt heute und die Menschen haben alle Angst, sie sind so schnell heute, und keiner sieht etwas, sehen alle zu Boden, damit sie nicht sehen müssen. Ich wollte, einer würde mir sagen, was los ist. Ob die Menschen krank sind, das sollte mir jemand sagen, dann würde ich dich weit wegbringen, damit du dich nicht ansteckst, krank wirst. Hör, du darfst mich nie alleine lassen, versprichst du mir das. Nie, nie mich alleine lassen. Ich weiß nicht, was tun ohne dich. Wo sind die Mädchen, die sonst immer auf der Straße laufen, mit Röcken und lustigen Beinen und mit schönen Gesichtern. Nicht wie mein Gesicht, vielleicht so schön, wie dein Gesicht. Sagt Paulchen in der Sprache, die keiner versteht, außer seiner kleinen Ziege, und die preßt sich an ihn, schaut ihn an, und beginnt sein Gesicht zu lecken, ganz sanft. So sanft das einer Ziege möglich ist. Paulchen weint ein wenig. Er weint gerne. Wenn er glücklich ist, wenn er traurig ist, weint er, und alles wird ausgeschwemmt. Heute ist er traurig, er merkt, daß etwas gar nicht in Ordnung ist, daß die Menschen leiden, weiß, daß er nichts daran ändern kann. Gräbt seinen Kopf in das Fell der kleinen Ziege und weint, hält sich an ihr fest in einer Welt ohne etwas zum Festhalten und schläft ein. Als Paulchen die Augen wieder aufmacht, als er sich aufrichtet, ist es noch ein bißchen dunkler geworden. Seine winzige kleine Ziege ist nicht mehr da.

18.11 Uhr.

(Die kleine Ziege, 4. Spielt gut Schach, ißt gerne Kalbsleber, mag Filme mit Rutger Hauer)

Ach, ich lauf doch mal auf die Straße …

12. GgdW

Zwei Herren sitzen in umwölkter Gegend beieinander. »Puh, ist das fad«, sagt der eine, er ist dick, trägt weiße Klamotten und hat eine Art Leuchtstoffrondell auf dem Kopf, zum anderen. Der guckt finster, müffelt und hat eine Verkrüppelung im unteren Beinsegment. »Wir könnten einen Krieg machen, oder eine drollige Seuche ausbaldowern«, schlägt er matt vor. Schnarch, schnarch, macht der Dicke. »Vielleicht mal wieder eine Wette«, versucht es der Finstere weiter. Da horcht der Dicke aber auf, denn Wetten mag er gerne. »O.K.«, sagt er, »ich wette, es kommt nicht dahinter.« »Well«, sagt der Finstere gewandt, »ich halt dagegen.« Beide schauen konzentriert in Richtung Biskaya (keine Ahnung warum Biskaya, klingt aber gut), um einen Kandidaten auszuwählen. Und da kommen auch grad welche. In jeder Minute eine Million. Werden auf die Welt gedrückt, ohne darum gebeten zu haben, ins Licht, in Neonlicht, in weiße Laken, goldene Laken, in den Schlamm, in den Straßengraben. Organe, Fleisch, Gelenke, Knorpel. Millionen in der Minute und keines weiß, warum und ob es eines herausfindet, darum wetten die hämischen Herren. »Einer so gut wie der andere, nehmen wir den«, sagt der Finstere und zeigt auf einen kleinen Jungen, der gerade in die Schleimabspülanlage eines Krankenhauses flutscht. Die beiden Herren schlagen sich ins Gesicht, um die Wette zu besiegeln. Danach schlafen sie ein bißchen, denn erfahrungsgemäß sind die ersten Jahre eines Menschen uninteressant, weil nur der Vergrößerung gewidmet. Unterdes wächst also der Junge, er heißt Brian, gedankenlos vor sich hin. Nichts anderes will er, als endlich groß werden, um es den Großen tüchtig heimzuzahlen. Die ihn zwingen, ins Bett zu gehen, ohne sich vorher mit Bier die rechte Müdigkeit angetrunken zu haben, ihn nötigen, zermatschten Zwieback aufzuessen und statt des Gesamtwerkes von Philippe Djian mit Büchern über debile Hasen nerven.

Die beiden Herren erwachen pünktlich zu Brians 15. Geburtstag. »Es geht los«, flüstert der Dicke erregt. Aus Brians Jugendzimmer »Löllo-

land« tönen schwere Seufzer. »Wozu, wozu«, seufzt es. Ein Geseufze ist das, alle Wetter.
Brian ist ein aknöser junger Mensch geworden, aufgeschossen von vielen Big Macs und bar jeder Idee, was er auf dieser verkackten Welt mit seinen langen Extremitäten anfangen soll. So werden wie seine Eltern? Brrrr. Wenn überhaupt irgendwie werden, dann wie die Musikanten, die auf den Postern in Brians Zimmer drauf sind. »Ach, gäbs die Musik nicht«, stöhnt der junge Junge, »tät ich doch direkt aus dem Fenster hüpfen.« (Das würde dem Leser wertvolle Zeit schenken, aber wer verschenkt schon gerne was.) Brian hüpft also nicht, sondern hört lieber was Musik. »Fuck, fuck, motherfuck«, singt es gerade, und des Englischen mächtig, fragt sich Brian: Holimoly, da sei mir die Biskaya drauf, sollte das der Sinn sein. Zwanghaft und fiebrig beginnt er zu onanieren. Das beschäftigt ihn ein Jahr lang. Immer neue Orte sucht er, immer neue Stellungen und irgendwann, sein Glied gleicht inzwischen einem schlechtabgenagten Hundeknochen, erkennt Brian, daß es nicht der Sinn des Lebens sein kann, sein Gemächt zu verformen und auf Schritt und Tritt Flüssigkeit abzusondern. In die wieder aufkommende Leere hinein entdeckt der Junge den Gemeinnütz. Hallo, ich bin der Gemeinnütz, sagt der und gemeinsam mit anderen jungen Leuten, denen auch nix Besseres einfällt, setzt sich Brian gegen das Robbenschlachten ein. Das geht eine Weile gut, und Brian fühlt sich so lange wichtig und retterisch, bis er zufällig mit einer Robbe unter vier Augen spricht. Die Robbe erzählt ihm, daß sie es eigentlich ganz O.K. fände, geschlachtet zu werden, weil sie dadurch wenigstens wüßte, wozu sie auf der Welt sei. Als Brian sich erschüttert abwendet, sagt die Robbe: Ätsch, tanzt ausgelassen und wird geschlachtet. Leer beginnt Brian sein BWL-Studium. Das ist doof und fad, aber Brian weiß, daß danach alles besser werden wird und der Sinn des Daseins in einem vernünftigen Beruf zu finden sei. In dieser langweiligen Phase spielen die beiden Herren eine Partie Strip-Poker nach der anderen. Fast hätten sie, halbnackig, den Eintritt des jungen Mannes in die Berufswelt verpaßt. Brian beginnt in einer Versicherungsgesellschaft zu arbeiten. Für ein paar Jahre geht es ihm nun wieder gut. Er arbeitet wie blöd, und in seiner Freizeit schreibt Brian an einem Buch, mit dem Titel: Ich versichere Ihnen. Seine Stunden sind ausgefüllt, Zeit zum

Zweifeln gibts da nicht. Das Glück wird für Brian so richtig fett, als er seiner großen Liebe begegnet. Britta ist 1.80, und Brian liebt und liebt, und bis zu den Herren hin tönt es, als er mit dem Zeh seiner Geliebten im Mund zu singen anhebt: Hus his her hinn hes hlebbbens. Fassen wir mal kurz zusammen: Brian hat ein erfülltes Berufsleben, von dem er annimmt, daß es wichtig sei. Er beendet sein Buch und weiß ganz genau, daß er durch dieses Werk bestimmt so berühmt wird wie Hillu Schröder, und er liebt. Das Leben des jungen Mannes ist randvoll mit Sinn, mit Hinn, sozusagen. Die Herren machen ein Nickerchen, denn sie wissen, daß die Zeit für sie arbeitet. Und richtig. Fünf Jahre später sieht schon wieder alles anders aus. Brians Buch dient zum Einschlagen von Fisch, immer drauf damit auf den Buttkopp, seine Karriere stagniert, und Britta ist einfach nur noch Britta. Keine Lichtgestalt mehr, sondern nur eine Frau mit Stuhlgang, die immer da ist. Zum zweiten Mal in seinem Leben erwägt Brian, aus dem Fenster zu springen. Doch gerade im rechten Moment reißen ihn Brittas Wörter: »Wir bekommen ein Kind oder etwas in der Art«, zurück. Hei, das gibt Sinn. Neun Monate und länger ist Brian überzeugt wie nie zuvor, zu wissen, warum er auf der Welt sei. Jedem erzählt er ungefragt, daß ihm durch das Kind alles klar geworden sei und daß sein Leben vorher ein Scheiß war. Das Kind wächst, und Brian und Britta haben viel darüber zu reden, wie es wächst. Brian macht noch mehr Karriere und baut ein fetziges Eigenheim. Eine glückliche Zeit. Aus der er erst 13 Jahre später erwacht. Seine Tochter ist heroinsüchtig und wirft ihm vor, daß nur ihr fetziges Elternhaus daran schuld sei. Noch mehr Karriere geht nicht, seine Frau ist eine blöde Plunze, und als seine Tochter in einen Kibbuz abreist, schließt sich Brian einer Polarexpedition an, um den Sinn in der Eroberung zu suchen. Nach einem halben Jahr kehrt er mit drei Zehen ab vom Polar zurück. Und dann sitzt er wieder zu Haus, im leeren Heim und erkennt, daß der Sinn nicht im Verlieren von Körperteilen liegt und überhaupt nirgends. Brian ist in der Midlife-Krise und hebt an, hektisch Dummheiten zu machen. Er beginnt eine sexuell orientierte Affäre mit einem jungen Mädchen, trennt sich von seiner Frau, trennt sich von dem jungen Mädchen, verkauft Hab und Gut und geht nach Afrika, um Kinder zu retten. Die Kinder reagieren wie einst die Robbe oder andersrum, und als Brian nach einigen Jahren nach Deutschland zurückkehrt, sieht es ganz schön schlecht aus. Er ist verarmt und verzweifelt und geht in ein Altersheim. Die letzten Jahre seines Lebens sind erfüllt von der Hoffnung, daß noch ein Wunder passieren möge. Daß ihm alles klar würde und ihm jemand erklärte, was das für ein Scheiß war, mit dem Leben. Macht natürlich keiner, und Brian stirbt gelangweilt, ohne eine Antwort erhalten zu haben. Fernab des Geschehens hüpft der dicke Herr herum. Gewonnen, gewonnen, plärrt er. Der Finstere schaut gelangweilt von der Lektüre des Playboys auf. Er kennt dieses Plärren. Immer dasselbe. Ach, hätte er nur mal gewonnen, hätte er dem armen Brian, der just in diesem Moment in ein weißes Bettlaken gehüllt vor der Tür steht, erklären dürfen, wozu das alles gut war, obgleich, wenn er gewonnen hätte, hätte es auch keine Erklärung gebraucht. Na, was ein komplizierter Mist.

P.S. Die Biskaya ist wohlauf

18.20 Uhr.

Ich

Seht ihr mich? Ich bin die mit zusammengepreßtem Mund, mit glasigen Augen, gerunzelter Stirn, gerunzeltem Arsch, verschmiertem Gesicht, schlechtriechend, mit schlurfendem Schritt. Die Tote, die läuft, wie unter Drogen, unter Psychopharmaka der üblen Sorte, die läuft und kein Ziel hat, nur noch so, sich schleppt, weil sie nicht schlafen kann, nicht Ruhe haben kann. Der Schmerz steckt im Gehirn. Wie in einer fremden Stadt, Marrakesch vielleicht, ist mir, wo eines sitzt und auf einen Platz schaut, voller Menschen und Feuern und Schlangen und soviel Neues schaut, daß das Hirn streikt und Gase entweichen, hirninwendig, Schmerzen machen. Manchmal gibt es Momente, für die man sein Leben geben möchte, aber dann nicht weiß, für was. Ich fürchte mich. In eine Kakerlake zu verwandeln. Schaue nach, ob schon Verhornungen abzusehen sind. Keiner wundert sich über das Nichtdasein der Sonne. Keiner steht, glotzt gen Himmel und wundert sich, was das Zeug hält.
Wer gerne lebt, hat einen Dachschaden. Wer das Leben liebt, hat einen Dachschaden, wer Menschen liebt, hat einen Dachschaden. Das Leben ist so schön, sagen die Bekloppten, man muß es nur genießen, sagen sie. Bekloppte sitzen in Irrenanstalten. Sie sind gemeingefährlich, mit ihrem Hang zum Lügen, zum Verschleiern, Nicht-Hinsehen. Nicht hinsehen wollen. Die Anstalten sind voll. Mit Leuten, denen der ganze Mist zuviel wurde. Die das Schöne sehen und alles andere aussperren. Das kostet einen Zwangsjacke und Elektroschocks. Recht so, raus mit

dem kranken Gehirn. Alles, was Menschen heute nicht verstehen, weil sie zu faul sind zum Denken, ist Zeitgeist. Ein Scheißwort, das nichts anderes sagt, als daß der Geisteszustand dessen, der das Wort benutzt, bedenklich ist. Zeit Geist. Drei Meter groß, spuckt abends rum, läßt Kröten fallen. Es wird nicht besser, wenn man tiefer geht, die Chance, wahnsinnig zu werden, steigt. Zeitgeist hat bestimmt mal eine Werbeagentur erfunden. So was wie Spannkraft fürs Haar. So was wie ein Werbefilm, den ich gesehen habe, glaube ich, ein Tampon wird mit Petersilie garniert, bevor er benutzt wird, vielleicht war es auch Rosmarin, keine Ahnung. Ein hohler Scheiß, den es nicht gibt und dem alle hinterherrennen. Alle wollen Spannkraft, Tampons, und der Rest will Zeitgeist sein. War Salinger zeitgeistmäßig O.K.? Ist es zeitgeistmäßig korrekt zu behaupten, daß die Erde am Abkacken ist? Schade ist, daß keiner mehr mich für einen großen Propheten halten wird, in zweihundert Jahren. Ist ja keiner mehr da. Schnell noch ein paar Filme gemacht, ein paar Bücher geschrieben, musiziert, rasch noch spekuliert und Theater gespielt, solange es noch geht. Aber nützen tut es nichts mehr. Das ahnen alle. Das macht die Unentschlossenheit, die Lethargie, den ganzen Unsinn. Das macht die Scheiße, in der wir schwimmen. Da schwimmen die Erben. Die nichts mehr müssen, weil die Eltern mußten, warum wußten sie auch nicht. Jetzt stehen da Häuser und Wohnungen, Firmen und Speedboote, werden geerbt von Nutzlosen, von Schmarotzern, von Ausschuß. Ich merke, daß mich Passanten ängstlich anschauen, weil ich geifere, mit mir rede und weil ich in Richtung Irrenanstalt laufe.

18.32 Uhr.

(Patrik, 36. Insasse. Seit 4 Jahren in der Anstalt. Davor ein geordnetes Leben. Bankangestellter, Frau, Kind, ein Magengeschwür. Jetzt Insasse)

Der Tag, an dem Patrik irre wurde, war einer wie immer. Immer diese Tage. Einer wie alle. Zur Bank ging Patrik, verteilte die Dinge aus seiner Aktentasche auf seinem Schreib-

tisch. Fing an zu telephonieren, wurde gegen 14 Uhr an den Schalter gebeten, um eine Kollegin zu vertreten, die aus Gründen weg mußte. Stand am Schalter und auf einmal sah er das Geld an. Sagte immer wieder: Geld, Geld, Geld, Geld, Geld, Geld, Geld, Geld ... bis das Wort nicht mehr zu den Scheinen gehörte, die Scheine nur noch Fetzen waren. Riß Patrik alle Fetzen aus dem Sicherheitsfach, warf sie auf den Boden, sich darüber. Biß in das Geld, schleimte, schiffte auf das Geld, ließ in die Hosen, onanierte auf das Geld und wurde im Anschluß in die Anstalt verbracht. Vor vier Jahren. Aber die Zeit ist weg, ist unwichtig. Ist ein Nebel. Ist ein Nichts. Patrik ist nicht glücklich. Wer das immer denkt, daß Irre so glücklich sein müßten, warum? Weil sie nicht mehr kämpfen müssen, nur deswegen. Langt nicht. Seit vier Jahren ist Patrik in einem Zustand wie Schlaf, wie ein bißchen wach, wenn man wach wird, in der Nacht und sich herumdreht zum Weiterschlafen. Eine mit Schatten zerhackte Dunkelheit, große Traurigkeit mit unklarem Ursprung. Einmal am Tag oder alle zwei Tage einmal wacht Patrik auf, ein paar Sekunden, Minuten, ist er wieder da. Sieht sich in einem Raum, mit speichelnden, blassen, verformten Menschen, die leer schauen, kichern, brabbeln, sieht sich, ist Patrik, der denkt, sieht, wo er ist, und daß er eine Panik bekommt, die ihn schnürt, schnell einen Arzt, ich muß raus, ich muß, zu meiner Frau, zu meiner Tochter, Susan, ist jetzt schon fünf, muß fünf sein, meine Tochter, meine Frau, Sessel, lesen, schlafen mit meiner Frau, Liebe, mein Kind, schläft, Susan, hat meine Augen. Muß, auf die Bank, Himmel, schnell einen Arzt, ich muß doch leben. Und spürt, wie die Klarheit zugezogen wird, ein Vorhang aus Nebel drüber und so schnell er auch sein könnte, er wird es nicht schaffen, schneller als der Vorhang zu sein. Reste von ihm sind noch da, wenn der Vorhang geschlossen ist. Und Patrik brüllt, und brüllt, er weint, er schlägt, wird daraufhin meist medikamentös behandelt. Und wieder Ruhe. Einen Tag lang oder zwei. Am
133 Ort der Hoffnungslosen. Die nicht glücklich sind, wie alle draußen vermuten. Die sitzen in einem hohlen Raum, in einem stinkenden Raum, die sitzen im Dumpfen, hoffnungslos, die manchmal klar werden und erkennen.

18.45 Uhr.

(Susan, 5. Vater in der Anstalt. Mutter hat Probleme. Susan noch nicht. Aber gleich)

Mutter liegt im Zimmer mit dem Hund, der an ihr leckt. Als Susan in Mutters Zimmer gegangen war, ist Mutter hochgezuckt, als hätte sie sich gestoßen. Hast du dich gestoßen, fragte Susan, und Mutter hat gesagt: Verschwinde. Susan geht auf den Balkon. Es ist grau und erbärmlich langweilig. Susan steigt auf die Brüstung des Balkons. Wollen doch mal sehen, sagt sie sich, wenn ich das ganze Geländer zu balancieren schaffe, werde ich nicht sterben. Verloren.

18.53 Uhr.

Ich

Ich schlurfe weiter, zum Sitzen ist es zu kalt, zum Lächeln zu dunkel, und ich weiß nicht, ob es nur Müdigkeit ist oder bereits eine Depression, die mich apathisch macht, schlurfen macht, in ein Hochhaus, in den Lift, auf das Dach begeben macht. Ich stehe am Rand dieses Hochhauses, schaue nach unten, die Menschen, die Feinde an. Und in den Himmel, höher und höher, zu Satelliten, Drähte drin und dahinter eine Raumstation, da hocken zwei Kosmonauten, ficken sich in den Hintern, was sollen sie sonst tun, aber das ist mehr Information, als ich haben möchte. Ein Schritt weiter, wär die Geschichte zu Ende. Einen Schritt und wie wird der Fall sein, werde ich nach einigen Stockwerken umkehren wollen. Aber warum sollte ich. Umkehren in diese Welt. Eine gute Vorstellung, in Erde zu liegen. Die Augen geschlossen und endlich schlafen zu dürfen. Mein Körper schwankt, pendelt sich in eine gute Abflughaltung. Und dann packt mich wer am Arm. Reißt mich zurück in den ganzen Mist.

18.56 Uhr.

(Benjamin, 44. Radiomoderator. Gewesen. Arbeitslos. Talentlos. Obdachlos)

Der Penner dreht sich zum Pennen um. Er wohnt in einem Pappkarton unter einer Rolltreppenbrücke an einer Fußgängerzone. Da laufen Menschen lang, in der Zone, und der Penner sieht sie in die Läden gehen, mit Tüten rumgehen, mit Waren drin, mit Pullovern, mit Hirschen aus Eisen, mit Büttenbriefpapier, mit Messingbriefbeschwerern. Und rechnet sich immer aus, was er mit dem Geld anstellen würde, was sie für Sachen ausgeben, die dann in ihren Wohnungen stehen, einstauben, ihr Auge nur kurz erfreuen, dann langweilen. Der Penner kennt die Preise der Sachen, sieht sie sich manchmal an, während er bettelt. Er nimmt das Geld der Menschen und hört sich ihre Belehrungen an. Wer arbeiten will, findet Arbeit, wer aus der Gosse will, schafft das. Sehen Sie mich an, ich hatte es auch nie leicht. Ist klar. Denkt sich der Penner manchmal, meistens aber nicht, meistens hört er nicht hin, wenn sie ihren Spruch sagen, ihm eine Mark geben, dann einen Metallhirsch für 600 Mark kaufen. Er weiß, daß er ihnen etwas Gutes tut. Ein gutes Gefühl schenkt. Sie werden zu Hause von ihm erzählen, denkt er sich. Sie werden nicht sagen ich habe mir einen Hirsch für 600 Mark gekauft, den ich in ein paar Monaten in eine Kiste packe, sondern, es werden immer mehr Bettler. Bald haben wir amerikanische Verhältnisse. Ich gebe da oft was, nicht immer, nicht wenn ich denke, sie vertrinken es. Werden sie sagen, und sie haben schon recht. Wer arbeiten will, findet einen Job, und wer aus der Gosse will, kommt da auch raus. Der Penner will weder Arbeit noch von der Straße weg, ist froh, daß er dort sein kann, denn er wartet
darauf, daß alles zu Ende ist. Und das kann nicht mehr lange dauern, weil keiner eingerichtet wurde, auf der Straße zu wohnen, im Feuchten zu wohnen, im Kalten zu
135 wohnen. Und je länger es geht, um so weniger weiß der Penner, wie es war, nicht im Dreck zu leben. Kann sich nicht mehr vorstellen, was früher wichtig war. Das Leben in den Tag gefällt ihm, der Preis ist nicht zu hoch. Sein Kör-

per, die offenen Stellen, die Geschwüre, die Zähne, die gehen, sind ihm egal geworden. Es ist der Zustand, den alle wollen, denkt sich der Penner. Nichts zu müssen. Aufzuwachen, wenn die Sonne scheint, etwas essen, wenn man Geld hat, Menschen beobachten, Kaffee trinken oder warmen Wein, Sonne fühlen, Vögel hören und zu schlafen, wenn man müde ist. Will nicht zurück, und der Penner denkt sich, daß er so wie ein Tier lebt, in guter Ruhe und irgendwann, wenn die Zeit herum ist, einfach einschlafen wird. Der Penner dreht sich um. Und schläft ein. Er wacht auf, weil ihn jemand an der Schulter rüttelt. Macht die Augen auf und sieht eine Frau. Sie hat langes Haar und so weiter und sagt: »Ich glaube, ich habe mich in dich verliebt.« Der Penner setzt sich hin, mit soviel Würde, wie es sein Pappkarton zuläßt. »Schwindelst du«, fragt er die Frau, die lächelt und sagt, »möchtest du mit zu mir kommen?« Da denkt der Penner nicht lange nach. Die Frau wohnt in einem Haus in der Fußgängerzone. Er läuft hinter ihr die Treppen hoch und sieht auf ihre Beine, auf ihren Hintern. Dann fummeln sie wüst rum, er kommt mehrfach, sie auch, und in dem Moment öffnet der Penner die Augen.

19.02 Uhr

(Christian, 33. Ingenieur für Hoch & Tiefbau. Sammelt Orden. Wuchs bei seinem Vater auf, der ihn gerne an den Beinen aus dem Fenster hielt, wenn er unartig war. Onaniert zu Kriegsberichtfotos)

Die Stadt ist voller Dreck. Stinkt, vor lauter Dreck. Verschiedene Gründe machen Christians Aufenthalt in der Stadt unumgänglich. Verschiedene Gründe machen Christian sein Haus verlassen. Aus der Tür, watet Christian durch den Dreck, bemüht, dem Gröbsten auszuweichen. Wie sich jeder vorstellen kann, ein sinnloser Versuch, denn Menschen sind überall in der Stadt und überall ihre Fratzen. Die Fratzen der Kranken, der fast Toten. Angst macht sie gelb. Neid verformt die Münder zu Schlitzen. Nur nicht aufmachen, den Schlitz, sitzen Tiere dahinter. Kröten,

Schnecken, Sauger und Augen, in denen Neurosen wohnen. Autistische Augen, Mörderaugen, Ich-mach-dich-fertig-Augen, Ich-bin-Scheiße-Augen. Die Menschen in der Stadt haben Gehirne, die nicht funktionieren, haben Körper, die nicht funktionieren. Gehen sie ganz in Arsch, liegt der Rest am Straßenrand. Mit heraustretendem Inlett. Daran vorbei laufen Weiber. Die Fratzen nur von Farbe zusammengehalten, die Schenkel nur vom Geld bewegt. Die Weiber, die Kranken, die Aussätzigen, der Müll auf den Straßen, die Ratten auf den Straßen. Die Menschen. Voller Gier. Bewegt nur von der Gier. Nach Geld, nach Sex. Christian sieht, wie sie Sex haben. Die Leiber reiben, die nicht ihnen gehören, die nichts empfinden können. So gerne empfinden würden. Beißen, kratzen, schlagen, verschnüren, aufhängen, würgen. Ein Empfinden macht das nicht. Ihre käsigen Körper, ihre gelbe Hornhaut, die Schwären schleimigen Fetts können auch abgesaugt werden. Lange Nadeln dringen mit einem platzenden Geräusch in die käsige Haut, Pumpen ziehen Fett aus den Körpern. Das fließt ölig, brockig in Urinflaschen. Kann zum Backen verwandt werden.
Schlimm, die Hitze in der Stadt. Die Farbe läuft in Bächen an faltigen Hälsen herab in runzlige Brustkerben. Die Busen durch Korsagen zusammengedrückt, leere Beutel. Die Oberbeine, voller Dellen, Füße, Schritt offen, großer weißer Zeh ragt raus, nicht geschaffen für sinnvolles Fortbewegen. Hätten sich sonst weit fort bewegt. Füße sind verkommen durch unsinniges Herumtragen unnützer Leiber.
Faltige Ärsche reiben Nylonstoff. Und ein Schwitzen und Stinken unter Achselhöhlen, in feuchten Leisten. Jeder denkt an sich, an daran, wie er überlebt in diesem Müllhaufen. Warum überleben. Christian geht nicht oft durch die Stadt. Es gibt kaum noch einen Ort, an dem Christian sicher ist. War er in der Stadt gewesen, weiß er, was folgt. In Stücken verläßt der Ekel, der zuvor durch seine Nase, seine Lunge, seinen Körper verschmutzt hat, durch seinen Mund sein Ich. Stolpert Christian schon wieder. Über einen Penner. Ein stinkendes Bündel Mensch. Das sich noch bewegt. Die Grünfläche verunreinigt durch seinen

Körper, voller Geschwüre, Exzeme, Bakterien. Unrat. Muß beseitigt werden. Hebt Christian einen, wie durch günstige Fügung bereitliegenden Stein. Nicht groß. Schlägt so lange auf den Kopf, den Wurmfortsatzkopf des Unrats, bis gelbe Masse austritt. Wegmachen soll das jemand anderes.

19.14 Uhr.
Ich

Erinnerungen, an Momente wie diesen, Blicke, Augen, in die ich fiel, und für den Moment des Fallens an die alten Märchen glaubte, Männer, die kommen, die reden, und dann ist es vorbei, der Moment kaputt, oder es geht weiter, eine kurze Zeit, bis die eigene Langweile alles zerstört hat. Wir haben uns auf den Boden des Hochhauses gesetzt, der ist kalt, die Kälte kriecht das Rückgrat hoch und macht Gänsehaut, wir haben uns hingesetzt, nichts geredet, nach unten gesehen, ich habe einen Mord gesehen, der mich nicht berührt hat, wie mich seit Stunden nichts mehr berührt hat, wie mich vielleicht die letzten zwanzig Jahre nichts berührt hat, weil da nichts ist, in mir, was berührt werden kann. Doch jetzt, neben dem Mann und schweigend, fühle ich wieder etwas. Ich bin nervös, und er schweigt. Ich sehe ihn von der Seite an, er ist der Schönste auf diesem Dach. Wir sagen nichts, haben schon zu lange geschwiegen, und etwas in mir will den Körper zum Aufstehen bringen, zum Peinlichkeit-Fliehen, er weiß doch, er sieht doch, daß ich etwas von ihm will, aber was. Und worüber könnte ich reden, mit ihm, die ich nicht weiß, was vor diesem Morgen war. Menschen reden doch immer von Vergangenem, oder soll ich sagen, huch, wo ist wohl die Sonne, wo ich doch die Antwort weiß und mit der meinen Wahnsinn verriete. Und dann fängt er an zu reden, seine Stimme ist ungelenk, wie bei einem, der lange geschwiegen hat.
Ich sehe durch alles durch. Durch dich nicht. Ich, ich glaube, ich werde wahnsinnig. Denkst du, ich bin wahnsinnig.

Und dann sieht er mich an, und ich lege meine Hand auf sein Gesicht, fahre mit der Hand in die Falten, links und rechts neben seinem Mund, die Augenwimpern, mit den Fingern, den Mund, den er öffnet. Es geht zu schnell, aber was stimmt heute schon. Wir sitzen auf einem Scheißdach an einem Tag ohne Sonne, unter lauter Mördern, Verbrechern, Kranken und was bitte ist da das richtige Tempo.
Ich kann dich auch nicht sehen, sage ich, er zieht mich an sich und dort fange ich an zu weinen, die Angst rausweinen, das Selbstmitleid, das Nichtverstehen. Könnte ich Stunden weinen, die Augen geschlossen halten, feucht halten, der Rest ist weg, den gibt es nicht. Er riecht nach Vanille, ich rieche nach Hundekot. Und als es zu kalt wird, krieche ich unter seinen Arm, und wir gehen zum Lift, fahren wieder runter, auf die Straße, in die Scheiße, die nicht mehr so schlimm scheint, die einfach nur noch Scheiße ist.

19.30 Uhr.

(Pia, 15. Schülerin. Liest gerne. Lieblingsfilm: Indien und Stranger than Paradise. Mag ihre Eltern. Versteckt sich in den Pausen oft auf der Toilette. Warum?)

Pia geht zum Rendezvous. Stolpert und ist eine Stunde zu früh. Sie raucht eine, das bringt nicht viel, nimmt nicht viel Zeit, und es ist immer noch zu früh. In einer Gartenanlage läuft sie rum, zwischen ordentlichen Zäunen, Bäumen, Sträuchern, im Dunkel, denn dunkel ist es heute. Raucht und ißt Pfefferminz, damit der Junge es nicht riecht, wenn sie ihn trifft. Pia ist fünfzehn. Pias Kopf ist normal groß, viel zu groß für den Rest. Der Rest reicht den anderen in der Klasse bis zum Nabel.
Pia ist witzig, Pia ist immer gut, um die anderen in der Klasse zum Lachen zu bringen. Pia geht zum Schwimmen, sie spielt Klavier und abends weint sie. Liegt in ihrem verfluchten Zwergenbett und weint. Denkt an die Mädchen in ihrer Klasse, die groß sind und die lange Beine haben, lange Arme, lange Brüste. Die bauchfreie Pullover anziehen

und einen Freund haben. Wenn Pia einen Freund hätte, würde sie ihn anders behandeln, als die Mädchen in ihrer Klasse die Jungs behandeln. Wenn sie einen hätte, für sich. Pia raucht und friert ein bißchen, in dieser Gartenanlage und ist immer noch viel zu früh. Sie denkt an vorher. Vor diesem Abend, bevor alles anders wird. Hatte sie so oft daran gedacht, wie es sei, einen Freund zu haben. Den einen Freund. Sie stellte sich vor, sie hätte Svän als Freund. Der ist der schönste Junge in ihrer Klasse. Der schönste Junge der ganzen Welt. Svän ist groß, hat breite Schultern und lange Haare. Dachte Pia an Svän, nachts, weinte sie und stellte sich vor, wie gut sie zu ihm wäre. War sich sicher, daß niemals jemand Svän so würde lieben können wie sie. Stellte sich vor, wie sie jede Nacht neben ihm säße und ihm beim Schlafen zusähe. Nur zusähe. Und wie sie dachte, daß das nie passieren würde, weil sie doch ein beschissener Zwerg ist. Pia wartet auf Svän, in der Nacht, und raucht, und ihre Liebe ist so groß, als wäre sie zwei Meter. Sie denkt an das Jahr, da sie in Svän verliebt war, nur wegen ihm in die Schule gegangen, nur gelebt, wegen ihm. Und wie sie traurig war, wenn die Schule vorbei, der Traum vorbei war und sie alleine nach Hause ging und klar, daß Svän so weit von ihr entfernt war wie die Sonne oder eine andere Sache. Wie sie auf dem Hof stand, in der Pause. Svän auf sie zukam. Ihr einen Zettel gab. Sie den Zettel las, wo er geschrieben hatte, ob sie nicht mit ihm gehen wolle, ob sie sich nicht treffen wollen heute, hier, jetzt in zehn Minuten in einem Gartenhaus. Und wie sie heimgegangen war. Weiß nicht mehr wie. Sie sich gebadet und angezogen und aus und wieder an und jetzt hier. Pia fragt sich kurz, warum er mit ihr gehen will, er der jede haben kann, und weiß dann, daß er ihre große Liebe gespürt haben muß, gefühlt haben muß, daß nie eine ihn so lieben wird. Der Mund ganz trocken und Schweiß unter den Armen. Jetzt bloß nicht stinken. Geht sie zu dem Häuschen, Licht drin, eine Kerze drin, Svän drin. Nochmal schlucken, der Schweiß unter ihrem Arm, läuft da runter und Svän öffnet die Tür, nimmt sie in den Arm. Eine Flasche auf dem Tisch. Pia setzt sich hin und trinkt. Redet? Weiß sie nicht. Alles verschwommen ... Schweiß den

Arm runter. Dann die Tür. Geht auf. Drei Jungen kommen rein. Halten sie fest. Ficken sie. Nacheinander. Zwergenficken. Tut nichts mehr weh als das Herz.

19.53 Uhr.

(Knut, 18. Hacker etc. War ein belangloser Junge, mit Akne. Die Probleme fingen vor geraumer Zeit an)

Leise singt der Knut: du gutes Glied, du feiner Freund. Steht dabei vor dem Spiegel, schaut das Glied an und sich. Er ist in prachtvoller Form. Der Körper gut definiert. Leicht gebräunt. Das Glied, der Körper, der Mann in hervorragender Verfassung. Mit dem Glied gearbeitet hatte er schon immer gern. Vor einem halben Jahr hatte er eine Frau getroffen. Die mit ihm schlafen wollte, mit der er nicht schlafen wollte. Passierte nicht oft, daß er nicht mit einer schlafen wollte, aber die war einfach zu alt und hatte ihm dann Geld angeboten. »Du wirst es nicht bereuen«, hatte sie gesagt, »ein junger Kerl wie du hat doch bestimmt ein paar Wünsche.« Da war er mit ihr gegangen. Wenn das Licht aus ist, sind sie alle gleich. Eine Öffnung für sein Glied. Ein Behälter, in den er sich stoßen kann, sich begeben kann, sich auflösen kann. Und denken, er vögelte alle Frauen dieser Welt, mit seinem Glied, das dann groß ist, wie ein Turm, wenn es in dieser Frauenöffnung steckt. So hatte das angefangen. Jetzt fuhr er ein schönes Auto, hatte Zeit, seinen Körper zu definieren, und bekam Geld dafür, daß er sich großartig fühlte. Was war dabei? Nix war dabei. Ein feines Leben. Knut fönt sich sein Haar, es ist lang, liegt proper. Er cremt seinen Leib. Sein Glied. Bis eine Versteifung eintritt. Und er hebt wieder das Singen an: Heut ist ein wundervolles Glied. Verbringt seinen Körper in eine Lederhose. Eng. Zu eng. Sattes Grinsen. Buckelt, das Leder. Ein weißes Hemd. Offen. Haare. Knut denkt nicht viel. Da sind so Bilder. Wozu denken, und wenn, dann an Geschlechtsverkehr. Liebe. Ein anderes Wort für den Akt. Für das Verbringen des Gliedes. Er dreht sich vor dem Spiegel. Eng und prall und nichts anderes denkt er als an seinen riesigen Schwanz, mit dem er jetzt zur Arbeit gehen wird. Dann geht er. In ein Hotel. Eine klasse Frau. Rote Haare. Eine Öffnung. Seine Öffnung. Er dringt in die Frau, erfüllt sie. Mann, da ist ja Platz für den Eiffelturm. Danach zur nächsten, nach Hause. Zwei Frauen. Sie und ihre Freundin. Er füllt sie beide ab. Sein Glied ist aus Beton. Er könnte immer so weiterficken. Von vorne, von hinten. Ohr ihr Öffnungen. (Hoppla, bei dem Satz ist wohl das Glied mit ihm durchgegangen.) Oh, mein Glied. Danach ein Päuschen. Knut denkt wirklich Päuschen. Echt. So was denkt er. Er genehmigt sich auch ein Zigarettchen. Noch eine Kundin. Sein Glied freut sich. Eigentlich müßte er Geld bezahlen. Tut er nicht. Bekommt er. Nachdem er die Kundin so richtig fertiggemacht hat (manchmal denkt er, sie könnten platzen ob des Samenschwalls, der aus ihm explodiert), fährt er in seine Wohnung. Er duscht, cremt sich, macht hundert Liegestütze. Dann onaniert er noch ein wenig, denn wenn er nicht onaniert, keinen Geschlechtsverkehr hat, wird ihm rasch fad. Legt sich in sein Bett. Schon nach kurzer Zeit wölbt sich die Decke zeltgleich. Da muß er noch mal ran. Knut öffnet den Blick. Ist nicht mehr blond, nicht mehr schön. Ist verflucht häßlich und klein. Er hat noch nie mit einer geschlafen. Er ist gelähmt, von seinem verdammten Hals an, bis runter. Ein Glied ist da, ein kleiner, blasser Wurm, nicht mal in der Lage, sich selber des Urins zu entledigen. Knut sitzt in seinem verschissenen Rollstuhl. Nebenan hört er seinen Bruder Svän, das Schwein, mit einem Mädchen schlafen. Und Knut, ist kein Mann, nichts ist er als ein kleiner Junge, der jetzt auch noch das Heulen anfängt.

20.07 Uhr.
Ich

Wenn ich meine Augen pflegen will, sehe ich ihn an, wie seine Haare ins Gesicht fallen, wie er mich anschaut. Als hätten wir es verabredet, reden wir nicht weiter über unseren Wahnsinn, was man nicht sagt, gibt es nicht. Wir sind in das Hurenviertel gelangt, Männer schlurfen über das Trottoir, ihre Schwänze hängen müde in den Hosen, sie schleichen herum, suchen nach etwas, das sie ficken können, die Männer, ficken, um mal kurz irgendwo zu sein. Das Jahrzehnt der Ficker. Das Leben reduziert auf kurze Samenergüsse, verkrampfte Orgasmen, für ein bißchen Lebendigkeit. Frauen sitzen in Fenstern. Sehen aus wie Geschlechtsteile, lappig geworden durch übertriebenen Gebrauch. Foltergeräte in Schaufenstern. Shows, in denen Menschen sich beim Ficken zusehen lassen. Ein paar Arschlöcher verherrlichen die Huren. Den Dreck. Brauchen den Dreck, weil er ist wie sie. Innen. Alle ficken, als ob es kein Morgen gäbe. Die Schwulen ficken Stricher, der Rest fickt Frauen, Kinder, Hunde, ein gutes Viertel, ein gutes Geficke rundherum. Hektisches Gerammel für ein paar Sekunden Bewußtlosigkeit. Die Schmiere abspülen und weiterficken. Große Städte. Da sollte nur noch gefickt werden. Wäre ehrlich, würde weniger Schaden anrichten. Die Straßen, die Häuser, die verschissenen Grünanlagen, neben Hundekot, im Hundekot, fickende Paare überall. Können sie keinen Unfug anstellen. Sollen sich peitschen, Masken anlegen, Strümpfe übers Gesicht, Gewichte an die Klöten, Sensen durch die Eier, Haken durch die Mösen und rammeln, was das Zeug hält. Nicht aufhören, nicht denken, kommt nichts dabei heraus außer Neid und Haß und Ekel und Mord und Raub. Holt euch euren Orgasmus, und dann den nächsten. Fickt euch zu Tode, bis eure Hirne sich auflösen, sich das bißchen auflöst, das noch übriggeblieben ist, nicht zerfressen von Gasen, von Elektrosmog, von freien Radikalen bekämpft. Es leben die freien Radikalen und das Ficken. Nonstop-Pornos. Blutjunge Hausfrauen zur Lust gezwungen. Links und rechts Herren am Wichsen. Klatschende Geräusche, wenn die fickende Hand aufs Bein trifft, abspritzen, muffiger Geruch. Hey man, hier wird gewichst, die Welt ist in Ordnung. Sex II. Guter Film, müssen Sie sehen. Müssen alle sehen. Das ist der Film zur Zeit. Er zeigt brillant die Reste der Welt, die Reste, was bleibt im Untergang, sind Fotzen, Schwänze, Ficken und

Sex II.

Ich und ein Mann durch den ganzen Mist, und die Leben der Menschen hier sind nicht besser oder schlechter, als alle Leben. Ich weiß seinen Namen nicht, er meinen nicht, sollen wir uns Freitag nennen, nennen uns gar nicht, reden auch kaum, ich habe ihm gesagt, daß Geschichten lesen hilft, er will eine hören. Wir sitzen in einem Café, auf Hockern am Fenster, draußen wird Sex verkauft. Was zwischen uns ist, ist anders. Ich glaube, es hört wieder auf, sagt er, wieso, frag ich. Das kann doch nicht so weitergehen. Wieso nur wir, frag ich ihn. Er überlegt. Vielleicht haben es noch mehr, ich habe mir das nicht überlegt, ich dachte ich wäre der einzige, und dachte, es wäre ein Trip, den ich geschluckt habe, Flashback, irgend so was. Meinst du, wir sehen dasselbe, frag ich. Und er zeigt auf einen Jungen, der an einer Ecke lehnt.

20.28 Uhr.

(Felix, 19. Auf dem besten Weg, alles zu vergeigen. Miese Kindheit, Wohnblock, Schlüsselkind und so weiter, mäßig begabter Schüler. Gleichgültig. Hauptsache, gleichgültig. Will nichts, interessiert sich für nichts, für was auch. Zum ersten Mal verliebt)

»Wollen wir ficken?« Ein Mann kommt auf Felix zu, streicht ihm das Haar aus dem Gesicht. Gibt ihm Geld, die beiden gehen in eine Toreinfahrt. Der Mann läßt die Hose runter. Felix nimmt den Schwanz des Mannes in den Mund. Beginnt ihn zu lutschen. Länger nicht gereinigt. Felix denkt an Benno. Den er liebt. Seine erste Liebe. Die größte. Aneinandergedrückt schlafen sie ein, manchmal halten sie sich so fest umklammert, daß Felix denkt, ihm bräche was. Wie Kinder sich drücken, um sich zu einem Erwachsenen zusammenwachsen zu fühlen. Felix bumst Männer, weil es egal ist. Ob er bumst, ob er in einer Bank arbeitete, ob er Teile verpackte. Es ist egal. Steht nur auf, weil er pissen muß, ißt nur, weil was rein muß, und geht bumsen, weil er sonst im Bett bleiben müßte, weil keine Ahnung was sonst, dann zieht er sich seine Fickerhose an und geht ficken. Noch einen Monat, dann reicht das Geld für Tobago. Und dort wird er hingehen, mit Benno. Von vorne anfangen, alles besser machen. Mit Benno, den er liebt, der auch andere Männer fickt und den er so fest

144

umklammert hält, nachts, mit ihm wird er es endlich schaffen, ein Leben, das nichts Häßliches hat, wird er schaffen. Wenn er nur wüßte, wo Benno ist, verschwunden, seit ein paar Tagen, aber er wird wiederkommen, und der Mann kommt, stöhnt und sein Sperma läuft an Felix' Mundwinkeln herunter.

20.37 Uhr.

(Rudolph, 70. Frau tot. Liebt bibliophile Erstausgaben. Ein freundlicher Nachbar, ruhig und so weiter, hört nur ab und zu klassische Musik, Grieg)

Der alte Professor geht von der Bibliothek nach Hause. Professoren gehen immer von oder zu Bibliotheken, da macht Rudolph keine Ausnahme. Sein kleiner Hund läuft neben ihm. Der kleine Hund, der süße, kleine Hund. Der Professor ist dünn und hat ein Gesicht, das vor Liebe leuchtet. Mit sanfter Stimme redet er und er redet wenig. Der Professor bleibt stehen, und schaut auf eine Gänseblume. Er kann sich so freuen, an der Natur, an allem Schönen, an den Menschen in der Stadt, er liebt sie alle. Wenn er die Sicherheit seines Geistes verläßt, ist es, als hätte er gerade das Laufen gelernt und würde sich über alles wundern. Über die Autos, die Scheißhaufen am Straßenrand, über die Junkies, die in den Torbögen hängen und sich verkrustete Nadeln in die Venen dreschen. Wunder über Wunder, und der Professor geht kopfschüttelnd mit seinem kleinen Hund durch die Stadt, verteilt Geld an arme Menschen und hat für jeden einen guten Atmer. Der Professor geht in ein Haus, das aussieht, wie für ihn errichtet. Altes Holz, ein roter Läufer und ein Kronleuchter im Treppenhaus. Geht er in den ersten Stock in seine Wohnung, die wie mit rotem Samt ausgeschlagen scheint, streicht die Rücken seiner Bücher mit weicher Hand. Die ihm Freunde waren und lebt er in einer Welt, in der es nur Gedanken gibt und Worte. In der Strukturen so weit sind und im Geist alles möglich. Der Professor brüht sich eine Tasse Tee und greift nach einem Buch. Setzt sich in einen Ledersessel, einen guten alten Kumpel, und lächelt. Ein kleiner

Laut läßt seinen Kopf wenden. Der Laut kommt aus der Speisekammer. War wie ein Winseln. Eine Ratte gar. Der Professor zieht den Gürtel seines Morgenrockes enger und geht dem Laute nach. Am Ende der Wohnung befindet sich ein kleiner dunkler Raum, mit Steinboden. An einer Stange zwei Fleischerhaken. An den Fleischerhaken Seile, die um die Handgelenke eines Jungen geschlungen sind. Der arme kleine Benno, der versuchte sein Geld als Strichjunge zu verdienen. Hängt jetzt da, in der Speisekammer des Professors, seit zwei Tagen. Winselt nur, weil der Mund verklebt ist, mit breiten Streifen. Hängt da, nackt, das arme Gemächt geschunden. Viele offene Wunden an dem ausgehungerten Körper. Der Professor holt sich eine gute Romeo-&-Juliet-Zigarre und raucht. Betrachtet den Jungen, das arme Kind, und drückt die glühende Zigarre in den Augen des Jungen aus. Der Blick war zu bettelnd, zu erbärmlich, soll der arme Junge nichts mehr sehen, nicht mehr schauen das Üble. Der Professor uriniert in die erloschenen Augenhöhlen, schließt die Tür sanft und begibt sich in seine Bibliothek zurück. In die Wärme seines Sessels, seines Buches, leckt sich mit einer sehr dicken Zunge die Lippen, die aussehen wie eine Möse.

13. GgdW

»Und wenn du mal was über Computer schriebest. Und lustig. Und nicht so eklig. Und nicht über ficken?« Junger, gutgeformter Redakteur guckt vorgesetzt. Meine Faust fährt aus den Tiefen, touchiert Nase, Knochen splittern, einige wandern in Hirnmasse, die in Folge aus den Ohren splattert. Mensch fällt um. Tot. Sieht schlecht aus. Halte die Faust bei mir, der Mensch hinter den Worten bezahlt. Wer zahlt, irrt nie. Ja, klar, was Lustiges. Und über Computer. Gerne! Schulterklopfen. Augenzwinkern. Abgang. Ein Scheiß. Es gibt zwei Dinge, die mich so richtig mies draufbringen: Computer und lustig. Lustig ist einfach ohne Erklärung Dreck und der ganze World-Wide-Web-Quatsch macht mir klar, daß ich auf der anderen Seite stehe. Dazwischen der Riß durch die Generationen und drüben die, die ihr Leben nicht in Jahren, sondern in Ewigkeiten zählen. Mir ist eher wie auf einem Fest, wissend um 24 Uhr ist Schicht und hoffend, daß die Sache bis dahin noch erträglicher wird, als der Anfang. Augen auf. Suchen nach lustigen Dingen in einer verschissenen Welt. Auf den Straßen grau. Was als Regen begann, steigert sich. Wird zu zerborstenen Staudämmen im Himmel, zum Laufen im Süßwassersee, der Versuch, die Plärre wegzuspülen, die Erde auflösen, wie eine Aromakugel, in einer Tasse galaktischer Bouillon. Nur wer trinkt den Mist? An mir vorbei rudern Menschen. Die Haut gelb, die Körper krank, stoßen sich, fallen, mit dem Gesicht in Hundekot, abwischen, weiterlaufen. Zur Arbeit laufen, in Büros sitzen, an Computern. Laß mal was im Internet surfen. Ich hab meine Freundin im Cyber-Café kennengelernt. Irgendwas stinkt da gewaltig. Durch den zerreißenden Himmelsvorhang (hey, zerreißender Himmelsvorhang, das ist komisch) schaut das Gesicht meines Lektors: Warum schreiben Sie nicht mal was wie Heinz Erhardt. Ich dann: Wußte gar nicht, daß der Kanzler geschrieben hat. Die Leser dann: Ich bin Studienrat und muß lesen, daß eine Autorin so blöd ist, Heinz mit Karl oder Fritz Erhard zu verwechseln. Ich kündige mein Abo. So wie damals, als ich mal Robert mit Martin Walser verwechselt habe. Kamen zwanzig solcher Briefe. Und ich möchte ihnen sagen: Schwamm drüber. Alles egal. Alle tot. Heinz Walser auch. Oder im Internet erhältlich. Home Page World Wide Web ... Regen, grau. An geparkten Wohnmobilen vorüber. Warum kleben da immer Elche drauf? Weil Elche die stolzesten Tiere im Norden sind, und jetzt auch im Internet, darum. Verzweifelt dem Frohsinn hinterher. Auf zugiger Freifläche die Erotikmesse. Das ist gut, ist noch besser als meine Lieblingsmesse Hansepferd. Erotik ist der Moment vor dem Geschlechtsverkehr. Wo wir beim Ficken wären. Womit wir dabei wären, daß heute wirklich nicht mein Tag und das alles nicht mein Leben ist. Ich also in die Messe rein. In Gummi gehüllte Frauen wanken geil durch eine Halle. Auf einer Bühne ziehen sich verwirrte Männer aus. Wedelnde Gemächte. Wandeln durch Gänge, an erotischen Waren vorbei. Ein aufblasbares Schaf zum Überstülpen. (Proteste der Elchliga sind vorprogrammiert, wieso sind Schafe erotisch und wir nicht und so weiter.) Marko hat einen eigenen Stand. Das schönste Model Deutschlands. Bekannt als Assistent von Verona Feldbusch. Marko, ein kleiner Junge in Unterhose versucht sich zu verkaufen. Verteilt Fotos mit Marko drauf und Aufkleber, die kommen bald auf Wohnwagen. Sonst gibt es an dem Stand nichts. Das ist lustig. Männer gucken Frauen an, Frauen gucken Männer an. Wegen Geschlechtsverkehr. Um etwas anderes geht es nicht. Geschichten schreiben, Hochhäuser bauen, im Internet surfen, sich Lederklamotten anziehen, alles nur der Versuch, eine banale Minutengeschichte aufzublasen, mit Substanz zu füllen, was substanzlos ist. Nur dem Erhalt der Rasse dient. Die Elche, wirkliche Herren über die Erde, lachen. Bald wird die Menschheit in einem großen Orgasmus implodieren. Alle kaputt, Zeit für das wahre Leben, die echte Welt. Im Internet. Draußen Ruhe. Nur ich bin noch da. Bin lustig, schreibe Geschichten, noch komischer als die von Herrn Erhardt. Die dann keiner mehr lesen kann, weil alle weg sind, was auch was hat.

21.05 Uhr.

Ich

Ich bin nicht verrückt, und wenn, dann ist er es auch. Wir haben dasselbe gesehen (oh, denk dir nur, er ist genauso wie ich), und das beruhigt, nimmt dem Wahnsinn Unfaßbarkeit. Ich habe ihm eine Geschichte vorgelesen, haben wir auf einem Rasenstück gehockt, neben Konservendosen, wie kommen die eigentlich auf Rasenstücke, essen Räsen Ravioli?, und wir überlegen uns, ob wir aus der Stadt verschwinden sollten. Er hat noch fünfzig Mark, damit kämen wir aufs Land, in einen Gasthof, weiße Bettwäsche und Liebe. Ich bin nicht mehr allein. Mein Kopf in seinem Schoß. Sehe mich Koffer packen (Scheiße, wo sind meine Koffer?), seine Hand in meinem fettigen Haar, seine Hand unter meiner ungut riechenden Achsel, seine Hand auf meinem schmutzigen Bein, meine Hand in seinen feuchten Locken. Wir werden zusammen weggehen. Reden können wir nicht, wenn wir die Gesichter in Redeposition bringen, müssen wir die Gesichter so dicht bringen, daß keine Worte mehr Raum haben. Er hat die schönsten Arme der Welt, sagte ich schon mal, daß ich Armfetischist bin? Starke Arme, blonde Haare drauf und viele Adern, kräftige Finger unten dran, blonde Haare, ganz pelzig, alles und das schönste Gesicht, ich könnte nie einen mit kurzen Haaren lieben. Ich könnte nie einen Mann lieben, der aussieht wie ein Mann, mit Bundfaltenhosen und Slippern, der sich Creme in die Haut schlägt und bei Schmerzen irgendwo wütend noch heftiger draufdrückt. Ich könnte nur einen lieben, der aussieht wie ein Mädchen und gut riecht. Mein Mädchen spielt in seinen Lokken, und sowenig Raum für meine Organe in mir, sind zur Seite gedrückt, von ihm. Geht die Titanic eben unter, sind wir halt von Außerirdischen benutzt worden, wurden halt Experimente mit uns gemacht. Hauptsache, zusammen. (Mama, er ist wie ich.) Wollen wir in ein Hotel, fragt er mich. Und scheiß auf die Landtour, ich will ihn auspakken, in einem Bett, auswickeln und alles vergessen, habe schon vergessen und aufstehen, heißt zwei Körper, ich will nicht aufstehen, mich bewegen, nicht von ihm weg.

21.54 Uhr

(Thea, 30. Schauspielerin ohne Ausbildung. Von allen Schulen abgelehnt. Glaubte bis vor kurzem an ihr Talent. Is aber nich)

Thea wacht auf, weil ihr Zahn so weh tut. Der vereiterte Zahn, der sie stört. Oder wacht auf, weil Theo ihr das Gesicht ableckt. Die Reste des Gekotzten ableckt. Thea wacht also auf und stößt Theo zur Seite. Der kleine Hund jault und fällt um. Hat lange nichts mehr gegessen. Fällt er besser um. Thea steht auf. Das Gekotzte ist überall. Auf der blanken Matratze, neben eingetrocknetem Blut und Spermaflecken, neben der Matratze in leeren Burger-Verpackungen. Im Waschbecken, sogar an dem halbblinden Spiegel. Wird sie wohl gekotzt haben. Thea schwankt und sieht sich in dem Spiegel an. Sie sieht aus wie ein Haufen Scheiße. Denkt sie: wie ein Haufen Scheiße. Das Gekotzte im Gesicht, die Augen blutunterlaufen, Tränensäcke und der Mund zusammengekniffen, verkrustet, aufgeplatzt, Lippen nicht. Thea merkt, daß sie ganz schnell etwas trinken muß, sonst ist das alles nicht auszuhalten. Ist nichts zu trinken mehr da, der kleine Hund jault. Ist auch nichts mehr zu essen da. Thea blickt in den Spiegel, die Hände am Beckenrand. Zittern. Steht da, hohl. Ausgehöhlt, innen, außen fällt zusammen drumrum. Vielleicht eine Stunde, steht sie so da. Der kleine Hund sagt nichts mehr. Liegt da, atmet. Das Zimmer stinkt, ist dunkel, dreckig. Thea stinkt. Der kleine Hund stinkt. Ein Topf stinkt. Trockenes Essen. Keine Idee, was sie tun soll. Dann fällt ihr ein, daß sie nichts

tun muß. Nie mehr. Weiß noch, wie es dazu gekommen ist, daß sie nichts mehr muß. Vor einem halben Jahr hat sie sich entschieden, sich aufzugeben. Den Kampf aufzugeben. Den Kampf, glücklich sein zu wollen, der alle weiterbewegt, fortbewegt, aus Depressionen zieht, von vorne anfangen läßt. Thea dachte sich: warum kämpfen. Ich warte jetzt einfach ab, was passiert, wenn ich nicht mehr mitspiele. Mich neben die Spur fallen lasse, neben das Seil, an das sich alle halten, klammern, Angst vor dem Fallenlassen. Und nicht mehr hoffen, daß Wunder geschehen. Oder daß das Leben mild wird. Das Leben ist ein Schwein. Es versucht die Menschen umzubringen. Schafft nicht alle, weil die Menschen an Wunder glauben wollen. Das Leben nimmt den Menschen den Glauben, nimmt ihnen die Liebe weg, verletzt sie, lacht sie aus. Und die Menschen krabbeln weiter und weiter. Bis sie in das nächste Loch fallen, das das Schwein für sie ausgehoben hat. Thea hatte keine Lust mehr auf das Weiterkrabbeln. Es war nichts Dramatisches passiert. Sie hatte mal wieder einen Job verloren. Ein Mann hatte sie verlassen, und sie hatte eine verschissene Erkältung. Der Briefkasten war voller Mahnungen, ihr Konto so überzogen, daß der Automat kein Geld mehr ausspuckte. So ein Mist halt. Alles Dinge, die ein Mensch überlebt. Vielleicht ein bißchen weint, sich bedauert und sich dann Schritt für Schritt wieder aus dem Müll gräbt. Aber Thea hatte auf einmal keine Lust mehr. Sie saß da, vor einem halben Jahr, und erkannte, daß die Relationen nicht stimmen. Das Leben besteht aus ein paar glücklichen Momenten und haufenweise Scheiße. Durch die man watet, bis mal wieder ein kleiner Glücksmoment kommt. Das stimmt nicht, mit der Relation, und Thea gab auf, vor einem halben Jahr. Sie kaufte sich ein paar Flaschen Schnaps, was sie zuvor nie getan hatte, weil sie die Gefahr fürchtete, die Schnäpse mit sich bringen. Immer was drüberzugießen, wenn man merkt, daß wieder Scheiße läuft, 150
und nicht aufhören zu können, weil ja irgendwie immer Scheiße läuft. Thea hatte getrunken. Und sich in das Loch fallen lassen. Das Loch, das in den meisten ist. Das man normalerweise mit Freunden, Kino oder arbeiten zudeckt. Einfach rein, und hatte gestaunt, wie tief das war. Gar nicht

aufhörte. Lange dauerte das, bis sie ganz unten war, wo es nicht tiefer ging. Ein paar Knochen und Fleisch, Unsinn im Getriebe. Für niemanden was wert. Ein Klumpen Mensch, der die Erde zumüllte, mit seiner Scheiße, seinem Atem. Nichts nütze. Sie war aus dem Loch nicht mehr rausgegangen. Das war ehrlich. Das Ehrlichste, was sie jemals gemacht hatte. Keine Lügen mehr, kein Tun, als ob alles irgendeinen Sinn hätte. Thea war nicht mehr oft rausgegangen. Ab und zu, wenn der Schnaps alle war, das Essen alle war. Der kleine Hund kackte in das Zimmer, er kam auch nicht oft raus. War Thea draußen, lief sie wie im Traum, an den anderen vorbei, die das Spiel der großen Verarschung noch spielten. Und manchmal war da noch ein bißchen Verachtung in ihr, wenn sie sah, wie sie sich belogen. Mit ihren tollen Jobs, mit ihrem verlogenen Optimismus, mit der größten Lüge, der Liebe. Thea geht vom Waschbecken weg. Sie war dürr geworden und aufgeschwemmt zugleich. Sie sieht den kleinen Hund an. Sieht, daß er tot ist. Ist egal. Der kleine Hund war noch eine Lüge von früher. Die Lüge, da wäre jemand, der sie bedingungslos lieben würde. Der kleine Hund würde jeden lieben, der ihm zu fressen gab. Aber jetzt ist er tot und mit ihm die letzte Lüge. Thea legt sich auf ihre Matratze. Aus ihrem Mund kommt ein bißchen Blut. Sie wischt das nicht weg. Sie liegt auf der Matratze. Geht noch ein bißchen tiefer in das Loch. Da ist das Ende. Und das ist vielleicht das einzige, wie man dem Leben, dem Schwein, eins auswischen kann. Und vielleicht auch das einzige Glück, das ehrlich ist. Der Zahn schmerzt zu stark, hält Thea ab, sich ganz aufzugeben, leiden mit schmerzenden Zähnen ist schwierig. Das Letzte, was Thea machen wird, ist, zu einem Zahnarzt zu gehen, den Zahn behandeln zu lassen, um danach zu probieren, ob man an Überdruß sterben kann.

22.59 Uhr.

(Gottfried, 46. Zahnarzt. Satt, früher arm, heute nicht mehr, ist aber nicht besser)

Inmitten der Dinge. Sieht er alle nicht mehr. Das Haus nicht, die Bibliothek nicht. Nichts zu sehen, nichts zu fühlen. Die Frau, gepflegt, mehrfach nachgestrafft, im Nebenraum, im Salon. Wenn er sie das sagen hört (SSSahlonhhhh), könnte Gottfried seiner Frau jedesmal die Nase brechen, weiß aber, daß er das dann nur wieder bezahlen muß, und ihr Anblick mit diesen Nasenbandagen nach einer Op, den kennt er, der ist nicht schön. Das Ziel ist erreicht. Seit einiger Zeit. Das Ziel war Gottfried 20 Jahre Geländer. Der beste Zahnarzt, der reichste Zahnarzt, immer wollte er in diesem weißen Haus leben, das er gesehen hatte, seit er Kind war, war er mal? Hatte er das Haus gesehen und das Bild gebaut. In diesem Haus wollte er mal wohnen, genug Geld, um damit den Garten zuzukleben, mit einer schönen Frau. Na Mahlzeit. Seit einiger Zeit geht es nicht weiter, nicht reicher, nicht schöner, geht nicht mehr, das Ziel ist weg, und damit alles. Die Frau redet nur noch mit blasierter Stimme, die Möbel sind blasiert und alles ein Mist. Und leer. Mit Glück wäre es morgen zu Ende, aber auf das Glück ist kein Verlaß. Gottfried sieht sich an, in einem alten Kristallspiegel. Braungebrannt, weiße Zähne und alles so oberflächlich wie alles. Er geht in den Salon, zu seiner Frau, die in einer Vogue herumblättert, steht neben ihr, unbemerkt von ihr, räuspert sich. Die Frau blättert in der Vogue. Während Gottfried dasteht, mit einer großen Einsamkeit, mit einer großen Peinlichkeit, die Luft spürt, zwischen ihm und seiner Frau. Wie etwas sehr Kaltes, zu kalt fürs Leben. Die Frau. Erinnert er sich, wie er sie kennenlernte, vor 15 Jahren, wie sie war, wie er war. Zwei Kinder, die ihre Unschuld verloren hatten, falls Kinder die haben. Und wendet sich ab, weiß, daß 152
seine Frau erleichtert aufatmen wird durch sein Gehen. Geht zurück in die Bibliothek. Drückt den Knopf, die Wände mit den Büchern weichen, geben den Blick frei, lassen ihn eintreten in einen Gang. Zu einer schweren, gepolsterten Tür. Die er öffnet. Auf einem Zahnarztstuhl ge-

bunden sitzt sie. Eine junge, etwas schmutzige Frau, die vor einer Weile gekommen war, überrascht worden war, von der Betäubungsspritze und nun da sitzt. Vor Angst irr, die Augen aufgerissen, die Zunge heraus. Und der Gottfried beginnt sich zum ersten Mal an jenem Tag lebendig zu fühlen, als er die Instrumente auf den Tisch ordnet, steril, weil er kein Schwein ist. Oder ein Pfuscher. Kippt den Behandlungsstuhl. Im Mund der Frau steckt ein aufblasbarer Knebel, der den Mund hermetisch abdichtet. Schreifreier Raum. Gottfried entblößt die Geschlechtsteile der Frau. Die Frau ist eine von vielen, die kamen. Nicht mehr gingen. Und jetzt wird ihr die Gebärmutter entnommen. Gottfried wäre gerne Chirurg geworden. Aber mit Zähnen konnte man einfach reicher werden. Schneller. Setzt er ohne Narkose den ersten Schnitt. Schon wenig später ist die Sache weit geöffnet. Gottfried holt die Frau immer wieder aus ihrer Ohnmacht zurück. Lästig, diese Ohnmächte, spürt die Frau doch gar nichts mehr. Und Gottfried durch sie. Nichts mehr. Besser wach. Ein Organ in seiner Hand. Die Wunde vernäht. Der Gottfried.

23.16 Uhr.

Ich

Vor dem Haus des Zahnarztes erinnere ich mich daran, wie ich früher daran vorüberging, die Fenster schaute und dachte, es sei ein Ort, an dem gebildete Menschen leben, mit Büchern, klassischer Musik und dunklen Vorhängen, ein Ort, an dem die Sonne nur in Flecken ins Zimmer tritt und Staub in den Flecken tanzt, die Räume voller Geruch, nach Seife und altem Wissen. Dachte immer, wie es sein müßte, solche Eltern zu haben, wie die, die ich in dem Haus vermutete. Nun bin ich ganz zufrieden mit meinen Eltern, Gott hab sie selig, seine Hand (Gottes?) in meiner gehen wir weg vom Zahnarzt und könnten die Polizei rufen, möchte nicht wissen, was in Polizisten wohnt, weiter in eine Seitenstraße, den Kopf voller Alpträume, voller Toter, voller Haß, voller Leichen, die Hände, die sich halten, und voller Liebe, so groß das Gefühl, sowenig Platz in mir, und könnte auch Trauer sein, so unbestimmt, die Liebe, die nicht passen will, in diese Nacht. Ein kleines Hotel, nur nicht die Frau an der Rezeption schauen, in ein Zimmer, mit alten Möbeln, einem Eisenbett und nicht zur Wand sehen, Irrensex auf Station 13. Ich ziehe ihn aus, ziehe mich aus, wir legen uns auf das Bett, ich weine nicht, mein Gesicht ist naß, ich bin nicht mehr allein, sein Körper hat keine Ecken, keine Knochen, nur weiches Fleisch, weiches Haar, deckt mich, hält mich und ich bin 12 und nicht mehr allein. Könnte ich doch so bleiben, mich gibt es nicht mehr, nichts, außer dem warmen Mann, dem weichen, und nichts schlimmer als der Moment danach, wo ein Mensch wieder zwei wird, und ein häßliches Zimmer, das Sperma auf dem Bauch kühl bläst, kalt wird es, und reden ist nicht dasselbe, streicheln, nicht dasselbe, mehr als 20 Zentimeter Verbindung ist nicht drin und zuwenig. Keine Worte, bitte nicht reden jetzt, macht Wahrheit, macht wissen, daß wir zwei Fremde sind, die sich getroffen haben, vielleicht nur den Wahn des anderen lieben, das Nichtmehr-alleine-Sein lieben und vorüber, wenn alles vorbei ist. So nackt kommen wir nie wieder zusammen, so ungeschützt und ehrlich nicht mehr, später werden alle anderen Sachen wieder wichtiger, mein Job, dein Job, meine Freunde, ich brauche meine Freiräume, verstehst du, könntest du bitte anrufen, bevor du kommst. Ich bin schon wieder nicht gekommen, weil du so egoistisch bist. Und Ironie dahinter Angst und Kälte, dahinter nimm mich auf den Arm und kaputt, ehe ein Jahr vorüber ist, ist auch besser so, ich lebe gerne alleine, habe keine Zeit für eine Liebe, fürs Bett sind sie ja ganz gut. Weniger Respekt und Vorsicht, als für einen Briefträger, hat man für Menschen die man zu lieben glaubt und ich denke, Liebe gibt es nicht, und warum halte ich ihn dann jetzt so fest. Ich halte dich fest, runder Mann, und wenn es da draußen immer so weitergeht, wenn die ganze Geschichte explodiert, die Menschen ersticken an ihrer Widerlichkeit, Mensch zu sein, es ist mir recht, ich kann hier liegen, auf deinem Bauch, der sich bewegt, wie Wasser, in einer Gummiflasche und dem Schaukeln nachspüren, bis alles zu Ende ist.

23.42 Uhr.

(Tricia, 28. Barfrau. Liest Hesse ..., hört Tindersticks, Sisters of Mercy, ist unzufrieden. Hat auch allen Grund dazu)

Tricia hatte sich lange genug geplagt. Hatte Hesse gelesen, in der Pubertät. Über das Leben nachgedacht, war Gruftie geworden, weil das Leben Tod bedeutet, war mit ihren Gruftiekumpels mit weißgeschmierten Fressen und muffig riechenden schwarzen Fummeln auf Gräbern gehockt, hatte sich mehrere Blasenentzündungen eingefangen, ihr Zimmer schwarz gestrichen. Und dann Depressionen bekommen, weil schwarze Zimmer und nur das Verstehen, daß alles unweigerlich dem Ende entgegenführt, die Geschichte auch nicht erleichtern. Die Depressionen hielten meist mehrere Monate an, während der Tricia nur in ihrem schwarzen Zimmer liegen konnte, zu jeder Bewegung außerstande, weil die Entscheidung bedeutet hätte. Nach den Depressionen war Tricia zu mehreren Therapeuten gegangen, einer hatte sie gefickt, die anderen auch nicht viel mehr erreicht. Jetzt war Tricia schon bald dreißig und wußte noch immer nicht, wie Leben Spaß machen konnte. Doch kam sie eines Abends drauf. Das einzige, was zählt, ist Geld. Jeder, der etwas anderes sagt, ist ein gottverdammter Lügner ohne Geld. Für Geld tun Menschen alles und wofür sollten sie sonst auch alles tun. Geld ist gut, um das Leben in erträglicher Form zu Ende zu bringen. Jeder, der etwas anderes sagt, lügt. Die Chance, einen Mann mit Geld zu treffen, ist groß. Es gibt immer mehr Menschen auf der Welt, die Chance, daß es immer mehr Menschen gibt, die ihr Leben dem einfachen Ziel opfern, Geld anzuhäufen, über Leichen zu gehen, auf die Welt zu scheißen, die erkannt haben, daß nur Geld etwas bedeutet, sind groß. Tricia sieht gut aus und hat vor kurzem den Entschluß gefaßt, sich nur noch an reiche Männer zu verkaufen. Der ganze Mist mit Liebe
155 hatte sich nicht rentiert. Männer sind in jedem Fall Männer. Unterlegene Geschöpfe, einfältig mit einfacher Struktur, leicht zu manipulieren und jämmerlich. Noch jämmerlicher ohne Geld. Das hat Tricia gelernt, auch daß jede

Verliebtheit endlich ist und der Schmerz immer länger bleibt als ein gutes Gefühl. Sie hat keine Lust mehr, Männer zu trösten, zu stärken, Mutter zu sein, sich im Bett benutzen zu lassen wie eine Abfüllanlage, krank zu werden über den Problemen der Männer, die sich nicht mehr auskennen, in der Welt. Wie sich niemand mehr auskennt, aber die Männer noch schlechter damit zurechtkommen als der Rest. Tricia will einen reichen Mann. Sie wird ihn nicht lieben, wird keinen mehr lieben, wird vielleicht das Leben besser ertragen, mit seinem Geld. Leichter ertragen mit Reisen, gutem Service, guten Trikotagen. Reiche Männer sind einfach zu finden, einfach zu bekommen. Es ist ein klarer Deal. Alleine sein will keiner. Bei nichtreichen Männern funktioniert der Deal nicht, weil sie sich nicht klar sind, was sie eigentlich verkaufen sollen, die nichtreichen Männer. Ihre Erbärmlichkeit, ihre Komplexe, die Sorgen um ihr Glied? Tricia hatte bereits einen Tag nach ihrem Entschluß einen reichen Mann kennengelernt. Sie hatte einen Kredit aufgenommen, sich die Codekleidung der Frauen, die einen Reichen haben wollen, gekauft: Thierry-Muggler-Kostüm, Titten raus, viel Bein, viel Taille, Jil-Sander-Pumps, ein Hauch von Berufstätigkeit am Fuß und war direkt in einer Einkaufspassage von einem Reichen angesprochen worden. Nachdem sie mit dem Reichen geschlafen hatte, stellte sie fest, daß der Mann nur Anwalt war. Nicht reich genug. Anwälte, Ärzte, Makler, nicht reich genug. Reichtum entsteht nur durch die Produktion von Sachen, den Besitz von Sachen, die zum Produzieren taugen. Das hatte schon Karl Marx erkannt. Wahrscheinlich wollte der auch gerne einen reichen Mann haben. Tricia hat also erkannt, worum es geht, nimmt ihr Prada-Täschchen und ist ein wenig in Zeitnot, der Kredit verlangt nach Raten, die Raten sind nicht da, Tricia muß schnell einen finden. Sie verläßt ihre Wohnung mit dem guten Gefühl, daß es an diesem Tag, diesem dunklen, scheußlichen Tag einfach klappen muß.

(Gerald, 40. Agenturinhaber, ohne Eigenschaften. Onaniert selten, hat er nicht nötig. Sammelt Insekten)

Eine kleine Maus auf Reichenfang. Erkennt Gerald direkt, teure Klamotten, sorgsam gepflegt. Reiche sind nachlässiger mit ihren Trikotagen. Sind sie schmutzig, werden sie weggeschmissen. Die Maus hat einen Hunger in den Augen. Es pressiert ihr. Fein, feine Maus. Gerald spielt an seiner teuren Uhr, streicht über sein teures Sakko und erigiert. Das wird ein guter Abend werden. Frau Maus stellt sich an die Bar. Der Mausblick bleibt an Gerald hängen. Ein Spielchen, mit den Augen, mehrere Minuten, dann bestellt Gerald Champagner für die Maus. Die bedankt sich, und Gerald stellt sich zu ihr. Nicht zu dicht, dicht genug, daß sie seinen Geruch aufnehmen kann. Den Geruch nach Geld. Alles an Gerald riecht danach. Die Schuhe nach Pferdeleder, das Sakko nach Kaschmirziege, das Duftwasser nach sibirischem Büffelhoden. Reiche riechen nach Tieren. Gerald, kennt diese Art Frauen, kennt ihre schmutzigen kleinen Vorleben, ihre billigen Gedanken, riecht die Angst, aus ihrer Haut. Ich werde alt, ich bin zu blöd, zu Geld zu kommen, ich bin nicht schön genug, daß es mir geschenkt wird, ich muß mir einen holen, ihn heiraten, festnageln. Riecht Gerald, kennt Gerald. Ödete ihn fast an, wenn es ihm nicht gelegen käme. Er will nicht heiraten, und das Letzte, was er will, ist so einer kleinen billigen Schlampe sein Geld zu schenken. Wollen wir ein Spiel spielen, fragt er. Sie nickt, guckt so, wie sie es für raffiniert hält. O.K., sagt Gerald, wir spielen das Wahrheitsspiel. Jeder stellt fünf Fragen, und der andere muß sie ehrlich beantworten. Ohne Ausflüchte, ohne Lügen, was ja geht, weil es ein Spiel ist. Gibt es Tabus? fragt die Frau. Gerald schüttelt den Kopf. Er spielt dieses Spiel mit jeder, das mögen Frauen, sie halten ihn dann für offen, spannend, intelligent und denken sich, sie könnten dabei etwas über ihn erfahren. Das Wahrheitsspiel kommt so sicher an wie über Sternzeichen zu reden. Frauen sind blöd und geschmeichelt, wenn sie das Gefühl haben, ein Mann würde sich für sie interessieren. Gerald stellt die erste Frage: Wie schlafen Sie nachts ein?

Gute Frage, sieht er sie denken, so psychologisch. Sie macht ihm ihre Einschlafstellung direkt vor. So, auf der Seite, die Decke fest um mich gezogen, falls jemand eine Leiche in mein Bett legt, wissen Sie, ich habe viel Edgar Allan Poe gelesen, als Kind, seitdem schlafe ich so. Aha, eine redselige, denkt Gerald und erwartet ihre Frage: Sind Sie reich, fragt die Frau. Und Gerald holt einen Kontoauszug einer Schweizer Bank hervor. Die Frau lacht. Gerald kann direkt sehen, wie willig sie wird. Er fragt: Welche Art, Liebe zu machen, bevorzugen Sie? Liebe zu machen hören sie gerne, die Frage vereint Draufgängertum, Offenheit mit Charme eines Liebhabers der alten Schule. Die Frau sagt: Überall, außer im Bett. Gerald hat diese Antwort schon ungefähr tausendmal gehört und weiß, welche Art Prüderie sich dahinter verbirgt. Noch nie hat ihn eine bei dem Spiel überrascht. Mit einer Frage, einer Antwort, die ihm neu gewesen wäre. Er haucht in ihr Ohr: Dann sollten wir jetzt gehen. Aber das Spiel, wehrt sich das Wild weidwund. Später, flüstert Gerald. Er führt die Frau zu seinem Jaguar, fährt mit ihr, die so aufgeregt ist, daß sie kaum stillsitzen kann, in seine Villa. Kiesauffahrt, Park drumrum, die Frau neben ihm atmet schwer vor finanzieller Erregung. Gerald mischt ihr das Getränk, während er innerlich angeekelt betrachtet, wie unsicher sie in der schloßgleichen Halle herumsteht, die Füße die teuren Schuhe nicht gewöhnt, der Körper verunsichert vom grellgelben Designerkostüm. Die Frau trinkt daher so hastig, wie es ihm recht ist. Und dann, später, erlahmt ihr Körper, ihr kleines Ich, und Gerald kommt mit Wucht.

2.17 Uhr.

(Walter, 35. Müllmann. Keine Neurosen, hat ein Bild von sich erschaffen mit der Größe seines Geistes, also, ein einfaches Bild, wird dem gerecht, keine Fragen weiter) 158

Müll wegzuräumen ist mit der wichtigste Job der Welt. Weiß Walter, und auch, wie die Stadt aussähe, würden er und seine Kollegen ein paar Monate in Urlaub fahren. Erst nur Tüten auf den Straßen, die bersten, Tonnen, die überquellen, Kot verstopft die Zufahrten, Gestank, die Pest, nach ein paar Monaten, ohne ihn und seine Kollegen wäre die Stadt erstickt in ihren Fäkalien, ein verwesender Haufen Unrat. Deshalb ist Walter stolz auf seinen Beruf. Auf sich, ein glücklicher Mensch. Er lebt gerne, hat die Ordnung gerne, in seinem kleinen Appartement. Geht sehr früh zur Arbeit, trinkt davor im Schlachtviertel Kaffee, hat da Kumpels und geht an die Arbeit. Abends ist er müde, badet, kocht sich was und sieht Fernsehen, gönnt sich ein Bier. Walter mag nicht in Urlaub fahren. Im Urlaub weiß er nicht, was tun. Ein, zwei Tage gefällt es ihm, mal woanders Bier zu trinken, aber danach wird er unruhig, läuft am Strand des Urlaubsortes herum und sammelt Müll auf. Manchmal muß Walter Urlaub machen. Das mag er nicht. Sonst liebt er das Leben, liebt, wie die Sonne über der Müllhalde auf- und untergeht, schöner als jeder Sonnenauf- und -untergang am Meer ist ihm das. Die Sonne, über dem Berg, den er geschaffen hat. Über einer Welt, die er geschaffen hat und in Ordnung hält. Walter liebt das Leben. Es gehört nicht viel dazu. Und er versteht nicht, warum so viele Menschen keinen Spaß daran haben. Auf seiner Müllkippe liegt wieder eine. Er sieht das grellgelbe Kostüm sofort. Eine junge Frau, zerfetzt, zerrissen und tot. Walter liebt solche Funde. Die Polizei wird kommen, und Walter wird strammstehen, ihnen Rede und Antwort geben. Die Tote war bestimmt auch nicht glücklich. Selbst mit zerfetztem Gesicht sieht sie noch verhärmt aus. Das ist, weil Leute zuviel erwarten, weil sie dauernd mehr wollen, als sie haben, weil sie mehr wollen als arbeiten und Bier trinken, ja, Herrgott, für mehr ist das Leben doch nicht eingerichtet. Walter geht es gut, er weiß, daß er den wichtigsten Beruf der Welt hat, weiß, daß er mindestens soviel zählt wie Ärzte oder andere Studierte. Die aber oft nicht glücklich sind. Walter steht an seinem Müllberg und lächelt. Der steife Arm der toten Frau ragt in einem gelben Ärmel über den Müllberg, schön, wenn jetzt eine Sonne da wäre, ist aber nicht, ist auch gut, und Walter ist glücklich.

2.46 Uhr.

(Harkan, 33. Fühlt sich fremd, ist er auch. Harkan lebt seit einiger Zeit in der großen Stadt. Ob ihm das bekommt?)

Harkan ist erst seit ein paar Wochen in der großen Stadt. Vorher lebte er in einem anderen Land, in einem Dorf, welches Land, ist egal, es war einfach ein anderes, und fremd ist man immer, wenn man den Platz verläßt, an dem man geboren ist. Fremd ist man manchmal auch dort. In Harkans Dorf lachten alle über ihn, weil er soviel Angst hatte, weil er keine Lust hatte, ein Mann zu sein, wie die anderen in seinem Dorf. Sehr allein, und alle lachten, er ertrug ihre Grobheit nicht, ihre Dummheit nicht, ekelte sich vor ihrem Geruch und träumte davon, in einer großen Stadt zu leben, Gedichte zu schreiben und ein ruhiges Leben zu führen, in dem es nichts Grobes gab. Darum war Harkan weggegangen. Warum gerade in diese Stadt, war egal, ist egal, es hat sich so ergeben, und kaum angekommen, merkte Harkan, daß die Stadt noch häßlicher war als das, was er kannte, als alles, was er kannte, daß die Dummheit der Menschen, ihre Grobheit ihn noch mehr quälte als in seinem Dorf. Das wußte Harkan eben nicht genau. Ob die Dummheit weniger, die man ständig sieht, oder einiger Millionen, die man nur einmal sieht, besser zu ertragen war. Harkan war froh, daß er die Sprache der Menschen nicht verstand, so roch er ihre Dummheit nur, sah sie in ihren dumpfen Gesichtern, trank sie in dem derben Tonfall ihrer Sprache. Harkan wohnt in einem kleinen Zimmer, das dumpf war, in einem Haus, das dumpf war, dunkel, moderig und versucht Gedichte zu schreiben. Er hört die Nachbarn ficken wie Tiere, brüllen wie Tiere, kreischen wie Tiere, und dann macht es auch schon nichts mehr, daß der einzige Job, den Harkan gefunden hatte, im Schlachthof war. Harkan haßte das Töten von Tieren. Haßte es, bis 160
zu den Knöcheln in warmem Blut zu stehen, den Gestank dampfender Tierdärme zu riechen, den Tieren in die Augen zu sehen, wenn die brachen, das Elektroschockgerät anzusetzen, die Tiere in die Knie gehen zu sehen, den Geruch nach Tod, nach Widerlichkeit, um ihn Kollegen, nicht

anders als die Tiere. Und stellte sich vor, daß es keinen Unterschied machte, würden die Tiere sich versammeln, ausführlich besprechen und im Handstreich die Menschen töten, ihre Folterknechte. Dann hingen halbe Menschenhälften an Haken, würden mit kochendem Wasser bespritzt und hernach verzehrt. Ein Unterschied wäre das nicht. Harkan weiß, daß sein Leben sich nicht mehr zum Guten wenden wird. Er weiß es sicher. Daß er kein guter Dichter ist, nirgends zu Hause, zum Glück nicht geboren. Weiß es, seit er hier ankam und alles gleichblieb, mit anderen Lauten. Weiß, daß das Unglück in ihm ist und er etwas will, das unerreichbar ist. Er macht weiter, obwohl er weiß, daß das naturgegebene Leben für ihn zu lang sein wird. Geht in den Schlachthof, geht heim, durch schmutzige Straßen, in sein Haus, der Putz herunter, die Stiege hoch, mit Löchern und Geruch nach hundert Jahren billigem, fettigem Fraß, in sein kleines Zimmer, Linoleum am Boden, gerissen, ein Waschbecken, Emaille, angeschlagen, die Wohnung hat, solange sie lebt, noch nicht einen Strahl Sonne gesehen, eine Kreatur der Nacht, die Wohnung, und setzt sich Harkan an den Plastiktisch, schreibt schlechte Zeilen auf, blickt aus dem Fenster, in den Hof, in die Fenster der Nachbarn, teigige Frauen in Unterröcken, dicke Männer, wie Paviane, und Harkan wartet, daß er vor Ekel stirbt, irgendwann. Manchmal geht er nach dem Schlachthof in eine Kneipe. Die Luft darin, feucht von Männerschweiß, Tierkadaverschweiß, Biergeruch, Schnapsdunst aus deren Haut. Steht Harkan am Tresen, stumm, saugt den Ekel in sich. Schaut den Mann neben sich. Ein Müllmann, mit Resten an seiner Uniform. Der Müllmann strahlt. Zufrieden mit sich in seiner Beschränktheit. Legt seinen Arm trunken um Harkan, redet in seiner harten, dummen Sprache auf ihn ein. Dummheiten, Geruch aus dem Mund, nach zu vielen Zigaretten, Tierkörpern und Alkohol. Und Harkan wird klar, wie er die Sache zu einem guten Ende bringt. Er greift nach einer Bierflasche, schlägt deren Hals ab und sticht mit dem zerrissenen Rest auf das Gesicht des Müllmannes ein. In die Augen, die Nase, in den Mund, ein Loch vergrößern, quer über den Hals, greift mit der Hand in den Hals, hebt Sehnen daraus. Mann, tut das gut.

2.54 Uhr.

Ich

»Der ist erledigt«, sagt der Mann und schaut wie ich auf die Straße, über die Straße, in eine Kneipe, und dann sehen wir uns wieder an, mit glasigen Augen, wie nach zuviel schlechtem Fernsehen. Wir sitzen auf dem Bett, im Hotelzimmer, und können noch eine halbe Stunde bleiben. Draußen geht also der Wahnsinn weiter. Aber bald ohne uns. Morgen früh verschwinden wir, aus der Stadt. Wir werden laufen, versuchen ein Auto anzuhalten, vielleicht eines zu stehlen. Im Krieg ist alles erlaubt. Hauptsache, weg, und dann weitersehen. Vielleicht fahren wir nach Italien, ohne Paß, dann fahren wir halt irgendwohin. Weg. Nur weg und bald, vielleicht morgen früh, mir ist alles egal, ich bin nicht mehr zurechnungsfähig. Die Hormone kommen mir aus den Ohren raus, tropfen auf das feuchte Laken, mir doch egal, wer sich umbringt, in der Stadt, sollen sich alle umbringen, die Stadt explodieren, ich bin in Sicherheit. So schnell verliert man sich, in einer Brühe aus Liebe, ertrinkt man, und es bleibt nichts als ein Grinsen zurück. Halt mich, sage ich, und die Liebe macht, daß alles nicht mehr existiert. Noch nie war sie so, denkt man bei jeder Liebe. Das Wort ist unklar. Verliebt meint etwas, das man ahnt, das man sieht, auf den ersten Blick. Und ich sehe und ahne und weiß etwas. Wie ist das Wort dafür. Wie die Reaktion darauf, auf einen Menschen, der mich berührt, wie noch nicht einmal ich.

14. GgdW

Harkan, am Flughafen.

Der Reiseleiter sieht in den Himmel. Kein Flugzeug in Sicht. Wird doch nicht schon wieder eins abgestürzt sein. Weil die Idioten so sehr klat- < 162
schen, beim Landemanöver. Und der Pilot sich erschreckt, das Steuer hochreißt, das Flugzeug gegen ein Haus knallt, explodiert, die ganzen Touristen durch die Luft schleudert, Hawaiihemden auf den Boden, zersprungene Tosca-Flaschen. Der Reiseleiter lächelt. Wunder gibt es nicht. Das Flugzeug wird landen. Er wird seine vierzig Urlauber in ei-

nen Bus schaufeln. Wird sie eine Woche zu Sehenswürdigkeiten karren, die sie nicht interessieren, wird die immer gleichen Witze machen. Und ihre Gesichter schon vergessen haben, wenn er sie schaut. Deutsche Gesichter, Paargesichter, alle ähnlich. Jeden Freitag eine neue Gruppe. Seit zwei Monaten, noch vier Monate lang. Harkan atmet tief durch. Allah, sagt er leise, Allah, laß ein Wunder geschehen. Dann sucht er den Himmel nach Explosionen ab. Alles schwarz. Alles ruhig. Ein kleines Licht. Da kommen sie.

Ich, 34, im Flugzeug. Erster Tag.

In Tragflügel können Blitze einschlagen. Ratten in der Verschalung können Kabel essen. Brennende Zigaretten können in Lüftungsschlitze fallen und Kurzschlüsse herstellen. Bomben können explodieren. Ratten können, nach dem Verzehr der Kabel, die Piloten essen. Nur Idioten haben keine Flugangst. Nur Riesenidioten würden mit Öger Tours für 399 Mark in die Türkei fliegen. Als ich die Augen aufmache, ist das Gerät in der Luft. Das sagen vermutlich Profis: Hey, welches Gerät fliegst du heute? Ich im Gerät, die Augen auf. Im Prospekt der türkischen Fluggesellschaft ein Bild junger Menschen, die in einem Cabrio hängen. »Ein superspritziges Vergnügen im Offroad-Car.« Gute Geräte, die Offroad-Cars. Um mich in Dreierreihen unverstellbarer Sitze die Pauschalreisebilliggruppe. Pauschalreise. Ein Scheiß. Jogginganzüge mit aufgenähten Deutschlandflaggen. Kleine Gehirne in viel Fleisch versteckt. Laute Lieder. Viele Biere. Kennen wir doch alles. Wozu für das mein Leben riskieren. Urlaubsstimmung auf dem Monitor. Die schönsten Flugzeugkatastrophen, Interviews mit Hinterbliebenen, oder so was. Nachdem ich drei Stunden den Luftraum beobachtet habe, auf jede Bewegung des Geräts geachtet, immer bereit einzugreifen, heben wir zum Landen in Antalya an. Alle klatschen. Ich auch. Eine feine Sitte. Die Menschen sollten viel öfter klatschen. Wenn eine Wurstverkäuferin eine optimale Abwiegung erzielt, klatscht alle, wenn ich ein schönes Textchen abliefere, steht auf in der Redaktion und zu Hause und hebt das Klatschen an. Es wird zuwenig geklatscht in unserer kalten Welt.

Ein Tourist am Flughafen.

Nee, ich klatsch da auch immer. Ich meine, ich find es schon albern, aber wenn alle klatschen. Außerdem, wenn einer seinen Job gut macht, soll man das ruhig zeigen. Sie waren noch nicht hier? Ich schon. Schön. Das Hotel ist schön. Wird Ihnen gefallen. Jetzt müssen wir in den Bus.

Ich im Hotel Justiana Beach. Zweiter Tag.

Die Riviera zwischen Alanya und Antalya. Das Hotel ist eine Betonpyramide mit Lichterketten. Drinnen liegt viel Marmor rum. Es riecht nach Weichspülmittel. Das kommt aus den Belüftungsanlagen. Die führen hinter der Wand lang. Hinter der dünnen Wand ist das Hotel wohl schwarz und aus Pappe, die mit großen Reißzwecken zusammengehalten wird. Nur nicht nachsehen. Nicht hinter die Wände gucken, alles naß da, vom Weichspüler. Im Speisesaal ist es gelb. Dreihundert Touristen und Nichtrauchen ist feige. Hie und da das erste Bier. Ein aufgeräumter Türke erzählt, daß diese Schnupperreisewoche, er sagt wirklich Schnupperreisewoche, von der Regierung gesponsert sei, 5-Sterne-Hotel, fünf Bustagestouren, Flug und Halbpension für 399 Mark. Damit alle heimführen und zahlreich wiederkämen, nach gelungenem Geschnupper. In einer Stunde geht die erste Bustour los. Ich schnupper derweil im Hotel rum. Mehrere Kronleuchter hängen sinnlos von hohen Decken. Mehrere Touristen im Whirlpool tauschen Gonokokken. Im Gästebuch haben ungefähr zwanzig kleine Mädchen reingeschrieben, daß Beach-Boy Hassan soooo süß ist. An der Hotelbar ist schon Betrieb. Zwei Erwachsene mit Dauerwellen sitzen da. Ein kleines Mädchen kann noch nicht richtig laufen, aber schon erstklassig Baccardi-Cola für ihre Eltern bestellen. Das andere Kind, das sie noch haben, ist derweil auf die Fresse gefallen und schreit. Die Eltern trinken Baccardi-Cola. Am Strand macht ein sehr dickes Kind einen dikken Haufen. Die Eltern sehn den an. Das Meer auch. Das hat keine Standesdünkel, kein Tropfen rümpft da die Nase über einen anderen. Wir sollten vom Meer lernen.

Eltern am Strand, ich, den Haufen betrachtend. Zweiter Tag.

Vater: Er ist erst drei.

Mutter: Aber ist schon soweit wie andere mit 10.

Vater: Und gefällt's Ihnen? Uns gefällt's. So billig. Bei so einem geldwerten Vorteil kann man nichts sagen.

Mutter: Ich sag nur: Obacht bei den Unkosten.

Vater: Meine Frau und der Kleine sind das ganze Jahr in Urlaub. Ich muß ja arbeiten, von nichts kommt nichts.

Mutter: Wir sind so richtige Pauschalprofis.

Ich: Sind Sie zum ersten Mal in der Türkei?

Mutter: Ja, der Strand ist ja fast so wie in Mallorca. Sehr schön. Das Hotel hat aber nie fünf Sterne. Höchstens fünf Sterne in der Erprobung.

Ich: Haben Sie Beach-Boy Hassan schon gesehen?

Ich im Bus. Zweiter Tag.
Alle Touristen in Gruppen aufgeteilt. Unser Bus hat die Nummer 43. Ich habe das Gefühl, als wär irgendwas nicht in Ordnung. Mit dem Bus, mit der Nummer. Ich komm nicht drauf. Der Bus fährt am Meer lang. Jeder freie Platz wird schnell bebaut, ehe er um sich greifen kann. Zugebaut, die ganze Welt. Überall sieht es bald aus wie überall. Schön, daß alle auch überall hinfahren können. Um da nichts anderes zu machen, als sonst. So im Bus, weiß ich grad nicht, was man in anderen Ländern soll. Dort rumlaufen, essen, schlafen, Bus fahren? Harkan ist der Reiseleiter unserer Gruppe. Er sagt: »Ich heiße Harkan, vielleicht schreiben Sie sich das auf.« »Das schreib ich mir gleich auf«, ruft eine alte Frau und hebt dabei die Hand in die Luft. Im Bus noch zwei ältere Freakbrüder mit langen Haaren. Hacke Günther und Hacke Egon. Alle Touren haben sie sich angemeldet. Sonst Pärchen.
»Vor kurzem waren hier nur Fischerdörfer«, sagt Harkan stolz. »Heute können in der Saison 200 000 Touristen Platz finden.« Leere Bungalows, leere Hotels. Keine Menschen. Saison ist nicht. Ein Urlaubsland in der Erprobung. Und überall Pappeln. Die Proleten unter den Bäumen. Die wachsen nur in Mittelmeerländern. Wachsen auch nur in Herbst und Winter und machen, daß die Sonne kalt scheint. Nach einer Stunde Bus fahren dürfen wir raus. Wir besichtigen eine Festung. Besichtigen ist was Feines. Steht man rum, raucht eine und besichtigt. Das tut keinem weh. Die besten Besichtiger sind Engländer. Sie fahren in fremde Länder und besichtigen dort Vögel. Überall, wo man auf ruhige Menschen trifft, die früh aufstehen, sich nicht viel bewegen und große Ferngläser rumschleppen, hat man es mit englischen Vogelfreunden zu tun. Die soll man leise grüßen und liebhaben. Nach der Festung besichtigen wir noch eine Höhle und einen alten Turm. Männer stehen vor den Sachen und zeigen mit wichtigen Gesichtern darauf, als würde das Gezeigte nur durch ihre Finger existieren.

Ein Tourist zeigt auf den Horizont:
Guck mal, da hinten ist unser Hotel. Siehst du, nein, hier mußt du gucken. Daß hier alle deutsch sprechen, finde ich gut. Auch, daß wir mit unserem Geld bezahlen können. Ich war mal in Thailand. Auch mit einer Gruppe. Das war sehr exotisch. Aber keiner verstand einen. Und mit dem Geld, dieses Umrechnen kann einen ganz schön kosten.

Ich auf einem bunten Abend.

Im Speisesaal tanzen Bauchtänzer. Die Zuschauer trinken. Die Bauchtänzer sind dick und gucken obszön. Die Zuschauer lachen. Die Bauchtänzer holen vereinzelte Zuschauer auf die Bühne, auf die wackligen Beine, entblößen sie zum Teil. Die Zuschauer zucken unbeholfen mit dicken Leibern, fassen sich an die Brust, in den Schritt. Die Zuschauer auf der Bühne lachen nicht. Geilheit im Saal. Trunkenheit im Saal.

Ich im Bus. Dritter oder Vierter Tag.

Wir fahren Bus. 1800 km in einer Woche. Der Bus fährt, und die Leute wachen nur kurz auf, wenn er anhält. Steigen verwirrt aus und wissen nicht wo sie warum sind. Oft sind wir in Fabriken. Die Gold herstellen, Leder oder Teppiche. Dann besichtigen wir, wie Gold, Teppiche oder Leder gemacht werden und dürfen dann von den Produkten kaufen. Manchmal werden wir auch auf Märkten freigelassen. Dann kaufen alle Calvin-Klein-T-Shirts. Abends kommen wir müde zurück ins Hotel. Wir trinken an der Hotelbar und gehen schlafen, damit wir morgens munter sind für die Bustour. Der Reiseleiter heißt Harkan. Haben wir uns alle aufgeschrieben. Er erklärt uns auf den langen Fahrten in die Fabriken sein Land. Auf das er stolz ist. Von dem er glaubt, daß wir es nicht mögen. So redet er, mit einer Herablassung, die Vorurteile wittert. Alles kommt aus der Türkei, lernen wir. Nikolaus, die Kultur und die Arche Noah. Die größten Berge wachsen hier und Flüsse so fett, daß sie nach Saudi Arabien verkauft werden.

Ich auf einem anderen bunten Abend.

60 Mark und trinken soviel reingeht. Der Bus fährt uns in ein befreundetes Hotel. Alle haben sich schöngemacht. Weiße Pumps und schwarze Strumpfhosen. Spencerjackets. Lila. Pullover mit Angoraapplikation. Das andere Hotel ist noch größer als unseres. Noch mehr Weichspüler, noch mehr Lichterketten. Ein gläserner Fahrstuhl. Ein großer Saal und eine kleine Bühne. Neonlicht. Am Rande ein Stuhl. Die schöngemachten Touristen trinken. Auf der Bühne spielt eine russische Geigerin sehr falsch. Ihr Gesicht ist sehr russisch. Sie hört nicht auf zu spielen. Ob die Eingänge verschlossen sind? Wir und die Geigerin, eingesperrt bei schlechtem Wein, bis eine der beiden Parteien anfängt zu sterben? Nach der Geigerin ein paar Bauchtänzer. Danach wieder Russen. Traurige Mädchen tanzen. Sieht jeder, der hinschauen mag, in ihren Gesichtern, daß sie was anderes vorhatten, in ihrem Leben, als auf einer kleinen Bühne in der Türkei vor Touristen zu tanzen. Die im-

mer betrunkener werden und sich langweilen. Wenn jemand mal Mitleid mit mir hat, will ich es wissen. Und mir die Lampe ausblasen.

Ein Tourist im Bus, angetrunken.
Die Mädels waren nicht von schlechten Eltern. Die russischen Frauen (schnalzt)
Ich fahr ja im Jahr dreimal in Urlaub. Immer pauschal. Ich mach auch immer alle Ausflüge mit. Da lernt man was vom Land kennen. Nur so am Strand liegen wär für mich nichts. Im Urlaub will ich so richtig ausspannen. Mir keine Gedanken machen.

Ich im Bus nach, egal. Fünfter Tag.
Ich habe aufgehört zu lesen. Gestern habe ich das Buch weggeworfen. Habe auch keine Lust mehr zu denken. Ich esse morgens was auf den Tisch kommt. Dann steige ich in den Bus. Die Landschaft läuft in Körpertemperatur an mir vorbei. Hält der Bus, schaue ich mir irgend etwas an. Ich entferne mich nicht weit von den anderen. Wir essen zusammen in Touristenrestaurants, vor denen der Bus hält. Das Essen schmeckt immer gleich. Nicht gewürzt, wegen der älteren Menschen. Die Landschaft ist immer gleich. Schöne Berge (die schönsten Berge kommen aus der Türkei) und Häuser, die wie Tankstellen aussehen. Oder andersrum. Ab und zu sieht man auch Türken. Die winken. Ich entferne mich nicht von der Gruppe. Wir haben alle ein bißchen Angst vor dem Reiseleiter. Wie vor einem Lehrer. Ich wollte einen Kaffee kaufen, irgendwo. Der Türke verstand kein Deutsch und wollte auch mein deutsches Geld nicht. Ich wußte nicht, was ich machen sollte. Ich glaube, ich mag die Menschen in meiner Gruppe. Sie arbeiten noch. Stellen richtige Dinge her. Die Menschen, die ich zu Hause kenne, stellen nichts her. Sie machen Dinge, die es eigentlich nicht gibt. Ich meine, gibt es die Menschen dann überhaupt?

Ein Tourist im Bus.
Kann ich ein bißchen mit dir reden? Die Busfahrten sind ja echt fad. Obwohl mich Kultur ja schon interessiert. Das Hotel hat nie fünf Sterne. Auch wenn's billig ist, aber ich hab fünf Sterne gebucht. Die Kinder kommen ja nicht mehr mit, obwohl ich die Große verloren hab.
 Nee, die ist nicht tot. Die hat sich ihr Leben versaut. Die hat nen Nigger geheiratet. Den hab ich zusammengedroschen, und das Schwein grinst noch. Meine Kollegen haben auch gesagt, wenn ne weiße Frau erst mal mit nem Nigger zusammen war, kann man sie abschreiben.

Ein zweiter Tourist im Bus.

Darf ich mich mal zu dir setzen. Ich sach mal ehrlich, ich wollt mal checken, wie meine Chancen bei dir sind. Du bist alleine. Ich auch. Ich meine, ich habe ja zwei Freundinnen. Da klappt das sexuell auch gut. Die eine läßt mich auch anal ran. Aber irgendwas fehlt. Verstehst du, was ich meine. Was? Du hast kein Interesse. Dann geh ich mal wieder auf meinen Platz.

Ein dritter Tourist im Bus.

Darf ich mich mal zu dir setzen? Hör mal. Kannst du mir einen Gefallen tun? Du hast doch bestimmt viele Freundinnen. Ich suche nämlich eine Braut. Also ich beschreib mich mal: Ich bin Perser und 21. Ich bin total nett, aber die Frauen haben Angst vor mir, weil ich so groß und breit bin. Wenn mich eine haben will oder auch du, dann sag mir doch Bescheid. Ich setz mich mal wieder weg.

Harkan im Bus. Letzter Tag.

Da sitzen sie. Wie Lemminge. Ohne eigne Gedanken. Haben ja dafür bezahlt. Ich könnte sie zu einer Müllhalde bringen. Sie würden es nicht merken. Sie auskippen. Sie würden sich nicht wundern. Nur quengeln, Punkt sieben, wenn das Essen nicht da ist. Morgen kommt die nächste Gruppe. Himmel, wie ich den Job hasse. Allah, mach, daß ein Wunder geschieht.

Allah, der aus der Türkei kommt:

Na gut.

Ich im Bus. Letzter Tag.

Wie lange bin ich schon hier? Der Bus fährt. Draußen eine Landschaft. Die Türkei ist ein sehr schönes Land. Ich seh ja alles aus dem Bus. Wilde Berge, die neu beförstert werden, wie Harkan sagte. Viel Himmel. Viel Meer. Ab und zu haben wir Kontakt. Die Menschen sind sehr nett. In meiner Gruppe sind auch alle nett. Überall Pappeln. Beach-Boy Hassan ist soo süß. Ich werde gefüttert, bewegt. Ich bin glücklich. Pappeln. Sind schöne Bäume. Ich will nicht mehr aussteigen. Mich nicht mehr bewegen. Ich will. Eigentlich nur, daß alles so bleibt. Gott, mach, daß der Bus nicht mehr anhält.

Gott, der aus der Türkei kommt und da auch lebt:
O.K.

Ein Tourist an einer Tankstelle unter Pappeln:
Ja, diesen Bus habe ich schon mal gesehen. Der fährt hier immer vorbei. Jeden Tag. Ohne anzuhalten. Fährt immer weiter. Schon seit ein paar Wochen. Ein Fahrer ist da nicht drin. Wahrscheinlich irgendeine Sache in der Erprobung.

3.02 Uhr.

(Friedrich, 33. Inhaftierter. Armes kleines Gehirn, taugt zu gar nichts)

Den Hasen hatte Friedrich gegen gutes Geld von einem Aufseher bekommen. Friedrich fickt den Hasen ungefähr 20 Mal am Tag. In der Nacht auch. Was soll man tun in einer Scheißzelle außer ficken. Der Hase quiekt immer, wenn Friedrich in seinen Arsch rammelt, manchmal ist er auch ein bißchen eingerissen, aber er lebt, das zähe Vieh und selber schuld, wenn er so herausfordernd mit seinem Hintern wackelt. Friedrich sitzt in der Zelle, weil er vor dem Hasen mehrere Kinder gefickt hatte. Er sieht nicht ein, was daran falsch gewesen sein sollte. Die Kinder hatten ihn herausgefordert. Kleine Mädchen mit Röcken, wo man den Schlüpfer sehen konnte, also bitte, selber schuld, wollten gefickt sein. Bis auf das Ficken, weil es mit dem Hasen dann doch etwas fad ist, fühlt sich Friedrich ganz O.K. in der Zelle. Also, es ist nicht speziell anders als draußen. Draußen saß er halt in einer Wohnzelle, lief ab und zu draußen rum, trank Bier und fickte Kinder. Ziemlich egal. Gearbeitet hatte Friedrich nicht draußen. Wozu. Geld gab es auch so. Vom Ficken erschöpft liegt Friedrich auf seiner Pritsche und dreht den Hasen in den Händen, als sich die Tür öffnet, ein Kanake, wird in die Zelle geschoben. Der Wärter sagt Friedrich, daß der Kanake Harkan heißt. Dann schließt sich die Tür wieder. Friedrich schaut dem Kanaken zu, wie er sich aufs Bett legt. Der Kanake sieht ganz gut aus. Schmal und so weiter, und Friedrich freut sich. Er wird ihn demnächst ficken. Der Kanake entdeckt den Hasen und stiert ihn an, bekommt feuchte Augen, der Kanake Arsch. Steht vor Friedrichs Pritsche und streichelt den Hasen in Friedrichs Händen. Friedrich versteht nicht, was der Kackkanake mit dem Scheißhasen vorhat. Wahrscheinlich will er ihn ficken. Friedrich zieht den Hasen weg. Der Kanake redet in seiner Mistsprache und streckt die Hände nach dem Hasen aus, bettelt. Friedrich hat da schon wieder Spaß daran. Er macht dem Kanaken klar, daß er den Hasen streicheln darf, wenn er sich ficken läßt. Geil, denkt Friedrich, als er das entblößte Gesäß des schmalen Kanaken vor sich sieht, er stößt tief hinein, der Kanake wimmert. Das ist gut, denkt Friedrich, das Blöde ist nämlich, daß Hasen nicht wimmern. So fikken die beiden Männer eine Zeit. Nachdem es vorbei ist, streckt der Kanake, der jetzt ganz verheult ist, die Hände wieder nach dem Hasen aus. Friedrich geht mit dem Hasen auf den heulenden Kanaken zu, tut, als wolle er den Hasen übergeben, täuscht an, schlägt den Hasen mehrfach mit dem Kopf gegen die Wand. Guter Tag gewesen, denkt Friedrich später, als das Licht aus ist und er dem Schluchzen des Kanaken lauscht.

3.23 Uhr.

Ich

Wieso haben wir eigentlich kein Hotel für die ganze Nacht genommen. Weil wir es klasse finden, frierend durch die Kälte zu laufen. Und wieso weißt du nicht mehr, wo du gewohnt hast? Und warum weißt du nicht mehr, wo dein Geld ist? Und warum kannst du dich nicht an deine blöden Freunde erinnern. Weil ich verrückt bin. Liebst du mich? Ich kann mich nicht erinnern. Und laufen, reden, küssen, anfassen, rundherum ist egal, ist Verliebten immer egal, und wenn wir zusammen in die Irrenanstalt kommen, es ist wie das erste Mal, weil ich die Male vorher vergaß, nicht essen, nicht trinken, nicht kopulieren, nur dicht aneinander liegen wollen und schauen. Den neuen Menschen anschauen, deinen Menschen anschauen, es ist dunkel geworden. Vor ein paar Stunden hatte ich gehofft, mit der Dunkelheit würde das Auge wieder normal werden, würde einfach Dunkelheit sehen. Aber das Auge sieht weiter, immer noch, hinter alles, nur wenn ich ihn ansehe, sehe ich ihn. Ich stelle mir nicht vor, was wäre, wenn ich ihn durchschauen würde. Wir trinken einen Kaffee, an einer Imbißbude, die Luft ist feucht, wie Rauch vor unseren Mündern, schnell die aufeinandergelegt. Warum legen verliebte Menschen Münder aufeinander. Weil es so wenige Orte gibt am Körper sonst, wo sie ineinanderkriechen können. Wenn die Nacht vorüber ist, wenn es hell wird, vielleicht wird es wieder hell, sind wir nicht mehr hier.

3.30 Uhr.

(Conni, 16. Schülerin, keine Vorlieben. Onaniert mitunter zu Fotos von Peter Andrew, who the fuck is ... Interessen: Peter Andrew)

An manchen Tagen braucht es soviel Kraft rauszugehen. An manchen Tagen heißt rausgehen, sich schützen, verstekken, hinter einer Sonnenbrille, einem Kopftuch. An manchen Tagen. Stolpert Conni, als zwängen die Blicke der Menschen ihr die Füße zum Aussetzen, stolpert, zittert, vor Anstrengung, den Blicken auszuweichen, die sie treffen. An manchen Tagen spürt Conni, daß alle ihr was wollen. Nix Gutes. Spürt, daß die Blicke sie zuerst stechen, Nadeln, in die Haut, sich dann weiterbohren, Widerhaken, im Bein, in die Haut tiefer, ihr alles zerreißen. Conni schwitzt, wenn sie an solchen Tagen rausgeht, hat das Gefühl, ihre Haut wäre zu dünn und ein Schädel nicht da, das Gehirn frei und draufgehauen, von den Blicken, von dem was sie spürt, hinter den Blicken der anderen. An anderen Tagen ist Conni so leer, daß die Blicke der Menschen durch sie gehen, ohne eine Spur. An diesen Tagen geht Conni herum und ist zu müde, selbst zum Denken. Obwohl das Denken auch an anderen Tagen in die Leere führt. Wie kann man nur so wenig fühlen, fragt sich Conni manchmal, ist aber zu müde, um eine Antwort zu suchen. Irgendwas ist immer los. Entweder nichts oder Angst. Sie redet manchmal mit denen aus ihrer Klasse, es ist nicht so, daß von außen jemand was merken würde, aber sie weiß, daß sie nur Worte ausstößt, und niemand sie versteht. Vor einem Jahr hatte sich Conni mal für einen Jungen interessiert. War mit dem einmal ins Kino gegangen. Die Aufregung davor war schön. Während des Kinobesuches hatte der Junge ihre Hand genommen, faßte sich gar nicht gut an, seine Hand. Fremdes Fleisch, feucht, er hatte dann noch versucht, sie zu küssen, und Conni roch noch Stunden später seine Spucke. Das erinnerte sie ungut daran, wie sie klein war, und ihre Mutter mit ihrer Mutterspucke im Taschentuch an ihr herumgewischt hatte, daß sie fast gekotzt hätte. Das war also die Sache mit Jungen, war nichts. Und was anderes auch nicht. Ein paar Straßen lang, kaum Menschen, zum Durch-sie-Durchsehen. Zwei Junkies auf einer Bank, mit merkwürdigen Augen, sehen sie an. Ein Mann mit langen Haaren, rund der Mann, nicht ihr Typ und die Frau mit roten Haaren. Beide, wie Irre, sehen ihr nach. In einen Club. Treppen runter und Luft, die sich feucht auf Connis Haut legt. Musik, die keinen Raum für Gedanken läßt. Füllt den Kopf aus, macht spontanen Schmerz. Dunkel, Licht hackt dazwischen, im Takt der Musik und schneller als Herzen. Tanzen, mit leeren Gesichtern. Fremde. Auf der Suche. Die nichts finden werden. Conni hockt sich an die Mauer, an den Rand der Tanzfläche. Keiner redet mit einem anderen. Die Tanzenden, das Licht, der Lärm und warum? Sitze ich hier, denkt sich Conni, fällt ihr aber kein Platz ein, sonst, zum Hingehen. Die Kopfschmerzen steigern sich zum Kopfplatzen. Conni geht aufs Klo, ein paar Frauen stehen da, mit Pullovern, wo der Bauch rauskommt, mit Hosen, die in der Hälfte des Hinterns zum Stillstand gekommen sind. Alle sehen gleich aus, Conni auch. Und steht vor dem Spiegel, sieht sich so lange an, bis es ihr vorkommt, als sähe sie ihren eigenen Totenkopf. Dann laufen Tränen an ihrem Gesicht runter, die aber nicht mehr sind als flüssige Leere. Conni geht zurück. Hockt sich an den Rand der Tanzfläche und wartet.

(Cameron, 18. Abiturient, will nichts, vielleicht Fun, was das ist, weiß er nicht)

Cameron hat die Augen geschlossen. Er tanzt. Bewegt sich. Hauptsache. Hinter seinen geschlossenen Augen ist es warm. Er ist jung, ungefähr zwölf und mit seinen Eltern in Urlaub. Sie wohnten in einem Ferienhaus im Tessin. Das Haus war warm und roch gut, nach dem Essen, das seine Mutter kochte, nach dem Waschpulver, das sie verwandte, vielleicht kochte sie auch damit, es roch immer gut. Roch sicher. Vor dem Haus war ein Garten, wie ein Dschungel. Cameron langweilte sich in diesem Urlaub, saß in dem Garten, mit seinem Walkman und wußte, daß es echt vorbei war, mit seinen Eltern in Urlaub zu fahren. In dem Nebenhaus wohnte ein junges Mädchen mit schwarzen Haaren. Und ein Hund. Der Hund fickte andauernd Hundefrauen. Cameron sah sich das genau an. Den dünnen, roten Schwanz und so weiter. Meistens langweilte er sich. Bis das Mädchen ihn einmal anlächelte. Dann war er verliebt, dachte an den Hund, an das Mädchen, und es war das erste Mal. So liefen die Ferien zusammen zu einer Sache aus Sehnsucht und schönem Schmerz, aus Aufgeregtheit und feinen Gerüchen. So hatte er nie mehr gefühlt, nie mehr gerochen, und so warm war es nie mehr gewesen. Das Mädchen war natürlich zu alt für ihn, und er fuhr weg, mit dem Auto, seine Eltern vorne drin, und das Ferienhaus verschwand hinter einer Biegung, und der Schmerz war so stark wie keiner mehr. Dachte Cameron in der Disko, die heute Club hieß, mit geschlossenen Augen, daß das Leben nichts mit diesen Gefühlen zu tun hatte. Als er dachte, das ginge jetzt so weiter und würde stärker, wenn er älter wäre. Wurde nicht, die Gefühle wurden etwas Normales, Flaches, und als er mit dem ersten Mädchen schlief, war gar kein Gefühl vorhanden. Nur ein Reiben. Und Cameron tanzt. Die Augen geschlossen. Versucht zu vergessen, wie immer, wenn er in einen Club geht, daß alles draußen langweilig ist. Daß er alles haben kann. Überall hin kann, und es deshalb nicht will. Tanzt, sein neues T-Shirt ist weiß und leuchtet im UV-Licht klasse, und ahnt, daß er nachher den Club verlassen wird, mit einem Dröhnen im Kopf, nach Hause, sich hinlegen. Aufwachen, später und. Weiß er nicht was und. Am Rand der Tanzfläche kauert ein dünnes Mädchen mit dem gleichen Überdruß im Gesicht, wie Cameron es jeden Tag im Spiegel sieht. Er schaut das Mädchen an und hat kurz ein Gefühl. Wie ein Licht, das angeschaltet wird. Sieht er, daß er mit dem Mädchen zusammensein könnte. Sie sich halten, in einem Meer der Leere. Sieht sich »Ich liebe dich« sagen und es so meinen. Diesen Satz, den er manchmal vor sich hinsagt, und traurig wird, weil er so schön klingt, und Cameron gar nicht weiß, was er bedeutet. Nur einmal diesen Satz sagen und wissen. Das Mädchen ist verschwunden, nach diesen Gedanken. Nur noch Fremde, die sich in peitschendem Licht bewegen. Nur noch Musik oder etwas Ähnliches. Die Einsamkeit nicht mehr erträglich, verläßt Cameron den Club.

3.46 Uhr.
Wir

Aus einem Club kommt Musik, kommen Geräusche, kommt ein Junge mit einem weißen T-Shirt. Wir überlegen uns, wie es gewesen wäre, hätten wir uns vor diesem Tag getroffen. In einem Restaurant, vielleicht, er mit seinen Kollegen, ich mit meinen, er am Nebentisch. Und schauen, zwischen den Gängen, mit Herzschlag, zwischen den Gängen, schneller und rot werden (ich), zur Toilette gehen (ich), hoffen, daß er hinterherkommt. Täte er nicht. Wahrscheinlich wären wir beide gegangen, ohne ein Wort, mit einem langen Lächeln, raus in die Stadt, die uns aufgegessen hätte und nie wieder ausgespuckt, am selben Ort. Oder vielleicht hätte er mir seine Nummer gegeben, verlegen, bevor er gegangen wäre. Ich hätte ihn angerufen, nach zwei Tagen (nie direkt, sonst hätte er denken können, ich wolle mit ihm reden), und wir hätten uns verabredet, wären essen gegangen und hätten uns von unseren Berufen erzählt, wären ficken gegangen, nach zwei, drei Treffen (nie am ersten Abend sonst hätte er denken können, ich wolle mit ihm ficken), und dann hätten wir weitergearbeitet, zuviel, zu oft nicht zusammen, hätten uns kennengelernt, Angst gehabt, hätten Abstand gewahrt, wir sind ja alle so verletzlich, und hatten alle so eine schlimme Kindheit, und eigentlich bin ich ja beziehungsunfähig, und eigentlich habe ich Angst vor Nähe, Scheißaussagen, für Kranke, wären wir nicht zusammengekommen, weil in der Großstadt keiner zusammenkommt, das ist Gesetz. Wir sind nicht müde, aber wollen uns ausziehen, das geht nicht, weil es zu kalt ist, weil wir auf der Straße stehen, und keinen Platz zum Ausziehen haben. Aber wir haben uns.

3.48 Uhr.

(Bertram, 56. Wildes Leben. Gehabt. Zeit zu vertrödelt, aber was kann eines mit Zeit Besseres anstellen?)

Zu erkennen, daß das Leben bald rum ist und nicht gut, macht kurzatmig. Kein Geld, um in ein anderes Land zu gehen. Keine Chance mehr, viel Geld zu bekommen, um die verbleibende Zeit in Würde abzureißen. Bertram wüßte, wie es würdig ginge. Ein Haus am Meer, Weiber mit weißen Kleidern. Kiffen zum Sonnenuntergang. Bertram ist nicht doof genug anzunehmen, daß sein Gefühl, sein Leben vergammelt zu haben, sich komplett ändern würde durch einen solchen Rahmen. Es wäre einfach würdiger als in seinem Alter in einer verpißten Wohnung zu sitzen, an wackligem Mobiliar zu sitzen, als jeden Morgen in eine verstaubte Firma zu gehen, alles braun, in alten Papieren zu wühlen, alles wäre würdiger. Und es ist zu spät. Immer hatte sich Bertram am meisten davor gefürchtet. Wovor hast du Angst, hatten ihn manchmal verliebte Frauen gefragt, damals, als sich noch welche in ihn verliebt hatten. Damals, als er lange Haare hatte und um die Welt reiste. Mit einem verdammten Rucksack, als er Flöte spielen und

Reiki lehren konnte. Damals, als er dachte, alles sei ohne Ende und er der einzige, der zu leben verstünde. Ich habe nur Angst davor, zum Sterben zu kommen und zu sehen, es war alles Scheiße, und es nicht mehr ändern zu können, weil ja sterben angesagt ist, hatte er weise den verliebten Frauen gesagt. Meistens Frauen mit langen Haaren, strammen Beinen und zerrissenen Jeans. Das Alter kam über ihn, ohne daß er es bemerkt hatte. Er war in Asien, lebte da in einer Hütte am Strand, in den Tag, spielte Flöte und las Bücher von Nietzsche und schlief mit den Frauen, die auf der Durchreise waren. Eine von ihnen wehrte seine Küsse ab. Du bist mir zu alt, sagte sie. Die Frau war Anfang Zwanzig, und zum ersten Mal dachte Bertram über sein Alter nach. Er war damals Mitte Vierzig gewesen. Die vielen Joints hatten die Jahre weggeschwemmt, von zwanzig bis Mitte Vierzig, zu einem Tag zusammengelegt, der aus Sonne, Faulheit, bunten Farben und billigem Essen bestand. Von dem Schock des Erwachens hatte sich Bertram nicht mehr erholt. Er war noch ein paar Monate in Asien geblieben. Hatte zum ersten Mal seine Situation analysiert. Daß er bleiben könnte, ein alter Freak werden, dem es irgendwann immer schwerer fallen würde, mit kleinen Geschäften Geld zu verdienen, der sterben würde, unbeachtet von den Asiaten. Die lächeln, aber von weißen Faulenzern wirklich keine gute Meinung haben. Und Bertram war zurückgefahren. In die Stadt. Und hatte alles versaut. Sich begnügt. Weitergekifft. Noch mehr, als die Frauen ausblieben. Er zu riechen begann. Die Haare dünnten. Der Atem. Schlecht, alles. Und nicht nachgedacht und nun zu spät. Bertram steht an einer Ecke. Er hat sich Zigaretten geholt. Wird gleich zurückgehen, in seine Wohnung. Sein Loch. Schlafen, hoffen nicht mehr aufzuwachen. Als der Junge kommt. Ein typischer Langweiler, einer langweiligen Zeit, einer langweiligen Generation. Schlurft die Straße lang. Blasierte Leere im Gesicht. Ein weißes T-Shirt, und alles vor sich, und zu blöd, es zu begreifen. Zu begreifen, daß er jung ist, und alle Privilegien hat. Und eine Wut kommt über Bertram. Auf all die kleinen Scheißer, die ihr Leben nicht anfangen, nicht mal versuchen, es zu versauen. Die keine Sorgen kennen, außer ihrer Dummheit. Er springt den Jungen von hinten an, reißt an seinem Haar, bringt ihn zu Fall, tritt in sein Gesicht, freut sich an dem Krachen der Nase, dem Brechen der Rippen, und tritt. Das macht nach einer Weile nicht mehr genug, bohrt seine Finger in die

Augenhöhlen, zieht sie benäßt wieder heraus, beißt den Jungen, versucht, ihn mit den Händen aufzureißen, doch das geht nicht gut, die Scheißbälger sind widerstandsfähig geworden durch den ganzen Burger-Dreck, wird noch wütender, weil der Junge nicht aufgehen mag, nicht verrecken mag, beißt sich eine Furt in den Brustraum, bis er endlich eine Hand einführen kann, tief ins warme Innere, nach dem Herz suchen kann, es dem Schlag nach erwischt, herausreißt, in die Gosse wirft.

3.53 Uhr.

(Tina, 29. Macht Kunst. Was machen Sie: ich mache Kunst. Ein Scheiß. Trägt Müll zusammen, Konzeptionskunst, alles klar. Lebt alleine, ist unzufrieden. Zu Recht)

Tina stolpert auf der Straße, über etwas Weiches, angeekelt kickt sie das Ding weg, eine tote Ratte, vielleicht irgend etwas zum Nicht-drüber-Nachdenken, war noch warm und dann betritt sie das Haus. Dreckiges Treppenhaus. Tina steht vor der Tür, guckt auf das Schild, sie schwitzt. So eine kalte Sache die Achseln runter. Sie hatte sich mit einem Foto beworben. Bei Starproductions. Erotische Filme und so was. Tina ist nicht blöd. Ist klar, daß das Fickfilme sind. Tina hat seit geraumer Weile nicht mehr mit wem geschlafen. Darum geht es nicht. Geht darum, daß Tina nichts mehr einfällt. Daß sie die Schnauze voll hat, von den ganzen Jobs, die sie in letzter Zeit gemacht hat. Mit einer Gartenfirma in den Gärten reicher Leute Unkraut rausziehen, mit Lexika vor Türen, hoffend, daß jemand eine Reihe überteuerter Drecksbücher kaufen möge, in einer Disko hocken, bis morgens um fünf und Eintritt kassieren, oder früh aufstehen, um in einem Bürogebäude sauberzumachen. Da gab es einige Gründe, warum Tina die Schnauze von diesen Jobs voll hatte. Sie wußte, daß sie klüger war als die ganzen Arschlöcher, für die sie arbeitete, wußte, daß sie irgendwas besser konnte als alle anderen, wußte nur noch nicht was. An ihre Kunst. Kunst. Kunst glaubte sie selber kaum noch. War nur Dreck. Und immer waren Männer bei diesen Jobs. In dem Bürohaus, in dem sie putzen ging, ein vertrockneter Typ, der wirklich um sechs Uhr früh ins Büro kam, nur um sie anzustarren, der Besitzer der Disko, der seine feiste Hand auf ihre legte, Männer, Männer, und sich nicht wehren können, in die Fresse hauen können, weil sie niemand war, nichts konnte, noch nicht wußte, was und Geld brauchte. Hatte sie sich bei Starproductions beworben und gedacht, wenn ihr schon ficken wollt, dann bezahlt dafür. Und jetzt vor der Tür und klingelt. Alles egal. Ihre Zeit würde kommen. Ein Mann macht die Tür auf. Sieht aus wie ein Buchhalter. Irgendein Klischee geht immer. Nix Lude, Goldkette, behaarte Arme, ein Mann, der ein Magengeschwür im Gesicht hat, gibt Tina die Hand, bittet sie herein. Das Büro, ordentlich, ein Studio, Umkleidekabinen, Lampen, Kameras, Rollschränke. Tina und der Mann reden. Was, ist egal. Tina will Geld verdienen, nicht reden, nicht denken. Der Mann gibt ihr einen Vertrag. Tina liest den nicht wirklich durch, sieht nur die Summe. Zehntausend steht da, mit Nullen und so, eine ordentliche Zahl für ein bißchen bumsen. Sie unterschreibt, und der Mann fragt sie, ob sie gleich könne. Kann sie schon, will sie auch, vielleicht nur einmal und dann Geld haben. Während Tina sich auszieht, zittert sie ein wenig und denkt daran, was sie macht, wenn sie hier fertig ist. Wird sie sich beim Japaner Sushis holen, ein paar schöne Zeitschriften, ein Parfüm, heimgehen, essen, baden, lesen, sich gut fühlen, wenn sie hier fertig ist. Sie hält ein Handtuch vor sich und geht in das Studio. Zwei Männer, die man vergißt, ehe man sie geschaut hat, hinter Kameras, rauchen. Ein anderer, mit einem schwarzen Overall sitzt auf einem wunderlichen Bett. Noch nie gesehen, so ein Bett. Wie ein Flugobjekt. Ohne Flügel. Stahl, und so weiter, der Mann hat etwas Merkwürdiges im Gesicht. Blödheit gepaart mit etwas ohne Namen dafür. Grinst. Geh weg, sagt eine Stimme (Mutter?) in Tina. Der Buchhalter kommt und stellt ihr den Mann im Overall vor. Name gleich wieder weg, Angstschweiß, mit Handtuch die Achsel reiben. Steht Tina da und versucht an Sushis zu denken. Helles Licht im Raum, die Herren hinter den Kameras, der Buchhalter lächelt, der Mann im Overall öffnet den. Zehntausend Kracher, Sushi, Parfüm.

Tina läßt das Handtuch fallen. Wird von dem Overallblödmann auf das Bett gelegt. Fesselt ihre Arme in Metallteilen, Beine auch. Handtuch weit weg. Die Kameras laufen, der Mann im Overall steht über ihr, das Gesicht explodiert, kommen Kröten raus, ein Scheißgesicht. Kameras laufen. Stille. Hell zu hell. Jetzt weggehen ist nicht drin, sind Metallfesseln davor. Der Mann im Overall. Fährt mit einer Hand über ihren Körper, dreht an den Brustwarzen. Zu fest, Tina sagt das, der Mann im Overall lächelt, schlägt ihr ins Gesicht. Tina möchte nun doch wirklich gehen. Sagt das, die Sushis sind vergessen. Wieder Schläge, ein Gerät in der Hand des Mannes, zum Bohren, ein Handbohrer, an den Bauchnabel gesetzt, Tina guckt den Bohrer an, das Gesicht des Mannes meint es ganz schön ernst, setzt den Bohrer tief, beginnt zu drehen, fräst sich in den Nabel, Blut und Tina beginnt das Schreien, wie sich der Bohrer durch die Decke dreht. Und rausgezogen wird, mit einem Ruck, Fleisch dran. Ein neues Gerät und Tina munter, nicht ohnmächtig. Gar nicht. Ein Handstaubsauger, der Mann öffnet seinen Overall, sein Schwanz steif raus. Den Handstaubsauger, angeschaltet, treibt er in sie, unten, rein, mit Faustschlägen. Tina hört sich schreien, betteln. Saugt der kleine Apparat in ihrem Inneren, lockt, auf daß sich das eine oder andere Organ lösen möge. Wird rausgezogen. Und Tina nicht mehr da. Sitzt neben sich, neben dem Flugbett und denkt sich, ach du Scheiße. Sieht, wie der Tina auf dem Bett mit einem Eisenkamm die Ohren abgenommen werden, Sardinen in die Augen gepreßt, und der Mann sich fast ergießt, aber noch nicht ganz. Öffnet er sie, mit einer Nagelschere (stumpf), hebt das Ausweiden an, kommt dann endlich, oh ja, ich komme, in sie. Tina noch da, neben sich, denkt noch ein bißchen. Nicht wirklich. Große Sushis fliegen durch ihren Kopf, dann gehen die Kameras aus, die Lichter aus.

3.57 Uhr.
Ich

Wir sind auf einen Friedhof gegangen. Da müßte Ruhe sein, haben wir uns überlegt. Ich liebe ihn, falls ich das noch nicht sagte. Manchmal sieht man jemanden und kennt ihn, oder es ist einfach nicht nötig, mehr zu wissen. Wir laufen auf den Friedhof, weil wir nicht mehr wissen, wohin, weil wir beide Kopfschmerzen und weil wir Angst haben. Wir haben Angst. Hatten sie vorher, haben uns getroffen, die Angst vergessen, da ist sie wieder. Alles ist so dreckig um uns, so traurig, ist das Ende der Welt, das Ende der Idee, daß aus Menschen noch mal was werden könnte. Und das ist jetzt klar, egal ob durch Drogen, durch Hirnfunktionsstörungen, egal, wie sollen wir weiterleben, unter ihnen. Tun, als wären wir allein auf der Welt. Vielleicht können wir ein bißchen schlafen, auf dem Friedhof, oder uns halten, oder weinen, ich weiß doch auch nicht. Es wird einem erst klar, daß es in der Stadt keine friedlichen Orte gibt, wenn man welche sucht. Das Grau, auf alten Wegen im Geäst todtraurige Vögel mit Mänteln und Hüten, zu feierlich hier um sie zum Krach machen zu bewegen. Sehen auf das Ende unten, auf die alten Steine, die die Toten nicht mehr lesen können, schwach sehe ich die Menschen, die die Steine in Auftrag gaben, sehr schwach. Unvergessen bleibt keiner, ist keiner, alle vergessen über die Zeit. Die Blumen, nichts Schönes. Alles Plastik. Gänge, Grabhäuser. Dann den Blick auf die Erde in Hügeln oder flach unter die Erde. Skelette. Mit mehr oder weniger Fleischrückständen und ganz verschwommen etwas. Weiter, nicht stehenbleiben, und immer wirkt es, als ob Niesel fiele, sich ein Film auf die Haut legte, die noch warme, um sie abzukühlen, der Umgebung gleich. Da liegen sie. Egal, was sie gemacht haben, womit sie versuchten unsterblich zu werden. Kinder, Häuser, Schönheits- 180
operationen, Bücher schreiben, Bilder malen, Eisenwalzwerke bauen. Egal, für die kurze Zeit. Egal. Liegen da. Und wie eine schrille Farbe, ein Gefühl, ein Bild, etwas ist da, neben den verfallenden Körpern. Da ist noch etwas. Es bewegt sich. Lebt, schwach, vegetiert. Es ist noch etwas da.

Etwas Gefühl, das macht, daß sie alle, alle, über die Jahre, die Jahrzehnte, die sie liegen und faulen, noch ein bißchen da sind. Und das Leiden, ihr Leiden, ihre Unzufriedenheit, ihr Bewußtsein, gefangen zu sein, nicht mehr zurückzukönnen, wird wie ein Weinen, ein leises Schreien mit stummem Mund, mit gelähmten Knochen, die Farbe, immer stärker wird der Ton, ihres Grauens. Unendliches Grauen, wenn doch alle hoffen, Frieden zu finden. Kein Frieden, etwas das machte, daß ich durch die Gänge rase, weglaufe. Raus hier. Weg hier. Noch nicht mal das Ende ist schön, ist Ruhe. Ist nie endende Qual.

5.00 Uhr.

(Willy, 50. Stadtangestellter ohne weitere Ambitionen. Trinkt gerne. Viel. Sieht fern. Geht arbeiten, sieht fern, trinkt. Onaniert viel, stellt sich Dinge aus seinem Job vor. Was für Dinge denn?)

Ein Scheiß. Noch eine halbe Stunde bis Schicht, und da wird noch eine eingeliefert. Der Stadtangestellte hatte gedacht, da käm nichts mehr, könnte er sitzen, einen Kaffee trinken, eine rauchen, sich dann duschen und heim. Und da kommt noch eine. Das soll sie ihm büßen. Sieht Scheiße aus, die Alte. Eine richtig auseinandergeschraubte. Muß er zusammenflicken. Ein Dreck. Der Geruch ist nicht gut, aber der Stadtangestellte nimmt ihn nicht mehr wahr. Die anderen schon, wenn er mit anderen zusammentrifft. Sonst nicht. Wenn er ein Bier trinken geht, rücken die anderen von ihm weg, obwohl er nett ist, gut Witze erzählen kann und einen ausgibt, rücken sie weg von ihm, und könnten, fragte man sie warum, nichts sagen. Nicht daß er stinkt, das nicht. Es ist der Geruch von etwas, was nur solche Worte kennt wie Ende, Grauen, Kälte, eklig. Aber die stimmen alle nicht. Die das Wort kennen könnten, sind alle tot. Fragt ihn einer, beim Biertrinken, was er

arbeite, sagt der Stadtangestellte, ich bin in der Abfallbeseitigung. Das erklärt den Geruch, und manche werden wieder zutraulicher. Der Stadtangestellte arbeitet seit 20 Jahren in der Leichenhalle. Leichen waschen, aufbahren, sortieren, verwalten, fürs Krematorium vorbereiten, zusammenflicken, in Kühlfächer tun, rausnehmen. All so etwas. Als er anfing in der Halle zu arbeiten, tat er es, weil er ein Junge mit echten Problemen war. Zwanzig und noch nie eine Frau gehabt, und wenn er von welchen träumte, waren sie tot. Darum fing er an, in der Halle zu arbeiten, wurde aber seinen Phantasien nie gerecht, der Job. In Gedanken mit Leichen ficken ist was anderes als die Dinger sehen. Die wirklich nicht toll aussehen. Die Farbe stört am meisten. Als er noch träumte, waren die toten Frauen einfach nur blaß und hatten blaue Adern im Gesicht. In Wirklichkeit sind sie gelb, von einem Ton, wie alte Kerzen und riechen gar nicht gut. Gefickt hat er nur einmal eine. Mehr aus Trotz, um den Bildern in seinem Kopf nachzugehen. Es war nicht toll. Gar nicht. Die Leiche war noch steif und eng, und ihm war, als müsse er seinen Schwanz durch einen Türspalt quetschen. Der Schwanz hat auch gefroren, in der Leiche, so war der Stadtangestellte doch froh, als er sich nach dem unspektakulären Erguß wieder zurückzog. Nach zwei Monaten hatte er sich an den Job gewöhnt. In den ersten zwei Monaten ging es ihm nicht gut. In der Zeit sah er alle Menschen, die noch lebten, als Tote. Mußte er nur die Farbe aus ihnen nehmen und war unter Toten, beim Bier, in der Bahn, überall waren sie. In den ersten zwei Monaten dachte er auch, die Leichen merkten etwas. Von den Witzen, die die Stadtangestellten über sie machten, manchmal Handtücher oder Thermoskannen in ihre Bäuche steckten, Kindsleichen wie Bälle kickten, und würden sich vielleicht rächen. Aber nach zwei Monaten gewöhnte sich Willy an den guten Verdienst und daran, am Ende einer Schicht zu sehen, was er getan hatte. Wenn sie ordentlich in ihren Fächern lagen, sauber gespritzt, zugenäht. War das schön. Jetzt ist er schon 20 Jahre dabei. Eine Frau hat er immer noch nicht gefunden, denn wenn er mal eine trifft und ihr sagt, später, was sein Job ist, kommt keine ein zweites Mal.

Der Stadtangestellte geht arbeiten, Bier trinken, nach Hause fernsehen und denkt nicht viel. Was das alles soll. Er räumt auf, den Dreck, den die Stadt ausspuckt. Mehr gibt es dazu nicht zu sagen. Zu denken gleich gar nicht.

Die Frau liegt in einer Plastikwanne vor ihm. Die Gerichtsmedizin hat das, was irgendeiner vorher mit ihr angestellt hat, fortgeführt. Der Leib offen, die Ohren ab, Innereien neben ihr. Eine junge Frau. Sieht Scheiße aus. Neugierig greift der Stadtangestellte in ihren Körper, bekommt etwas zu fassen, holt es ans Licht. Eine Reisrolle mit grün umrollt, was rotes darin. Japsenfraß. Er schmeißt das in den Eimer. Dann beginnt er die Frau abzuspritzen. Singt dazu müde ein Lied von Doris Day. Welches?

15. GgdW

Es klopft an meiner Tür: »Wer klopft, wer klopft?« frag ich.

»Ich bin's, der Winter«, sagt der Winter, steht da und heult rum: »Hör mal, ich muß mit wem reden.« »Rede«, sag ich. »Keiner liebt mich, alle finden mich häßlich, am besten stürbe ich«, sagt er. »Stürben tun wir alle, nöl nicht rum, ich mag dich gerne und werde es beweisen«, sag ich. »Wie denn?« fragt der Winter und gibt das Schluchzen drein. »Ich schreib dir was Schönes«, sag ich. Und er: »Ich freu mich.« Nun steht er draußen und freut sich. Macht vor Ungeduld Nieselhagel, läßt keine Sonne durch, nur klirrenden Wind, und mir wird ganz weich vor lauter Liebe. Eine gute Geschichte will ich ihm schreiben, dem großen Bruder des Schlafes. Fällt nicht schwer, muß ich nur an den Sommer denken. Die Straßen verstopft mit offenen Autos, mit offenen Menschen, offene Kleider dran, Fleisch raus, verschwitztes Make-up, fettige Gesichter runter, dicke Beine, Rotz, Hundehaufen, Helligkeit und Laut überall. Ekelig. Viel besser jetzt. Kein Mensch zu sehen. Alle fein in ihren Wohnungen verborgen. In wohlgeheizten Stuben sitzen sie, sprechen, häkeln, sind andächtig, und keiner verläßt das Haus. Wenn doch, dann nur ein paar, die zur Andacht eine Kirche benötigen. Sie fahren auf dem schnellsten Wege in eine Autobahnkirche. Die waren einst errichtet, um sinnsuchenden Autobahnen ein Stück Hoffnung zu geben. Herr Kirche, immer besoffener Erfinder der Sache, hat die Dinger aber so blöd aufgestellt, daß die Autobahnen da beim besten Willen nicht reinkamen, wegen der Abgelegenheit von ihnen. Da wurde dann umkonzipiert. Erstmal Schilder aufgestellt, die vor Autobahngeräuschen warnen, damit sich niemand am Weinen der gebetsstättenlosen Fernstraßen verwundern mochte. Dann der Kirche neues Klientel zugeführt. Heute fahren da Autos rein. Die Fahrer werfen fünf Mark in ein Böxli und drücken eine Wahlpredigt. Im Winter wird oft die Predigt: *Warum geht's mir so schlecht, wenn's kalt ist* gewählt. Der Pfarrer, der nach Münzfall hinter einem Vorhang vorhuscht, beendet diese Andacht meist mit den Worten: »Keiner hat gesagt, daß du auf der Welt bis, damit es dir gut geht, du Pappnase.« (Der Pfarrer sagt wirklich: »bis«, der sagt auch »ich hau dir auf Maul«, weil Autobahnpfarrer nicht studiert haben müssen.) Der Fahrer fährt verwirrt weg … (Übrigens, wenn sie jetzt denken: das mit der Kirche haben wir doch schon gelesen, das war Absicht. Passiert vielleicht nochmals, um wichtigen Dingen Nachdruck zu verleihen.) Der Fahrer fährt also verwirrt weg und bewirbt sich drum auf eine Anzeige in der Zeitung: »Leute für seriöse Top-Less-Tätigkeit gesucht.«

Und bald ein halbnackiges Gewusel hinter seriösen Bank- und Fleischertheken. Möpse fliegen der Preßwurst um die Ohren, Brusthaar fächert Noten durcheinander … »Ey, die Geschichte ist doof und geht gar nicht über mich«, sagt der Winter, der durchs Fenster über meine Schulter linst. Stimmt. Hat er recht. Verzeihung

Winter. Schönste Zeit des Jahres. Zeit der Fragen. Die sich gute Menschen in der Stille stellen. Wer bin ich, wie heiße ich und wie kann ich den Autobahnen helfen. Und dann grübelt der gute, kluge Mensch einen Winter lang über das. Wenn dann der Frühling kommt, geht er wieder zum Leben über und hat begriffen. Der schlechte, dumme Mensch hingegen bringt sich um. Nicht, weil er begriffen hätte, sondern weil er sich in den dunklen Monaten so gelangweilt hat, daß er nicht mehr leben mag. Sitzt er im Winter in seiner Wohnung. Fängt auch das Fragen an: Wer …, aber weil er eben dumm ist, fällt ihm der Rest der Frage nicht ein. Und dann langweilt er sich und läuft auf die Straße hinaus. Rottet sich mit anderen Doofen in Cafés zusammen. Und grölt: »Noch ein Jahr mach ich das nicht mit. Deutschland halt ich nicht mehr aus, und dann diesen Winter. Eigentlich bin ich ein mediterraner Mensch.« Wenn sie sich danach nicht umbringen, erzählen die dummen Menschen diesen Mist ungefragt Jahr für Jahr. Und schon gut, daß sie nie irgendwohin gehen. Ausschuß soll jedes Land mal fein für sich behalten. Ein paar gehen vielleicht doch weg. Kaufen sich das Versagerhandbuch »Lonely Planet« und reisen ganz günstig in ein asiatisches Land. Sitzen in der Hitze beisammen, die dummen Menschen und können nicht denken, weil es so heiß ist, noch weniger. Nur blubbern, ab und an: »In Deutschland ist jetzt Winter, harhar«, grinsen hohl und legen sich in speckige Betten mit Kakerlaken, und da gehören sie auch hin. Solche Menschen werden nie wissen, worum es eigentlich geht, im Leben. Den Winter zu hassen ist genauso doof, wie den Schlaf zu hassen. Schlaf haß ich voll, eyh. Pfui drauf, ab hinter die Fleischertheke, nackig. Das ist eine hübsche Geschichte, gerne möchte ich sie dem Winter zeigen. Der steht draußen, und gerade höre ich den besoffenen Herrn Kirche blöken: »Ich bau dir eine …«, und dem Winter funkeln die Kristalle vor Gier, und mich hat er ganz vergessen. Da kann ich nur noch zu Bett gehen und mein Rotlichtlämpchen einschalten. Und hoffen, daß der Winter seine Kirche bekommt. In Asien. Und dann wieder heulend vor meiner Tür steht. Die laß ich dann zu und tue so, als hätte ich gerade den Sommer zu Besuch und wir würden uns sehr gut verstehen.

5.05 Uhr.

Ich

Ich kann nicht mehr, sage ich, und der Mann ist mir keine Hilfe, denn er guckt ins Leere, seine Kiefer mahlen, als säßen Tiere in seinen Wangen, und wir haben das Gefühl, als würde gleich etwas explodieren, sich beschleunigen, überholen, bersten. Immer widerlicher, was wir sehen, unmenschlicher, aber ist menschlich nicht schon das Schlimmste. Das Schlimmste wovon. Wir laufen weiter, anhalten macht sehen, wir sind am Ende, schauen uns an, um uns kurz zu erholen, aber das hilft nur bedingt. In die dünne Hülle, die über einer frischen Liebe liegt, dem einzigen Moment, da Menschen etwas Reines haben, dringt zuviel ein, verletzt sie, zerstört sie und wenn wir schlau wären, würden wir schnell verschwinden. Aber wahrscheinlich sind wir beide zu verwirrt, um noch entscheiden zu können. Wie ein Heroinpärchen, das sich aneinanderklammert, laufen wir, aber der Dreck ist schon in unseren Venen. Ich habe Angst. Daß alles schlecht ausgeht. Ich weiß nicht, was schlecht ausgehen sein könnte. Etwas noch schrecklicher, als ich es den ganzen Tag, die halbe Nacht gesehen habe. Gibt es das?

5.07 Uhr.

(Lisa, 6. Beruf Kind, nicht glücklich. Lisa hat viel Angst. Wovor?)

Die Jungen haben Lisa an den Baum gefesselt. Lisa steht am Baum, dessen Rinde ihr den Rücken ritzt. Die Jungen heben mit einem Stock ihren Rock hoch, in einem Hinterhof, nur ein Baum steht da, und die Häuser rundrum sind leer, verfallen, die Fenster, schwarz, sehen Lisa an, die Türen, lachen sie aus, quietschend. Wäre sie doch nie mit den Jungen gegangen. Drei Jungen, die sie auch kaum kannte, die in der Nebenstraße wohnen, vor denen Lisa immer soviel Angst hatte, daß sie große Umwege lief, nur um nicht durch die Straße zu müssen, die Jungen sehen zu müssen, vor denen sie Angst hat. Die Jungen sind kleiner als Lisa, aber sie hat Angst, und jetzt ist sie an diesem Baum angebunden. Ein anderes Mädchen kommt in den Hof. Lisa sieht das Mädchen kommen und hofft, daß die Jungen sie losbinden, wenn das Mädchen etwas sagt. Das Mädchen sagt aber nichts, stellt sich neben die Jungen und sieht Lisa nur an mit einem Blick, daß klar wird, daß von ihr nichts Gutes kommen wird. Der Rock hochgehoben und einer der Jungen pinkelt Lisa an die Beine. Lisa möchte sterben, oder weg, oder ihre Mutter, oder schreien, doch nichts kommt aus ihrem Mund. Die Angst hockt im Rachen wie ein dickes Tier, und kein Geräusch passiert. Ein Junge zieht Lisa den Schlüpfer nach unten, daß er sich um ihre Füße legt, dann untersuchen die Jungen Lisa unten mit einem Stock, stecken den auch rein, und Lisa schreit. Das Mädchen schlägt ihr ins Gesicht und spuckt, da hört Lisa auf zu schreien. Ist still und sieht die toten Fenster an. Sie denkt an zu Hause. In ihrem Zimmer wäre Sicherheit. Im Rest der Wohnung nicht. Da ist die Mutter. Lisa hat ihre Mutter lieb, doch die nimmt Tabletten und trinkt gegen ihre Krankheit, und dann prügelt sie Lisa. Wenn ihre Mut- 186
ter in der Tür zu ihrem Zimmer steht, ein dunkler Schatten, und sie schlägt, als wolle sie, daß Lisa wegginge durch das. Kein guter Ort die Wohnung und nach ihrer Mutter zu rufen macht wenig Sinn. Keiner da zum Rufen. Nur die Kinder, der Stock, die leeren Häuser, und die Angst ist fast

weg. Es gibt Schlimmeres, als einen Stock in sich stecken zu haben, als Spucke im Gesicht zu haben und Urin am Bein. Lisa sieht die Kinder an, die sehen, daß Lisa keine Angst mehr hat. Sie gehen ein Stück zur Seite und reden miteinander, dann laufen sie weg. Lisa angebunden am Baum, spürt die Kälte nicht, könnte jetzt Jahre so stehen, keine Angst vor nichts, die Kinder kommen zurück. Sie schütten Flüssigkeit auf Lisa. Sie nehmen ein Streichholz und halten es an Lisas Kleid. Lisa brennt. Doch auch das macht ihr keine Angst. Es kann nur besser werden. Und Lisa brennt, an einen Baum gebunden, in einem Hinterhof. Schauen die Kinder noch ein wenig zu, doch weil Lisa nicht schreit, nur zu stinken anfängt, gehen sie, ehe alles weggebrannt ist. Und nicht viel bleibt, von Lisa, an dem Baum, im Hinterhof.

5.10 Uhr

(Bernhard, 27. Kranführer. Mag Frauen nicht. Sonst keine Probleme)

In einem Hof sieht er eine brennen. Das ist gut, muß er die mal nicht mehr angucken. Guckt Frauen an. Frauen. Fotzen. Riechen. Haare. Bernhard guckt sie an. Keine für ihn. Nie. Noch keine gehabt. Weil sie Fotzen sind. Seit er 13 war, wollte er eine. Sah, wie die anderen Jungen mit Mädchen gingen, sie befummelten, befingerten, ihnen ihre Zungen in den Hals steckten, sie ableckten. Seit er 13 war, fickte er nur sich selber. Erst alleine, stellte er sich Mädchen vor, dann mit Heften, mit Mädchen drin. Manchmal auf der Straße, wenn er hinter einer lief, griff er in seine Hose und fickte sie. Mädchen. Er konnte sie schon immer riechen. Ihre Fotzen riechen, ihren Schleim riechen, ihr Blut riechen. Bernhard guckt Mädchen an. Die Mädchen sehen ihn nicht an. Mal eine aus Versehen, schaut schnell weg, verzieht das Gesicht. Die Scheißmädchen, mit ihren Farben in den Fressen, den künstlich aufgetürmten Haaren, den falschen Zähnen, den Korsagen, den Büstenhaltern, damit die Büsten nicht auf die Straße lappen, nicht die Stadt überfluten, mit ihrem wabbeligen Busenfleisch, müssen eingesperrt werden, wie die Ärsche. Mädchen mit künstlichen Fingernägeln, mit Einlagen in ihren Hosen, weil sie ständig auslaufen, immer etwas aus ihnen läuft und tropft und schmiert. Bernhard kann das alles riechen, den grauen Schleim, den sie absondern. Greift in seine Hose, fickt sich schnell, prost auf ihren Schleim. Auf ihre Fotzen, die aussehen wie zertretene Kriechtiere, ihre Titten, die hängen wie alte Quarktaschen, die Mädchen, in die man reinstößt, mit dem herrlich glatten Schwanz in ihren blutigen Organen rumwühlt, ihnen ihre Perücken runterreißt, ihre falschen Zähne rausschlägt, mit dem Arm in sie fährt, ihre Organe rauszerrt, abspült, reinigt, alles voll Schleim, der aus den Mädchen tropft. Alles weggemacht, bleiben nur noch Gerippe übrig. Das sind Mädchen. Bernhard schwitzt. Weiß nicht, was er mit einem Mädchen will. Einem eigenen Mädchen. Geht an bröckelnden Häusern entlang, schabt an den Wänden, bröckeln ab, sein Mantel schmutzig. Menschen rempeln ihn an, die Stadt stinkt. Nach Mädchen. Die laufen auf der Straße, mit der Gülle, die aus ihnen tropft, verschmutzen die Trottoirs, bleiben Schuhe kleben. Bernhard läuft durch die Straßen, an Hunden vorbei, vielleicht Ratten, die Häuser wanken, sind faulig. Die Stadt fault von den Ausdünstungen der Mädchen, von unten her. Die Häuser faulen, wenn menstruierende Frauen herumlaufen. Deren Blut ätzt alles weg. Bernhard geht in das Haus rein, in dem er wohnt. Die Treppe stößt Späne aus, die bleiben in seinen Füßen stecken, in seinem Fleisch. Der Flur stinkt, die Birne kaputt. Kein Licht. Stinkt in seiner Wohnung. Geschirr. Schon lange in der Spüle mit Schimmel. In der Ecke ein Tierkopf. Hat er sich geholt, um zu beobachten, welchen Verlauf ein Mädchen nehmen würde. Der Kopf ist zwei Wochen alt. Die Wohnung riecht nach ihm, aber eigentlich nach Mädchen. Das Geräusch kommt von den Maden, in dem Kopf. Wie eine große Made geht das Geräusch. Eine große Made, die den Mund beim Essen nicht schließt. Die Maden machen, daß der Kopf sich bewegt. Die Augen mit Leben erfüllt, die Zunge bleckt. Bernhard setzt sich auf einen feuchten Stuhl. Feucht, weil es der Stuhl ist, auf dem er immer die Mädchen fickt. Dann kommt Schleim aus ihm.

Daran sind die Mädchen schuld. Bernhard beginnt an seinem Schwanz zu reiben, sieht den Kopf an, denkt, es wäre der Kopf eines Mädchens. Ergießt Schleim. Mädchenschleim. Danach steht er auf. Geht zu seiner Spüle, mit dem Geschirr drin, dem Schimmel drin, nimmt was weg. Geht zu dem Kopf, taucht seinen Schwanz in eine Augenhöhle, läßt die Maden über seinen Schwanz laufen. Schneidet den dann ab, mit einem guten Messer mit Käse dran, ab, am Schaft.

5.14 Uhr.

Wir

Mir ist kalt.

Er legt den Arm um sie, doch die Kälte geht durch.

Die Nacht hört nicht auf.

Doch, sei ruhig, die wird schon aufhören. Vielleicht wird es bald hell, stell dir vor, die Sonne geht auf, es wird warm und alles ist vorbei. Wir sehen nur noch eine Stadt, mit Menschen und Cafés, mit Autos und Geschäften. Wir gehen in unsere Wohnung, baden, und dann kaufen wir ein bißchen ein.

Was denn.

Wir kaufen dir ein Kleid und Schuhe und mir einen Anzug. Dann gehen wir zum Flughafen und fliegen nach Hawaii.

Warum dahin?

Dort kann man heiraten. Wir heiraten und gucken Palmen an und das Meer …

Ich hasse das Meer.

Dann guckst du die Palmen an, und wenn es dir langweilig wird, guckst du mich an und wir gehen in unsere Hütte …

… in den Bungalow …

… essen Instantgerichte …

… und rennen danach ins Meer.

Ich denke, du haßt das Meer.

Nur wenn ich es ansehen muß.

Hast du noch Geschichten?

Noch eine, die letzte.

Lies sie mir vor.

Magst du meine Geschichten.

Hm.

Liebst du mich.

Ja.

Ich habe Angst.

Ich auch.

16. GgdW

Was für ein lausiger Tag. Laust nur so, ein gottverfluchter Feiertag, wie 190
sie immer sind, alle wie Totensonntag, diese Feiertage, die Städte mit benutzter Watte ausgepolstert, keine Menschen mehr, keine Stimmen von draußen, Stimmen in mir zählen nicht, weil das ist der Wahnsinn. Mehr als die Hälfte aller Menschen in Europa lebt alleine, sag ich jetzt mal, und alle hassen Feiertage. An denen sie alleine in ihren Wohnun-

gen sitzen, sich christliche Filme im Fernsehen anschauen, hin und her laufen, vergessen haben, Milch zu kaufen, kein Milchkaffee, nichts zu essen, nichts im Fernsehen, alles fad. Viele sterben freiwillig, an solchen Tagen. Recht so. Ich laufe in meiner Wohnung hin und her, versuche ein bißchen zu wohnen. Sitze hie und da in Clubsesseln, dusche mehrfach und langweile mich. Ich wollte, ich wäre zwei, dann könnte ich mir Vorwürfe machen. Mir sagen, daß ich schuld wäre, an der Leere, unfähig, Freizeit mit Fun und Action auszufüllen, mich in ein Handgemenge verwickeln. Da wär was los, der Tag gerettet. Ist aber nicht, forme ich mit leerem Gesicht kleine Kugeln aus Butterbrotpapier. Wär ich zwei, könnte ich noch viel mehr Kugeln formen. Und drum verstehe ich dieses bescheuerte Schaf nicht, das sich nach seiner Verdoppelung so wahnsinnig aufgeregt hat. Ich habe neulich ein Interview mit dem Schaf gesehen. War das ein Gezetere und Geflenne: »Das ist unwürdig, stellen Sie sich vor, Sie müßten sich jeden Morgen direkt beim Aufwachen ansehen, das ist gegen die Ethik und nur wegen Profit.« Blödes Schaf, schlechtes Deutsch. Ab in den Römertopf. Statt sich zu erregen, sollten die Schafe Papierkugeln machen. Und erst die Menschen, die jetzt diskutieren und sich auf die Seite des lamoryanten Viehs schlagen. Kein Grund. Schafe klonen heißt doch: Gürteltiere klonen, heißt Menschen klonen. Und das ist prima, weil: Macht Männer überflüssig. Und da es mit den Herren sowieso nur Probleme gibt, könnte der nächste Schritt sein, nur noch geklonte Frauen zu machen. Die ganze Welt voll. Und denke mir, wie das wäre. Über Nacht sind also mal alle Männer verschwunden. Sind eingesammelt worden, aufgesaugt von einem großen, sehr speziellen Gerät, um das es hier aber nicht geht. Alle Männer weg, wohin, darum geht es auch nicht. Und dann, zögerlich noch, gehen die Frauen auf die Straßen, um da nach den Männern zu schauen. Stehen Tausende Frauen da, in Nachthemden und gucken rum und da ist wirklich kein Mann mehr. Ist das ein Jubeln und Tanzen. Die Vergewaltiger sind weg, die Unterdrücker, die Emotionslosen, die Selbstherrlichen, die gebärunfähigen, blöden Macker. Die Frauen küssen sich und gehen nie mehr arbeiten, weil ja Chefe Männer sind, Männer waren. Und jetzt weg. Ein hervorragendes Leben beginnt. Keine Kriege nie mehr, keine Schläge, keine Bierfahnen und keine Blondinenwitze. Die Frauen hüllen sich in gemütliche Decken, sie fackeln Parfümerien ab und zerschneiden ihre Wonderbras. Endlich frei, endlich Frau sein, ohne dem Manne dienen oder gefallen zu müssen. Abends beten die Frauen zur Göttin und danken ihr. Die Zeit vergeht und eigentlich ist immer noch alles gut. Die Frauen

sitzen in ungeschminkten Gruppen beisammen, essen recht viel und beschäftigen sich mit Frauendingen. Sie legen Tarots, häkeln Makrameeblumenampeln, sie malen Aquarelle und singen Schubert-Lieder. Aber irgendwann beginnt es gewaltig zu stinken, in den Häusern, und Kälte bricht herein. Die Frauen wundern sich. Aber keine kommt auf die Idee, in eine Kanalisation zu steigen, in einem Güllewerk den Kot zu passieren. Keine mag Kohle bergen und Atomkraft – nein danke. Die Frauen sitzen also frierend in ihren schlecht riechenden Wohnungen, die fallen langsam zusammen, der Regen tropft durch poröse Dächer und verschmiert die schönen Aquarelle. Später versinken Straßen im Schlamm, die Häuser fallen um, es gibt keine Lebensmittel mehr, keine Autos, kein Benzin – kein Bock auf Bohrturm, die Frauen.
Langweilig wird es, kalt, kaputt und nichts zum Drüberreden, wenn die Männer weg sind, nichts zum Sich-als-besserer-Mensch-Fühlen. Und keiner da für die Drecksarbeit und zum Verlieben. Die Frauen werden depressiv, und bereits einige Jahre nach dem Verschwinden der Männer haben sie sich alle umgebracht. Die Welt ist hernach leer und ruhig, dann reinigen sich alle dreckigen Dinge, die ersten Saurier kommen aus dem Wasser, und der ganze Quatsch geht von vorne los. Ich gebe zu, da sind jetzt einige logische Fehler drin, aber gehts hier um Logik oder ums Überleben der Rasse. Es geht eigentlich um gar nichts. Außer, daß es mir jetzt wieder wohl ist. Ich denke an herumtollende Saurier in einer leeren Welt. Völlig ohne Feiertage. Das ist das Ziel und ich werde jetzt ein paar Klonversuche machen, damit es schneller erreicht ist.

5.17 Uhr.
(Hella, 23. Das Letzte)

Haut außer Kontrolle, Hella außer Kontrolle. Keiner, der stark ist, kann an Drogen kaputtgehen, harhar, Hella lacht, die Zähne sind weg, die Haut auch, größtenteils, der Rest mit Schwären bedeckt. Was auch immer Schwären sind, es kann nichts anderes sein, Fleisch, das sich weigert, Haut zu sein, offen im Kampf. Und Eiter, Krusten, fast, daß Fliegen sich drin vermehren. Hella ist so dünn, daß sie den Menschen angst macht. Sich selber macht Hella keine Angst. Sie hat irgendwann das Leben nicht mehr ertragen. Irgendwann den Kreislauf nicht mehr ertragen, ein bißchen Glück, ein bißchen Ruhe, ertrotzt mit einem Haufen Dreck und Angst und Rückschlägen, Enttäuschungen. Kommen von zu hohen Erwartungen. Hella hatte ein normales Leben erwartet, und was immer das war, es wurde ihr verweigert, und dann ging sie zum Bahnhof, ließ sich ansprechen von einem Gestrandeten und kaufte sich Heroin. Junkies sind der Abschaum, das wußte Hella, kein Erbarmen für Junkies, und genau das wollte sie. Abschaum sein, so tief runter, daß ihr der Tod egal werden würde. Fast geschafft. Ihr Ziel hat Hella aus den Augen verloren. Noch kämpft der Rest von ihr ums Leben, noch will der andere Teil nur Drogen, nur noch fliegen, und nichts ist mehr klar. Hella hat gestohlen, eine Tasche gestohlen, ficken will sie schon lange keiner mehr, und will ihre Droge, nur noch das und alles andere egal, die Menschen, die eine Gasse bildeten, um sie nur nicht zu touchieren, die Autos, die Stadt, ein Meer voll Gleichgültigkeit, ein unscharfer Film, langsam ablaufend, egal, nur der innere Zustand zählt, und der ist auf Drogen genauso unklar, unscharf, tut aber nicht weh. In der Nacht schläft Hella neben Mülltonnen, auf Baustellen, auf Bahnhöfen, im Dreck. Alles egal, sie spürt sich nicht mehr. Spürt nichts. Das ist gut. Nichts spüren und auch der Körper, der immer noch leben will, ist egal, soll er auseinanderfallen. Manchmal reißt Hella einen Fetzen Haut von ihrem Körper und kaut ihn. 36mal, so wie damals, als sie mit einem Makrobiotiker zusammen war. Damals, interessiert nicht. Sollte niemand interessieren. Existiert eventuell nicht, sind nur fremdeingegebene Projektionen. Das geht gut, reduziert zu sein auf stehlen, Drogen nehmen, laufen, stehlen, eine saubere Sache. Wache Momente hat Hella nicht. Nicht mehr, nie mehr. Nebel, Drogen, kein Ekel mehr, kein Denken mehr. Alle sollten unter Drogen gesetzt werden, dann wäre es gnädiger, das Ende. Hella schaut in den Himmel, ihre Nägel sind schwarz, ihre Hände voller Schorf, voller Blut, sie sieht den Himmel durch zugeeiterte Augen, keine Sonne am Himmel, und für einen Moment wird es klar in Hella. Sie denkt an blaue Himmel, an Wiesen, die nach Regen riechen, an Männerhände, die sie hochheben, an lauter winzige Momente des Glücklichseins, und Hella möchte zurück, in ein weißes, gestärktes Bett, in das sie nach einer langen Wanderung fällt, die Glieder schwer, und durch ein offenes Fenster Geräusche von Tieren in der Nacht. Doch Hella darf nicht zurück. Verkackt ist verkackt und jetzt wird gestorben. Hella fällt um, fällt in einen Gully, durch den Gully durch, so dünn ist sie.

5.19 Uhr.

(Erwin, 33. Vorleben nicht ersichtlich, kann nicht mehr, Vorleben sehen, Geschichten kleben zusammen, sind nur noch Zuckungen)

Das Elend wohnt in der Stadt. Unter der Stadt wohnt das Grauen. Unter der Stadt, in den Rohren, in den Schächten, in den Höhlen, in den Katakomben wohnen die, die noch nicht mal in der Stadt wohnen dürfen. Die Kranken, die Verwesten, die Stinkenden, der Abschaum, wohnen unter der Stadt, im Dunkel, mit entzündeten Augen, mit verfallenden Leibern. Was wohnen ist, ist unklar. Ein Mensch fällt in einen Schacht. Erwin taumelt zu dem Menschen, eine dürre Frau, noch nicht ganz Leiche. Erwin versucht sie zu ficken, das geht aber nicht, kann er nicht mehr, da erschlägt er die Frau, schlägt ihren Kopf auf den Boden, der Kopf platzt gut. Dann ißt er von ihr. Schiebt den Rest zur Seite und rollt sich zum Schlafen. Wacht auf durch das Schmatzen der anderen. Freunde hat er nicht, hier unten, Freunde gibt es nicht, in dieser Welt, in der alle nur auf den Tod warten, auf den Mann im Boot. Noch dunkler kann es nicht werden. Erwin weiß kaum noch, wie er hierhergekommen ist. Von oben, von einem Leben oben, muß wohl was schiefgegangen sein. Denken fällt immer schwerer. Es war die Sache mit dem Arztbesuch, mit der Gewißheit, daß das Ende absehbarer ist als bei anderen. Das hat ihn durcheinandergebracht. Er sieht sich bei diesem Arzt sitzen, sieht die falsche Anteilnahme auf dessen Gesicht und etwas, was sich kaum wahrnehmbar verändert hat. Vor dem Tag war er ein guter Kunde gewesen, ein arbeitender Mann, privatversichert und von einem Moment zum anderen Abschaum. Woher er die Krankheit hatte, war ihm unklar. Er war ein paarmal bei Huren gewesen. Nicht oft, fast immer mit Gummi, eine war wohl schlecht gewesen. Danach war alles aus dem Ruder. Erwin ging nicht mehr arbeiten, trank, trank sein Geld auf, wurde aus der Wohnung geklagt, wurde aus dem Männerheim geschmissen und schon saß er hier, unter der Erde. In den ersten Monaten hatte er noch die Hoffnung. Daß ein Wunder geschähe. In den ersten Monaten wollte er sich noch waschen, ekelte er sich noch, das hörte auf, alles hörte auf, er wurde zur Ratte, wie alle hier unten. Erwin kann manchmal nicht mehr liegen, weil der Morast ins offene Fleisch dringt, weh tut, dann schwankt er, durch die Gülle, den Moder, durch aufgeweichte Binden, hebt er manchmal auf, wenn sie noch frisch scheinen, saugt daran, läuft weiter, stolpert über einen Kadaver. Ein alter Mann, ein junger Mann, Alter gibt es nicht hier unten, Mitleid gibt es nicht, hier unten, nur Dunkelheit und Gestank, und daß sterben so lange dauert. Daß es so schwierig ist, sich der Körper so lange wehrt. Durch die Gänge, Wasser von oben, von unten, Urin, Kot, Binden, Müll, und Ratten. Ißt manchmal, roh, führte zu Unwohlsein. Läuft weiter, ein Paar am Boden beißt eines dem anderen die Kehle auf. Der hat es hinter sich, der mit der durchen Kehle. Reduziert auf das, was den Menschen am Leben hält. Nur für was. Wem können sie nutzen, hier unten, im Dreck, sich selber am wenigsten. Erwin sinkt zusammen, an einer feuchten Wand, stößt eine Ratte zur Seite, und legt den Kopf auf die Arme, wenn ich doch nur sterben könnte, weint er, jammert er. Doch keiner hört zu, wie nie jemand zuhört, wenn es um irgend etwas geht, hört sich jeder nur selber zu. Erwin hört sich selber zu, seine Stimme fremd, traurig, leise, kaputt, Wut bringt nichts. Wogegen auch. Endlich sterben. Und der verfluchte Körper, der nicht will, nicht aufgeben will. Durch die Dunkelheit, vom Kot essen, vom Müll essen, schlafen, um jedesmal verklebter zu erwachen, kaputter zu erwachen. Nur nicht denken. Kommt das Denken, kommt der Schmerz. Erwin durch die Welt unter der Welt, welche real ist, weiß er nicht mehr, weiß nichts mehr, beißt sich in den Arm, sucht die Pulsader. Eine Frau wankt ihm entgegen. Maria. Mutter. Die Frau sieht aus wie ein Gespenst, wie sehen die aus? Kommt ihm entgegen, fällt ihm in die Arme, weint an ihm, speichelt ihn voll, und Erwin möchte sie immer bei sich behalten, die fremde, stinkende Frau, mit ihren Geschwüren, bei sich behalten, bis zum Ende. Läuft mit der Frau, lange, bis er merkt, daß sie tot ist, gestorben ist, sich verdrückt hat. Erwin legt sich neben die Frau auf den Boden und nimmt sich vor, so liegenzubleiben, nicht mehr aufzustehen, den Kopf zwischen ihren welken Brüsten.

5.20 Uhr.
Er

Steht am Rande einer Straße neben ihr, hat noch den Arm um sie gelegt, hat noch den Kopf an ihr geborgen, die Augen geschlossen, vor dem Verkehr auf der Straße. Der ist, als wäre alles wie immer. Verrückt, am Rande des Wahnsinns, eine Schlange aus Lichtern, die hupt und zischt, die gefährlich ist, nirgends anfängt. Nicht endet. Er hebt den Kopf von ihrer Schulter, weiß, daß es gleich vorbei sein wird, weiß nicht, woher das Wissen kommt, doch es wird gut werden, alles gut, und bald wird der Morgen kommen, der Zauber vorüber, die Hexerei zu Ende, wird kommen, der Morgen, und es wird hell werden. Die Sonne wird aufgehen, er wird bei ihr sein, sie nie mehr loslassen. Sie werden aus der Stadt fahren mit leichtem Gepäck und nie zurückkehren. Hebt er also den Kopf, um sich in ihr auszuruhen, zu stärken für das, was noch vor ihnen liegen mag, denn daß es noch härter wird, ist ihm klar. Und sieht sie an. In ihre Augen. Lange. Löst sich aus ihrer Hand, von ihr, bleibt in ihren Augen, öffnet die seinen, seinen Mund und wirft sich auf die Fahrbahn.

5.21 Uhr.
Ich

Stehe am Rande der Fahrbahn. Ein Auto erfaßt ihn, reißt seinen Kopf vom Rumpf, wo ist der Kopf, was bleibt, ist sein Körper, mit einem Rand oben, sein Körper, der mich eben noch gehalten hat, seine Hände, die mich gestreichelt haben, seine Beine, die neben mir gelaufen sind, meine berührt haben, sein Schwanz, wahrscheinlich klein jetzt, liegt da, und der Kopf ist weg, ich glaube ihn zu erkennen, wie er zwischen den Autos springt, von ihnen bewegt, wie ein Ball, der Kopf, mit seinen langen Haaren, die werden ganz schmutzig, seine Augen offen, die blauen Augen, in die ich gefallen bin, bis runter, sein Mund, der weich war und groß, ein Mund, schöner als der jeder Frau, die Nase, ganz gerade und ein paar Sommersprossen darauf, das Haar wird schmutzig, es ist blond, und weich, es ist lockig, und wenn er den Kopf senkt, fällt es ihm über die Stirn, fällt jetzt nicht mehr, klebt am Schädel, ganz schmutzig, ich verliere den Kopf aus den Augen, stehe am Straßenrand, die Stelle, an der sein Arm lag, wird sehr kalt, kälter als der Rest des Körpers, Minusgrade. Ich werde mich nicht mehr bewegen können, ich möchte hinterher, unter ein Auto, doch da fahren keine mehr, sind zum Stillstand gelangt, ein Krankenwagen, nehmt den Kopf mit, seine Hand rutscht von der Trage, sie sieht nicht mehr aus wie seine Hand, die Farbe hat sich verändert, ich kann mich nicht bewegen, nicht laufen, nicht sterben, Luft anhalten, schreien geht auch nicht, ich höre jemanden japsen, das bin wohl ich, still stehen und japsen, das bringts. Was ich tun soll, weiß ich nicht, wie ich weiterleben soll, weiß ich nicht, nehmt seinen Kopf mit, tut alles in die Leichenhalle zu Willy, der kann Fußball spielen damit, ich will hinter dem Krankenwagen her, seinen Körper an mich nehmen, ihn halten, bis er zerfällt, ihn wiegen, das bringt nichts, es wird sein wie Liebe zu einem Stofftier, die mich immer enttäuscht hat, früher, weil das Stofftier nichts erwidert. Wird er liegen und verwesen in meinen Armen, vielleicht mache ich den Kopf wieder fest, mit Sicherheitsnadeln, wie ein Versace-Kleid, auch tot. Er ist tot. Tot, tot, tot, und warum, verfluchte Scheiße, lebe ich noch.

5.24 Uhr.

Ich, danach

Blut. Ein Skelett, mit Maden. Gefressen, von Erde der Mund voll, in der Nacht, in der ich gestorben bin, war die Sonne weg. Lauf noch ein bißchen, komm schon, lauf doch schneller, schau hin und renn vorbei, fetzen peitschen, wie lederne Lunge. Hey, hast du den Arsch offen. Sicher doch, die Augen. Wenn ich sie rausstäche, was wär dann, hä. Dunkel ist es auch so schon.

5.29 Uhr.

(Petra, 32)

Wie komme ich hier raus? Nicht, mein Kind. Raus gültet nicht. Irgend etwas, eine Scheißdroge, war in dem Wein, lähmt Petra, nur den Kopf nicht ganz. Der Kopf halluziniert. An der Decke hängen Menschen. Viele Haken in ihrem Fleisch, daran hängen sie, sie leben, sie schreien. Ein Mann wurde an seinen Hoden aufgehängt. Einer Frau werden gerade die Brüste mit einem elektrischen Brotmesser abgenommen. Der Boden ist voll Blut, riecht nach Blut. Halluzinieren. Menschen mit Tierköpfen oder Menschenköpfen, von Gier entstellt, Zungen schwingen, so lang sind doch Zungen nicht. Aber wirklich. Es sollte eine Sexparty werden. Es fing mit harmlosem Bumsen an. Petra hatte halbwegs Spaß. Nicht sehr, ist nur wegen ihres Mannes mitgegangen. Lauter reiche Leute hier. Alle hatten von dem Wein getrunken. Warum hörten die Bilder nicht auf? Die Wut kommt. Der Haß kommt. Der Neid kommt. Werkzeuge sind genug da. Petra steht auf.

5.29 Uhr.

(Bastian, 26)

Das Kind schreit seit einigen Stunden. Bastian ist blau. Er will, daß das Kind Ruhe hält. Er faßt das Kind an einem Bein. Hält es zum Fenster hinaus. Es entgleitet.

5.29 Uhr.

(Rico, 40)

Das Essen hat sie anbrennen lassen. Oder es schmeckt einfach nicht. Rico tritt seiner Frau mehrfach in den Unterleib. Reißt ihr an den Haaren. Büschel lösen sich. Zerschmettert ihren Kopf auf dem Steinfußboden.

5.29 Uhr.

(Ute, 45)

Der Hund leckt Ute. Ihre faltige Haut, die Perlenkette vergraben unter ihren Brüsten, hängen wie Tüten, Ute schreit, der Hund dringt in sie ein. Ergießt sich in sie. Ute erschießt das Tier.

5.29 Uhr.

(Sabrina, 6)

Die kleine Katze steckt Sabrina in die Mikrowelle. Als die gut platzt, reinigt Sabrina das Gerät, holt ihren kleinen Bruder, legt ihn auf den rotierenden Teller, stopft die Beinchen nach. Schaltet ein.

5.29 Uhr.

(Pepe)

Das Glied in den Fleischwolf und losgedreht.

5.29 Uhr.

(Togger)

In die Schnauze, Scheißschwein, die Zähne raus, Sauarsch, weghauen die Rübe, platzen mit einer Axt, du Sau, Vater, lach ich drüber, hau dir die Rübe weg.

5.30 Uhr.

Ich
(Über Dreißig, am Ende, liege in einem Bett, habe geträumt, vergiß es, das wäre zu einfach)

Ich stehe vor einem Modegeschäft. Frau und Hund. Vor einem Spiegel, löse mich auf, das Fleisch verschwindet. Haut weg. Das Hirn, schwarz, Tiere drin, große Tiere, muß ich mit einem Haken nachfassen, der Körper zerfällt, sehe, was in mir ist und sehe, daß hinter mir die Sonne zurückkommt. In rascher Geschwindigkeit. Rast, wird schneller, auf den Spiegel zu, wo ich stehe, mein Skelett steht. Wie süß, es lächelt noch. Wo ich sehe, was er gesehen hat, wo ich sehe, was das ist, in mir und die Sonne trifft auf. Eine Explosion, der Spiegel zerbricht, Teile meines Körpers fliegen herum. Gute Reise. Es ist vollbracht. Aber was nur. Blut. Kaum noch. 24 Stunden in einer Großstadt. Die es nicht mehr gibt. Das Schreien. Ist sehr weit entfernt, ein kurzer Schrei und es kann von vorne anfangen. Versuchen wir es noch mal besser. Gar nicht mehr. Geht nicht mehr. Haben Sie ein Problem mit den Augen. Ich schlafe noch. Der Schmerz. Kommt erst nach dem Ende. Aus.